古典文獻研究輯刊

初 編

曾永義 主編

第21冊

黃庭堅的散文藝術

蓋琦紓 著

97年國科會專書寫作計畫成果

國家圖書館出版品預行編目資料

黃庭堅的散文藝術／蓋琦紓 著 -- 初版 -- 台北縣永和市：花
木蘭文化出版社，2010〔民99〕
目 2+182 面：19×26 公分
（古典文學研究輯刊　初編：第 21 冊）
ISBN：978-986-254-384-9（精裝）
1.（宋）黃庭堅 2.散文 3.文學評論
845.16　　　　　　　　　　　　　　　　　99018492

ISBN - 978-986-2543-84-9

9 789862 543849

古典文學研究輯刊
初　編　第二一冊　　　　　　　ISBN：978-986-254-384-9

黃庭堅的散文藝術

作　　者　蓋琦紓
主　　編　曾永義
總 編 輯　杜潔祥
出　　版　花木蘭文化出版社
發 行 所　花木蘭文化出版社
發 行 人　高小娟
聯絡地址　台北縣永和市中正路五九五號七樓之三
　　　　　電話：02-2923-1455／傳眞：02-2923-1452
網　　址　http://www.huamulan.tw 信箱 sut81518@ms59.hinet.net
印　　刷　普羅文化出版廣告事業
初　　版　2010 年 9 月
定　　價　初編 28 冊（精裝）新台幣 45,000 元

黃庭堅的散文藝術

蓋琦紓　著

作者簡介

蓋琦紓，祖籍山東萊陽，生於高雄市，台灣大學中國文學博士（2002），現任高雄醫學大學通識教育中心副教授。研究專長為宋代文學、唐宋散文、散文批評、文藝美學、文學與醫學等等，著有《活法與江西詩派之形成》（1996，碩士論文）、《蘇門與元祐文化》（2002，博士論文）及宋詩、黃庭堅及蘇門散文等單篇論文。

提　　要

　　本書以「文體」、「美學」、「文學史」為主軸，有系統論述黃庭堅的散文藝術，以專題研究方式呈現山谷散文的整體面貌，發掘其文學意義與價值。分別撰寫〈緒論〉、〈黃庭堅散文之文體考察（上）〉、〈黃庭堅散文之文體考察（下）〉、〈黃庭堅「尺牘」書寫的美學意義〉、〈黃庭堅「字說」書寫的文化新意〉、〈黃庭堅「古文」的文體轉變〉、〈黃山谷散文的「小品」特質〉七篇論文；另附錄〈傷逝、追憶與不朽——蘇軾、黃庭堅題跋文的時間意識〉、〈蘇門文人私人建物記之美學意涵〉兩篇蘇黃、蘇門論文，合計九篇。首先全面考察黃庭堅散文的各文體特色與創新之處，其次，深入探討山谷散文中數量最多、推崇甚高的「尺牘」作品，超越前人的「字說」書寫，具有文體革新意義的「雜著」篇章，最後綜論山谷散文的「小品」特質，確立其在文學史上的地位。附錄兩篇文章則補充黃庭堅散文與蘇軾、蘇門文人的關係。

目次

緒　論

一、研究目的

　　詩歌與散文是中國古典文學的兩大重鎮，只是散文研究相較於其他文類向來受人冷落，即使是古典散文中以唐宋古文最受重視、最爲關鍵，然而目前唐宋散文專家研究也多半以唐宋八大家爲核心，其他作家零星少見。而本書卻打算對不以文見稱的宋詩大家黃庭堅的散文做出系統論述，不免啓人疑慮。的確目前文學史（散文史）專書裡很少論及山谷散文，即使郭預衡《中國散文史》三大冊也僅是簡略論述，談不上地位及評價，當然主要原因是黃庭堅爲宋代江西詩派的領袖，影響時人及後世甚鉅，論述山谷詩論及詩作者甚眾，其散文成就自然爲詩名所掩。

　　其實黃庭堅散文體裁豐富，曾有學者統計總篇章多達兩千八百篇左右，以爲在宋人散文創作中，僅次於蘇軾。〔註1〕其次，後人對山谷散文的評價兩極，褒貶不一，尤其南宋人頗有微詞，如陳善云「黃魯直短於散語」，〔註2〕朱熹曰「山谷好說文章，臨作文時，又氣餒了」，〔註3〕羅大經則言「山谷詩

〔註1〕據楊慶存《黃庭堅與宋代文化》（開封：河南出版社，2002年）第九章〈山谷散文及其人文精神〉中的統計，並指出黃庭堅散文「是其現存詩歌總量（1900多首）的1.5倍，這個數字雖然比不上蘇軾傳世的散文總量（4349篇），但卻比唐宋八大家的其他七家都多得多」，頁240。

〔註2〕宋人陳善著，《捫蝨新話》（北京：中華書局，1985年）卷1，頁5。

〔註3〕宋人朱熹著，黎靖德編，楊繩其，周嫻君校點，《朱子語類》（長沙市：岳麓書社，1997年），卷140，頁3010。

騷妙天下，而散文頗覺瑣碎侷促」；〔註4〕然明人如何良俊、張有德卻稱讚山谷之文「蘊藉有理趣」、「大言小語，韻致特超」等等。〔註5〕現存山谷散文篇幅多半短小，與宋人議論大文無法相提並論，或許正因如此，而為南宋文人所譏誚；但到了明朝萬曆以後文學趣味發生變化，興起「獨抒性靈，不拘格套」的小品風氣，重視小文章，山谷散文的「大言小語」也因而受到推崇，甚至與蘇軾小文合刻，如蘇黃尺牘、蘇黃題跋等，文人名士爭相閱讀。

至於黃庭堅本人曾自評其議論文字，不如秦觀、晁補之、張耒及陳師道，但雜文卻與無咎不分軒輊。〔註6〕可見黃庭堅對「雜文」創作具有一定自覺。山谷「雜文」乃承歐陽脩、蘇軾而來，如云「天聖之間，予舉進士於有司，見時學者務以言語聲偶摘裂，號為時文，以時相誇。而子美獨與其兄才翁及穆參軍伯長，作為古歌詩雜文，時人頗共非笑之，而子美不顧也」，歐公將「古歌詩雜文」與「時文」相對，「雜文」可謂「古文」。又如蘇軾嘗云：「所示書教及詩賦雜文，觀之熟矣。大略如行雲流水，初無定質，但常行於所當行，常止於所不可止，文理自然，姿態橫生。」〔註7〕詩賦與雜文並舉，雜文乃以散體為主，亦指「古文」，不過子瞻更進一步強調「文理自然，姿態橫生」特質，可見「雜文」是歐、蘇欲追求的「古文」理想，而黃庭堅所謂「雜文」當與其師長歐、蘇一脈相承。另蘇門弟子秦觀曾云：「賦中作用，與雜文不同，雜文則事詞在人意氣變化；若作賦，則貴鍊句之功，關難、關巧、關新。」〔註8〕亦以雜文與賦相比，賦重視「鍊句」，雜文則言個人「意

〔註4〕 宋人羅大經著，《鶴林玉露》（臺北：正中書局，1969年，初版），丙編，卷二，頁10。

〔註5〕 明人何良俊《四友齋叢説》卷23：「山谷之文，只是蘊藉有理趣，但小文章甚佳。」張有德〈宋黃太史公集選序〉：「魯直文故稍遜子瞻，而清舉拔俗，亦自疊疊。書尺題贊，大言小語，韻致特超。」《宋黃太史公集選》（明萬曆27年崔氏大梁刊本）卷首。

〔註6〕 〈與秦少章覿書〉：「庭堅心醉於詩與《楚詞》，似若有得，然終在古人後。至於議論文字，今日乃當付之少游及晁、張、無己。」〈論作詩文〉：「予嘗對人言，作詩在東坡下，文潛、少游上：至於雜文，與無咎等耳。」《黃庭堅全集·正集》（劉琳等人點校，成都：四川大學出版社，2001年5月）卷19、《黃庭堅全集·別集》卷11，頁483、1686。

〔註7〕 歐陽脩著、李逸安點校：〈蘇氏文集序〉，《歐陽脩全集》（北京：中華書局，2001年），卷43，頁614；蘇軾著、孔凡禮點校：〈與謝民師推官書〉，《蘇軾文集》（北京：中華書局，1992年），卷49，頁1418。

〔註8〕 引自李廌：《師友談記》（北京：中華書局，2002年），文中尚云：「少游言賦家句脈，自與雜文不同，雜文語句，或長或短，一在於人，至於賦，則一言

氣」的表現，與韓愈所云「氣盛則言之短長與聲之高下者皆宜」，[註9]皆強調氣與言詞的關係，換言之，歐、蘇門文人所謂的「雜文」，乃承韓、柳以來的「古文」。

　　黃庭堅頗自知不擅長議論文字，卻在重策論取士的宋代，自覺地獨闢蹊徑，在小品文章中大放異彩，山谷的師友蘇軾、秦觀等人都曾稱讚他的詩文「格韻高絕」、「致思高遠」。[註10]然後人僅注意山谷的詩歌成就對詩歌法度的講究，而本書擬重新檢視黃庭堅詩人散文的意義與價值。

二、文獻探討

　　黃庭堅爲宋代的一流詩人，其詩歌、文論的研究成果也最爲豐碩，或全面論述山谷文藝觀及創作風格，或分論山谷題畫詩、詠物詩、詠茶詩、唱和詩、詩體等等，或以文學流派、文化視域，[註11]換言之，研究方法與時俱進。就文藝觀而言，黃庭堅的法古主張，點鐵成金、奪胎換骨等詩法，從負面貶抑到正面肯定，「體現悠久的歷史創作傳統，又反映了廣闊的文學創作現實」，[註12]明示他人作詩之門徑，幾乎已成定論。另山谷是宋人首位以「韻」通論詩文書畫，「韻」也成爲宋代的審美理想，論者闡述山谷「韻」之內涵如「不俗」、「平淡」等等。至於山谷詩歌呈現瘦硬新奇風格，具有諧趣與理趣。[註13]

　　另黃庭堅開創江西詩派，其江西詩法理論影響後代甚鉅，今人研究江西

　　　　一字，必要聲律。」頁20。賦之句脈依賴外在聲律，而雜文句式長短，完全
　　　　在於人之意氣。

〔註9〕　〈答李翊書〉，馬通伯校注：《韓昌黎文集校注》（臺北：華正書局，1986年），
　　　　頁99。

〔註10〕蘇軾〈書魯直詩後〉云：「魯直詩文如蜻蚨江瑤柱，格韻高絕，盤飧盡廢。」
　　　　《蘇軾文集》（北京：中華書局，1992年），卷67，頁2122；秦觀〈與李德叟
　　　　簡〉云：「文章高古，逸然有二漢之風，今時交游中以文墨自業者，未見其比。」
　　　　《淮海集箋注》（上海：上海古籍出版社，2000年），卷30，頁1005。晁補之
　　　　〈書魯直題高求父揚清亭詩後〉云：「魯直於治心養氣，能爲人所不爲，故用
　　　　於讀書、爲文字，致思高遠，亦似其爲人。」見曾棗莊、劉琳主編：《全宋文》
　　　　（上海：上海辭書出版社，2006年），卷2723，頁138。

〔註11〕參見本書後所附參考文獻。

〔註12〕凌佐義：〈十年來黃庭堅研究綜述〉，《文學遺產》，1997年第4期，頁117
　　　　～125。

〔註13〕吳晟：《黃庭堅詩歌創作論》（南昌：江西人民出版社，1998年）從文藝觀、
　　　　感受、構思、傳達、風格、趣味、文化七環節有系統且全面地探討山谷詩的
　　　　美學價值及藝術得失。

詩派成果亦相當可觀。龔鵬程《江西詩社宗派研究》（1983）一書中探討江西詩學，以爲句法乃「作者性情體氣之具見於作品者」，又云活法即是以道心爲作詩的關鍵悟入處，對後學啓發頗大。莫礪鋒《江西詩派研究》（1986）一書中亦分析江西詩派的詩論，包括思想內容、藝術形式及藝術淵源，對早期研究黃庭堅及江西詩派者，具有頗高的參考價值。筆者碩士論文《活法與江西詩派之形成》（1996）即在龔書、莫書的基礎上，進一步結合江西詩法（活法）與創作實踐。近年又有伍曉蔓《江西宗派研究》（2005）針對「宗派圖」所列詩人一一細緻分析，林湘華《江西詩派研究》（2006）則借鏡西方文論開闢江西詩法研究的新視野。

其次，黃庭堅爲北宋四大書法家之一，除了單篇（期刊）論文外，亦出現不少專書、學位論文，已累積一定的研究成果。如近年陳志平《黃庭堅書學研究》（2006）除了山谷相關書事、交游和作品考辨外，並發現黃庭堅的書學研究與黃庭堅其他方面相脫節，有意會通書學與詩學，書中梳理黃庭堅與文字禪的關係，同時詳細論述了黃庭堅書論中韻、俗、意三個概念的禪學意蘊和文化內涵；並對字中有筆的創作方式和他的詩、書一體問題進行了專題討論，使詩學與書學相互發明，幫助我們更能理解山谷整體的文藝觀。

至於山谷詞的成就雖不如詩歌，亦受世人推重，陳師道以「秦七、黃九」並稱，其中山谷雅詞、俚詞，歷代評價兩極，褒貶不一。不過在今人研究成果中，分別抉發兩者文學價值，「俚詞似柳而不同於柳，雅詞似蘇而有別於蘇」，「學習柳永以俚語入詞」，在於以俗爲雅，意境生新奇絕；亦學習蘇軾的雅詞，但筆力奇崛過之，確立山谷詞在詞史上的地位。〔註14〕

從上述可知，黃庭堅詩詞、書法的研究成果豐碩，尤其山谷詩歌、文論的研究已達到一定高峰，卻也形成難以突破的瓶頸，後人如何超越前人成果，爲目前黃庭堅文學或詩學研究的困境。近年來有學者開始留意黃庭堅散文，由於散文研究相較於其他文類，原本就冷清許多，而山谷散文或爲其文論的附庸，或與其他文類合論，〔註15〕尚未有獨立的文學生命。於是論者

〔註14〕同前註1，該書第八章〈"不妨隨俗"與"紅紫事退"〉，頁226～237。

〔註15〕近年來黃庭堅研究逐漸打破詩、詞、散文的疆界，以主題貫穿各文類，如鍾美玲：《黃庭堅邊謫時期之生死智慧研究》（嘉義：南華大學生死學所，2004年）、陳善巧：《黃庭堅入蜀及蜀中創作研究》（四川師範大學碩士論文，2007年）等等，呈現黃庭堅文學的共通特色。雖論及山谷散文作品的特色，但難以彰顯其獨立的文學生命。

開始發掘黃庭堅散文的文學價值，如金振華〈黃庭堅散文特徵論〉（2001）
一文中指出山谷散文在內容上「反映了他的許多詩文理論和文藝思想」，在
藝術形式方面「篇幅短小精悍，語言潔淨曉暢，深婉而淡遠，含蓄而疏朗」，
有別於他的詩詞風格，〔註 16〕雖然取材、觀點仍失之片面，不過初步探究
山谷散文的文學特色。另邱美琼、胡建次〈論黃庭堅的記、序、題跋及其對
宋文文體的拓展〉（2003）一文粗略考察山谷記、序、題跋文，以爲拓展了
三體的題材內容，並開創一些體式，對宋代散文繁榮亦有所貢獻。至於楊慶
存《黃庭堅與宋代文化》（2005）最後一章〈山谷散文及其人文精神〉據今
人點校本統計出山谷散文數量約 2800 篇，以爲僅次於蘇軾，且體裁將近二
十種，楊先生又考察賦、序、書簡、及題跋等體，認爲山谷散文「精於意而
得於體，篤於情而深於理，博於識而巧於辭」，具有「深厚廣博的文化底韻
和努力創新進取精神」，並另闢專節分析日記體〈乙酉宜州家乘〉的構思、
主調及文筆，抉發其文體意義。〔註 17〕該文指出黃庭堅的散文正如他的詩
歌和書法一樣，具有重要的文化意義、文學意義和創新意義、美學意義，將
山谷散文與其詩、書法相提並論，強化其獨立的文學生命。

　　其次，在黃庭堅散文的豐富體裁裡，又以題跋文最受後人的推崇，朱迎
平〈宋代題跋文的勃興及其文化意蘊〉一文指出蘇軾、黃庭堅題跋題材廣泛、
體式靈活、趣味盎然，深得人情物理。〔註 18〕之後毛雪《蘇軾、黃庭堅題跋
文研究》（2003）、賴琳《黃庭堅題跋文研究》（2007）對題跋文在宋前的流變、
文體意義，及蘇、黃題跋文的藝術性做了更細密考察、探析，有系統論述蘇、
黃題跋在題材、體式、表達及趣味上的拓展創新，確立其在題跋發展史上的
地位。〔註 19〕另黃庭堅銘文超過百篇，亦引起學者關注，如徐建平〈論黃庭
堅銘的特色〉一文即剖析出山谷銘文打破傳統的束縛，倡導銘文創作「頓挫
崛奇」，開拓新路。〔註 20〕

〔註 16〕該文刊登於《蘇州大學學報》4 期，2001 年 10 月，頁 47～50。
〔註 17〕同前註 1，該書第九章，頁 238～281。另黃啓方：《黃庭堅與江西詩派論集》
　　　　（臺北：國家出版社，2006 年）收錄作者三十餘年有關黃庭堅及江西詩派的
　　　　研究成果，其中對山谷日記體〈乙酉宜州家乘〉之疏解補證精密，且論及山
　　　　谷臨終前半年的生活狀況，在極度困窘生活中依舊「書藥花棋樂餘生」，表現
　　　　其任運自得的生命情調。
〔註 18〕參見氏著：《宋文論稿》（上海財經大學出版社，2003 年），頁 3～18。
〔註 19〕二氏論著，分別是中國的鄭州大學、蘭州大學碩士論文。
〔註 20〕該文刊登於《上海師範大學學報》37 卷 3 期，2008 年 5 月，頁 90～95。

綜合上述，可知近十年黃庭堅散文研究已有所開拓，但成果仍相當有限，多半為短篇論文。儘管山谷散文成就與影響未像詩歌、書法如此巨大，但的確具有自己面貌及文學價值，實當有系統論述之。

三、研究方法與視角

中國古代散文研究，以文體批評最為源遠流長，從魏朝曹丕《典論·論文》將「文」分成四科八體，之後陸機《文賦》、摯虞《文章流別論》、李充《翰林論》、蕭統《昭明文選》等除了文體分類外，並說明各類文體性質、源起及流變；至劉勰《文心雕龍》更是一部體大思精的文學理論鉅作，全書五十篇，有二十篇是文體論，依照「原始以表末，釋名以章義，選文以定篇，敷理以舉統」，〔註21〕給予各體以明白適當的定義，辨別各體不同的風格，論述各體的源流、演變，評述各體之代表作家及作品，可以說是集前人之大成。〔註22〕又唐宋以後喜論辨體、破體，明代徐師曾等人更例舉一百多種文體，至清代姚鼐簡化為十三體類，從此為後人所遵循。換言之，古代散文文體的分類，肇始於漢魏，大盛於齊梁，繁衍於宋明，論定於晚清，〔註23〕文體批評始終是散文領域相當重視研究方法。且當代又受到西方文體學理論的衝擊，古代散文文體和文體論的研究更為自覺和深入，也是目前推動古代散文研究的重要視角和思路。〔註24〕

其次，中國散文的文體分類長久以來一直存在「藝術性文類」與「實用性文類」，或「純文學」與「雜文學」，而形成文學的二元本質論。由於「文學性」（藝術性）長久以來為人所質疑、困惑，影響散文研究的成果，始終無法與詩歌、小說等相提並論。臺灣學者顏崑陽乃解構散文二元的論述框架，提出任何一種文類體裁必然同具有「藝術性向」與「社會性向」，形成「雙向成體」的關係，尤其「文體」的審美標準，總要相對於不同類體而衡定；類體不同，則審美標準亦自有異。〔註25〕柯慶明則進一步探究中國古

〔註21〕劉勰著、范文瀾注：《文心雕龍·序志》（臺北：學海出版社，1991 年），頁725～728。

〔註22〕郭紹虞：《中國文學批評史》（臺北：藍燈文化，1988 年），頁 57。

〔註23〕陳必祥：《古代散文文體概論》（臺北：文史哲出版社，1997 年），頁 30。

〔註24〕參見寧俊紅：〈中國古代散文研究理論與實踐的思考〉一文論述，《文學遺產》2009 年 3 期，頁 152～157。

〔註25〕顏崑陽：〈論「文類體裁」的「藝術性向」與「社會性向」及其「雙向成體」

代論說、序跋、書箋、表奏等實用文體的美感特質，確立它們的文學價值。〔註26〕以上兩位學者可以說大大開拓散文研究的視野，跳脫狹隘的「文學性」理解與侷限。

本書乃在前人研究基礎上，以「文體」、「美學」、「文學史」爲研究視角，嘗試提出一套古代專家散文的研究模式，並以黃庭堅散文爲例，採取傳統的文體批評方法，探析山谷散文各文體的演變、美學或文化意涵，及寫作手法，抉發山谷散文的文學意義與價值；最後從文學史角度審視山谷散文對唐宋散文創作傳統的傳承與變革，重新賦予其公允的評價。

四、本書架構與內容

從前文可知，目前有關黃庭堅詩詞、書法研究皆有專門著作，唯獨散文僅有題跋文出現學位論文，其實山谷散文體裁豐富，數量近三千篇，實有必要有系統、全面地探討山谷散文成就。有關山谷的家世、生平、性格等說明、考辨文字相當多，本書不再贅述之，而是以「文體」、「美學」、「文學史」爲主軸，有系統論述黃庭堅的散文藝術，以專題研究方式呈現山谷散文的整體面貌，發掘其文學意義與價值。

本書除了緒論外，首先全面考察黃庭堅散文的辭賦、書牘、序跋、雜記、贈序、箴銘、贊頌、碑誌、哀祭的等文體特色與創新之處；其次，深入探討山谷散文中數量最多、推崇甚高的「尺牘」作品，超越前人的「字說」書寫，具有文體革新意義的「雜著」篇章，最後綜論山谷散文的「小品」特質，確

的關係〉一文中指出從清朝末年到當代，有關中國古代及現代文章體裁的分類一直存在此種二分的論述框架，認爲「美，從人的存在事實去體現，它是相對的、多元的；而文學的『藝術性』也不能以『形象直覺』的美感爲唯一而絕對的標準」。《清華學報》新35卷2期，2005年12月，頁295～330。

〔註26〕參見柯慶明：〈「論」、「說」作爲文學類型之美感特質的探究——從中古到近古〉，《遨遊在中古文化的場域：六朝唐宋學術研討會論文集》（臺北：里仁書局，2004年），頁5～62；〈「序」「跋」作爲文學類型之美感特質的研究〉，《鄭因百先生百歲冥誕國際學術研討會論文集》（臺灣大學中國文學系主辦，2005年）；〈「書」「箋」作爲文學類型之美感特質的研究〉，《屈萬里先生百歲誕辰國際學術研討會論文集》（臺北：國家圖書館等，2006年），頁535～583；〈「表」「奏」作爲文學類型之美感特質的研究〉，《臺灣學術新視野：中國文學之部（二）》（臺北：五南圖書出版公司，2007年），頁839～886。

立其在文學史上的地位。附錄兩篇文章則補充黃庭堅散文與蘇軾、蘇門文人的關係。以下分別說明之。

首篇〈黃庭堅散文之文體考察（上）〉——從唐宋古文中盛行的體裁如書牘、雜記、贈序（字序）及序跋來考察黃庭堅散文創作之表現，〔註27〕其中雜記、贈序為唐人新體，字說、題跋則屬宋代新體，至於書牘，唐宋古文家乃賦予新穎面貌，這些文體皆可謂唐宋古文運動的優秀成果，黃庭堅在前人基礎上，又多有衍生、創發之處，對唐宋散文新舊體之拓展，頗有貢獻。

第二篇〈黃庭堅散文之文體考察（下）〉——考察黃庭堅辭賦、箴銘、贊頌、碑誌、哀祭等用韻之古文，在散文領域中，此五種體類皆是中國源遠流長的舊文體，除了辭賦外，其他四體實用性強，作法固定，可突破、創新之處不大，往往乏人問津。然黃庭堅乃發揮其以詩為文的長處，使「古賦、贊、銘有韻者率入妙品」，體現詩人之文的特質。

第三篇〈黃庭堅「尺牘」書寫的美學意義〉——宋代尺牘書寫風氣盛，黃庭堅「尺牘」超過一千篇，被人推崇「小簡本朝惟山谷一人」，〔註28〕因此本書特別獨立探討山谷尺牘小簡的美學意義，包括超逸的人格美、造語精深、平淡之境等，展現詩文共通的境界。

第四篇〈黃庭堅「字說」書寫的文化新意〉——字序、字說是宋人在古代命名取字的文化傳統上所創發的新體裁，由古文家柳開、穆修等人開啟書寫風氣，可以說是北宋古文運動的文化產物。黃庭堅多達五十餘篇的「字序」（字說）書寫，遠遠超過之前的古文家。其內涵以道為核心，運用多種文學修辭手法，大大提昇具實用取向、議論性質的字說一體的文學性，使字說書寫充滿文化新意。

第五篇〈黃庭堅「古文」的文體轉變〉——本文從「雜著」來考察黃庭堅的「古文」創作，「雜著」名稱出現於唐代古文家文集裡，其往往突破文體窠臼，體現唐代古文運動的文體革新意義。本文檢視北宋古文大家歐陽脩、王安石、蘇軾及蘇轍，和黃庭堅「雜著」（雜文）與相關體類的互涉，發現山谷「雜著」篇章不但較其他古文大家多，其內容與形式亦有所差異。山谷散

〔註27〕在黃庭堅散文近二十種體裁中，其中書簡 1202 篇、題跋 603 篇，即佔了三分之二；雜記、字序數量亦多半超越北宋古文家。

〔註28〕引自陳模撰、鄭必俊校注《懷古錄校注》（北京：中華書局，1993 年）卷下，尚云：「今觀《刀筆集》，不特是語言好，多是理致藥石有用之言，他人所以不及。」說明山谷尺牘的長處，頁 90。

文雖實踐唐宋古文「道」在日用倫常間的核心價值，但篇幅短小，不講究文章佈置，創造「大言小語，韻致特超」的風格，可以說從高文大冊的「古文」走向小文小說的「小品」。

第六篇〈黃山谷散文的「小品」特質──兼論其文學史意義〉──黃庭堅散文數量眾多，體裁豐富，卻罕見「高文大冊」，多是「小文小說」，其具有「小品」文類駁雜、抒發性情及追求趣韻等特色，對晚明「小品」應具有一定的啟發。在唐宋「古文」載道經世的傳統下，山谷自知不長於議論大文，卻承其師蘇軾致力開闢小文小說之寫作，換言之，從唐宋「古文」至晚明「小品」，山谷散文乃具有承上啟下的意義。

以上各篇專就黃庭堅散文的各類體裁作出論述，發掘山谷散文以「小品」見長的美感特質，及其文體轉變的文學史意義。又山谷散文與蘇軾、蘇門文人具有密切關係，尤其承東坡致力開闢小文小說之寫作，後人并稱「蘇黃」小品。因此本書附錄尚編排〈傷逝、追憶與不朽──蘇軾、黃庭堅題跋文的時間意識〉、〈蘇門文人私人建物記之美學意涵〉兩篇論文：

前者探討蘇軾、黃庭堅的題跋文，由於前人多論述兩人題跋文的整體表現，本文特別從「時間意識」角度切入，發現蘇軾、黃庭堅某些題跋文流露傷逝、追憶及不朽情懷，以抒情口吻、素樸語言道出深沉的人生感慨、生命之永恆，具有濃厚的「抒情性」。

後者乃以唐宋興起的亭臺堂等私人建物記為對象，「蘇門」是指以蘇軾為首及其所領導的師友團體，尚包括蘇轍、黃庭堅、秦觀、晁補之、張耒等，凡六人，他們也是北宋哲宗元祐前後（盛宋時期）重要的文學團體，儘管彼此之間的文學風格不同，仍具有共通之處。他們的「亭臺堂齋軒」記流露了文人的精神意趣及人格境界，且他們多數篇章精於論理，略於寫景、記事，以論作記，促使「以善敘事為主」的記體散文產生新變，具宋代詩學中「尚意」、「主理」的美感特質。

本書應是目前國內外第一本研究黃庭堅散文的專著，有系統、全面地探討山谷散文成就，抉發山谷散文以「小品」見長的文學史意義，給予黃庭堅散文公允的評價；且本書成果將可與山谷詩詞、書法研究相互發明補充。其次，唐宋古文是古典散文的高峰，目前研究成果以唐宋八大家為主，其實黃庭堅散文亦深受古文運動的影響，其傳承歐陽脩、蘇軾「文與道俱」的創作理念，卻不像正統古文講究文章佈置，而是另闢一種「大言小語、韻致特超」

的獨特風格，與蘇軾并稱「蘇黃小品」，開展宋代散文對晚明小品、近現代散文的影響。〔註29〕

〔註29〕近現代散文大家周作人〈與俞平伯君書〉中云「由板橋、冬心溯而上之這班明朝文人，再上連東坡、山谷等，似可編出一本文選，即為散文小品的源流材料」，周氏以為「現今的散文小品並非五四以後的新出產品，實在是『古已有之』，不過現今重新發達起來罷了」。《周作人先生文集・周作人書信》（臺北：里仁書局，1982 年），頁 161～162。指出從清代鄭燮、金農可上溯晚明文人及宋代蘇軾、黃庭堅等人，嘗試梳理中國散文小品的源流。

首篇　黃庭堅散文之文體考察（上）
——書牘、雜記、贈序、序跋

一、前　言

　　黃庭堅（1045～1105）爲宋代江西詩派的領袖，一般人多半注重其詩論與詩作，卻忽略山谷的散文成就。據學者曾統計山谷散文總篇章多達兩千八百篇左右，以爲在宋人散文創作中，僅次於蘇軾（1037～1101）。〔註1〕蘇軾對山谷詩文則一併推崇云「格韻高絕」，〔註2〕至於黃庭堅又如何看待自己散文呢？

　　山谷曾自評其議論文字，不如秦觀（1049～1100）、晁補之（1053～1110）、張耒（1054～1114）及陳師道（1053～1102），至於「雜文，與無咎等耳」，〔註3〕由此可知其對「雜文」創作具有一定自覺。黃庭堅所謂「雜文」

〔註1〕　根據劉琳、李勇先、王蓉貴點校：《黃庭堅全集》（成都：四川大學出版社，2001年）中現存黃庭堅散文體裁有賦、序、記、書簡、論、表狀、傳、策、碑、銘、贊、頌、字說、題跋、雜著、祭文、墓表等近二十種。另楊慶存：《黃庭堅與宋代文化》（開封：河南出版社，2002年）第九章〈山谷散文及其人文精神〉中統計黃庭堅散文「是其現存詩歌總量（1900多首）的1.5倍，這個數字雖然比不上蘇軾傳世的散文總量（4349篇），但卻比唐宋八大家的其他七家都多得多」，頁240。

〔註2〕　〈書魯直詩後二首〉，《蘇軾文集》（北京：中華書局，1992年）卷67，頁2122。

〔註3〕　〈與秦少章觀書〉：「庭堅心醉於詩與《楚詞》，似若有得，然終在古人後。至於議論文字，今日乃當付之少游及晁、張、無己。」《黃庭堅全集・正集》（以下簡稱《正集》），卷19，頁483。〈論作詩文〉：「予嘗對人言，作詩在東坡下，文潛、少游上：至於雜文，與無咎等耳。」《黃庭堅全集・別集》（以下簡稱

當從歐陽脩（1007～1072）、蘇軾而來：

> 天聖之間，予舉進士於有司，見時學者務以言語聲偶擿裂，號爲時文，以時誇尚。而子美獨與其兄才翁及穆參軍伯長，作爲古歌詩雜文，時人頗共非笑之，而子美不顧也。

> 所示書教及詩賦雜文，觀之熟矣。大略如行雲流水，初無定質，但常行於所當行，常止於所不可不止，文理自然，姿態橫生。〔註4〕

前者乃歐陽脩回憶天聖年間舉進士的文章風氣，當時蘇舜欽（1008～1049）兄弟與穆修（979～1032）習作「古歌詩雜文」，一反「言語聲偶擿裂」的時文；後者蘇軾則進一步指出詩賦雜文「行雲流水」、「文理自然，姿態橫生」的理想文境。兩人皆將「詩賦」與「雜文」並舉，雜文當以散體爲主，即歐、蘇所倡導的古文。又如蘇門弟子秦觀亦云：「賦中作用，與雜文不同，雜文則事詞在人意氣變化；若作賦，則貴鍊句之功，闞難、闞巧、闞新。」〔註5〕以雜文與賦相比，賦重視「鍊句」，雜文則以個人「意氣」爲主，看來歐、蘇門文人喜以「雜文」稱呼古文。既然如此，山谷散文（雜文）與歐陽脩、蘇軾古文應具有一脈相承的關係。

　　本文將從唐宋古文中書寫盛行的體裁如書牘、雜記、贈序（字序）及序跋來考察黃庭堅散文創作之表現，〔註6〕發掘其與前人不同之處，有何拓展或創變，重新審視山谷散文在文學史上的意義。

二、書牘類：尺牘之理致意趣

　　黃庭堅書牘約 1200 篇，幾乎佔了山谷散文數量的一半，其中大多是篇幅短小的尺牘。書牘一體源遠流長，從實用轉向文學創作，大致起自東漢建安時代，曹丕、曹植兄弟的書札「辭多嗟嘆，情等詠歌」，超越前人，之後逐漸

〔註4〕 歐陽脩著、李逸安點校：〈蘇氏文集序〉，《歐陽脩全集》（北京：中華書局，2001 年），卷 43，頁 614；蘇軾著、孔凡禮點校：〈與謝民師推官書〉，《蘇軾文集》卷 49，頁 1418。

〔註5〕 引自李廌：《師友談記》（北京：中華書局，2002 年），文中尚云：「少游言賦家句脈，自與雜文不同，雜文語句，或長或短，一在於人，至於賦，則一言一字，必要聲律。」頁 20。賦之句脈依賴外在聲律，而雜文句式長短，完全在於人之意氣。

〔註6〕 在黃庭堅散文近二十種體裁中，其中書簡 1202 篇、題跋 603 篇，即佔了三分之二；雜記、字序數量亦多半超越北宋古文家。

沒落，直到唐代韓愈再創高峰，錢穆先生以為「寫情說理，辨事論學，宏纖俱納，歌哭兼存，而後人生之百端萬狀，怪奇尋常之體，盡可容入一短札中，而以隨意抒寫之筆調表出之」，書牘始成為短篇散文中的精品，雖是舊體亦可以新體視之。〔註7〕至宋代書牘相當興盛，名家輩出，〔註8〕而南宋楊萬里卻特別推崇「小簡本朝惟山谷一人」，「多是理致藥石有用之言」，〔註9〕明人則刊刻《蘇黃尺牘》，〔註10〕由此可見山谷尺牘之價值。

黃庭堅的書牘多半相通於師友、親友之間，其中與蘇軾以書信訂交之情誼，雖然未如歐陽脩與梅堯臣書簡往來頻繁，〔註11〕依然為人津津樂道。元豐元年（1078）黃庭堅以書信及〈古風〉二首詩正式拜於蘇軾門下，〈上蘇子瞻書〉中云「古之賢者，有以國士期人，略去勢位」，信末引用《詩經》「我思古人，實獲我心」，山谷以不卑不亢態度表達仰慕之情；蘇軾謫居黃州期間，山谷來信中云「忠信孝友，不言而四時並行，晏然無負於幽明」，〔註12〕慰勉子瞻，在兩人往返書信、唱和詩流露以道義相期、以文章相知之情，雖然蘇、黃二人遲至元祐初，即首封書信八年後才在京師相見，但早已藉由詩文建立亦師亦友的深厚情誼。

至於山谷尺牘小簡內容相當駁雜，與前人不同之處，在於幾乎不涉及政治國事，而以文人生活為範圍，包括勤官強學、談文論藝、治心養性、參禪學道、醫藥調護及飲食起居等等，流露山谷的治學觀、文藝觀、人格風度、生命體悟及生活意趣，文章雋永有味。山谷小簡最突出的特色，莫過於勸勉他人勤官強學、治心養性及讀書作文等等，揭示士人立身處世之道，往往具有藥石「規戒」之意，富有理致。如叮嚀外甥洪芻勤政不忘讀書，「切希勤吏事，以其餘從事於文史，常須讀經書，蓋古人經世之意，甯心養氣，累九鼎

〔註7〕 參見錢穆：〈雜論唐代古文運動〉，該文收錄於氏著：《中國學術思想史論叢》（臺北：東大圖書公司，78年），頁577～626。

〔註8〕 可參見金傳道：《北宋書信研究》（上海：復旦大學博士論文，2008年），對北宋書信結集做了較全面之考察。

〔註9〕 引自陳模著、鄭必俊校注：《懷古錄校注》（北京：中華書局，1993年）卷下尚云：「今觀《刀筆集》，不特是語言好，多是理致藥石有用之言，他人所以不及。」說明山谷尺牘的長處，頁90。

〔註10〕《評註蘇黃尺牘合纂》（臺北：學海出版社，1980年），引文：「《蘇黃尺牘》一書，舊題吳郡黃始靜御箋輯，黃氏行事無考，觀其箋語，略與屠長卿同時，當為明萬曆天啓時。」頁3。

〔註11〕《歐陽脩全集》卷149，有四十六封與梅堯臣的書簡。

〔註12〕《正集》卷18，頁457。

以自重」，〔註13〕尤其沉潛經書，探求修身經世之義理；〈答蘇大通書〉中則云：「讀書光陰亦可取諸鞍乘間耳，凡讀書法，要以經術爲主。經術深邃，則觀史，易知人之賢不肖，遇事得失易以明矣。」〔註14〕則勸蘇君把握光陰讀書，並進一步指出經術爲先，及觀史的目的。又〈與李少文書〉中明白告知「讀《論語》、《孟子》，取其切於人事者，求諸己躬，改過遷善，勿令小過在己」，從孔、孟之書入手，反求諸己，改過遷善。〈答王秀才書〉則直指王君讀書之缺失：「但從師取友之功少，讀書未及根本耳」，並引佛書「無有一善從懶惰懈怠中得，無有一法從驕慢自恣中得」，以規戒王君的讀書態度。至於〈答王觀復〉曰「文章以理爲主」，「少加意經術，便爲不朽之作」，指出經術對作文之幫助，又云治經「乃文章之根，治心養性之鑒」，〔註15〕道出治學作文修身皆以治經爲根本。

其次，黃庭堅在小簡中與人談作文，頗具特色，如著名點鐵成金之說：

自作語最難，老杜作詩，退之作文，無一字無來處，蓋後人讀書少，故謂韓、杜自作此語耳。古之能爲文章者，真能陶冶萬物，雖取古人之陳言入於翰墨，如靈丹一粒，點鐵成金也。〔註16〕

山谷作文講究法度，這段話已被宋代詩人奉爲圭臬，成爲家喻戶曉的詩法。至於〈與王觀復書〉中標舉「理得而辭順」，「不凡繩削而自合」之理想文境，及「簡易而大巧出焉，平淡而山高水長」，〔註17〕卻揭示作文的理想文境，可以說從有法至無法之境。這些對宋人深具影響的文藝主張，未像唐人書信長篇論文，卻是「大言小語」，意味無窮。

廣博學養、豐富閱歷及坎坷人生，使山谷對得失順逆及生死超越皆有深刻體認，並在小簡中與人分享個人的生命體悟，富有人生哲理。如山谷晚年貶謫江山萬里之外，與人信中仍云「萬里憶想，江山渺然，人生惟有忠信孝悌長久事耳，餘不足復道」，〔註18〕自始至終堅信「忠信孝友」是天地之間永恆不變的人生價值，不受世俗得失之影響。又如云「仕宦如農夫之耕，得而

〔註13〕分別見於〈與洪駒父〉三簡，《正集》卷19，頁484；《外集》卷21，頁1365、1367。

〔註14〕《別集》，卷17，頁1832。

〔註15〕以上四封小簡，分別出自《別集》卷15，頁1757、1768；、《續集》卷2、3，頁1791、1734。

〔註16〕〈答洪駒父書〉，《正集》卷18，頁475。

〔註17〕《正集》卷19，頁471。

〔註18〕〈答李郎〉，《續集》卷5，頁2024。

道在深耕而熟耰之，歲事之成，則有命焉」；「人生與憂患俱生，仕宦則與勞苦同處。事固多藏於隱伏，實無可避」；「世間逆順境界，如寒暑晝夜，必至之理」，〔註19〕以農夫之耕收比喻仕宦得失，只問耕耘與否；認為人生的逆順得失就像寒暑晝夜的更替，若「得之則喜，失之則悲，是為喜晝而悲夜也」，〔註20〕反而違反自然之道。山谷甚至認為「人生而游斯世，逆順之境常相半，強壯時少歷阻艱，亦一佳事耳」，〔註21〕既然順逆輪替是必然的，年壯時更能承受挫敗之淬鍊。

又山谷一生參禪學道，與師友書簡中亦表達學佛心得，對人生煩惱、生死之超越，如〈答廖宣叔〉乃云「利衰毀譽稱譏苦樂，此八物無明種子也，人從無明種子中生，連皮帶骨豈有可逃之地，但以百年觀之，則人與我及彼八物，皆成一空」，〔註22〕人難以逃脫「利衰毀譽稱譏苦樂」，唯有了悟一切皆空，才能解脫自在。佛家「緣起性空」的思想，讓山谷了悟「諸法皆妄」，與人小簡曰「萬事隨緣是安樂法」，「知世務嬰薄，亦隨緣自了」，〔註23〕抱持隨緣自在的人生態度，活在當下，隨遇而安。且體認出人生如夢幻，〈與純禪師〉書簡云：「楚人不別和氏之璧，想如夢中逆境，鏡裡煙塵也，已忘之矣。」〔註24〕世間萬事如幻如影，不須掛念心頭。因此山谷對人生空幻本質有清醒且深刻的認識，進而深求禪悅，期能超越生死，〈與胡少汲〉書簡曰「治病之方，當深求禪悅，照破生死之根，則憂畏淫怒，無處安腳，病既無根，枝葉安能為害」，〔註25〕禪宗「照破生死之根」，即生死「無所住心」，不以或生、或死為輕重。

黃庭堅尺牘擅長以短小精煉語言概括士人立身處世之道，彷彿人生「箴言」、「格言」，可作為人生的座右銘。如〈與洪氏四甥書〉：「喜論人之過，不自訟其過；嫉人之賢己，見賢不思齊；有過不改而必文，不稱事而增語；與人計較曲直，喜窺人之私；樂與不肖者游，好友其所教。」〔註26〕以映襯排比句法，指出一般人常犯十種過失，勉人時時反省，日改一過，十日盡去。又如「忠信

〔註19〕以上各句分別見〈與洪駒父〉、〈與明叔少府書〉、〈與益修四弟強宗帖〉，《外集》卷21，頁1365；《別集》卷16、18，頁1819、1877。
〔註20〕〈與潘邠老〉《正集》卷19，頁488。
〔註21〕〈與王子飛兄弟書〉，《別集》卷17，頁1828。
〔註22〕《別集》，卷19，頁1882。
〔註23〕〈與王子飛〉、〈與範長老〉，《外集》、《續集》卷21、6，頁1376、2046。
〔註24〕《續集》卷6，頁2046。
〔註25〕〈與胡少汲書〉，《正集》卷18，頁477。
〔註26〕《別集》卷18，頁1871。

孝友，立則見其參於前，在輿則見其倚於衡」，〔註27〕忠信孝友如影隨形，使人銘記在心。對光陰倏忽即逝，山谷則云「尺璧之陰，常以三分之一治公家，以其一讀書，以其一爲棋酒」，提供文人雅士作參考。其他如「治經欲鈎其深，觀史欲融會其事理」，「精於一則不凝滯於物，鞭其後則無內外之患，胸次寬則不爲喜怒所遷，人未信則反聰明而自照」，「守身如城，守氣如瓶」等等，〔註28〕以整齊凝鍊語言表達生活哲理，可作爲人們立身處世之準則。

除了治學修身外，山谷尺牘尚紀錄日常飲食起居，如在書信中提供他人醫藥偏方，像是治療癰腫，可用犀牛角與痛疏利：

> 犀牛角只用炙甘草一兩、生大黃一兩、朴硝一兩。先治甘草、大黃爲細末，研朴硝相和，煉蜜丸如梧桐子。初可十九、二十九，漸加三十九也。溫熱水腹空時候服，得大府流利，則癰自衰殺。若頭痛悗熱，宜消風散。蓋膿結不潰及惡肉不盡，可煎竹瀝，下蘇合香丸。〔註29〕

信中詳細交待藥材的份量、製丸、服法，並叮嚀對方留意症狀變化，來調整藥物，流露對親友關懷之情，亦相當實用。

山谷千餘篇的尺牘多半作於晚年謫居時期，誠如前文所述，山谷吸取道禪「安時處順」、「緣起性空」的思維，與人書簡言「人生夢中事耳，畢竟無得失是非，但要心常閒曠耳」，〔註30〕心中不存世俗利害得失，而能「仰觀青天行白雲，萬事不置」，〔註31〕胸中蕩然，擺脫物累，而能以美感心靈經營日常生活，充滿意趣。

三、雜記類：記體之拓展

記體始成立於唐代，〔註32〕在韓、柳古文家手中成爲重要的文學體裁，

〔註27〕見於〈與洪駒父〉，《外集》卷21，頁1365。
〔註28〕以上引文出自〈與洪氏四甥書〉、〈與元勳不伐書〉，《別集》18、19，頁1870、1898、1900。
〔註29〕《續集》卷3，頁1975。
〔註30〕《補遺》卷7，頁2255。
〔註31〕〈與明叔少府書〉，《別集》卷16，頁1821。
〔註32〕明人徐師曾：《文體明辨序說》（上海市：復旦大學出版社，2007年11月）考察記體的淵源流變：「〈禹貢〉、〈顧命〉，乃記之祖，而記之名，則昉於〈戴記〉、〈學記〉諸篇。厥後揚雄作〈蜀記〉，而《文選》不列其類，劉勰不著其說，則知漢、魏以前，作者尚少；其盛自唐始也。」頁103。徐氏指出「記」體源

宋人更是極盡記體千變萬化面貌。〔註33〕清人姚鼐《古文辭類纂》十三類文體，其中「雜記類」曰：「記所紀大小事殊，取義各異」，今人褚斌杰即云：「古人將以『記』名篇的文章稱爲『雜記文』」，〔註34〕稱「雜記」凸顯古代記體內容的駁雜性。目前黃庭堅雜記文中公領域的廳壁記、祠宇記二十餘篇，介於公、私領域之間的亭堂記十四篇，書畫、瑣細之類各一篇；較特殊的是私人的游記、行記、題記（題名、壁記）多達三十餘篇，短小雋異，富有文學意趣，與歸入雜文的「日記」內容與作法接近，山谷之前古文家很少出現這類文章，由於它們性質亦以「敘事識物」爲主，〔註35〕當一併放進雜記文中討論，更可看出山谷散文之拓變。〔註36〕

　　黃庭堅習禪甚用功，與僧人交游頻繁，受託撰寫禪院記、經藏記、塔記多達十八篇，與其師蘇軾不相上下，皆爲北宋撰寫佛僧祠宇記的大家。蘇軾謫居黃州前後的佛寺、經藏記文，從質疑批判到歸誠佛僧、會通儒佛，轉變痕跡頗明顯，又喜發議論。〔註37〕至於黃庭堅不長於議論文字，仍以記體之「善敘事」手法爲之，所謂「書經藏之所以成，與此院之因起，使廢興之際

於先秦的《尚書》、《禮記》，不過漢、魏以前作者甚少，南朝蕭統《文選》、劉勰《文心雕龍》中尚未立「記」體一類，自唐代開始大量創作記體文。

〔註33〕南宋葉適：《習學記言》（《中國子學名著集成》影印《萃古齋精鈔本》，臺北市：中國子學名著集成編印基金會，1978年），卷49云：「而『記』雖（韓）愈與（柳）宗元猶未能擅所長也：至歐、曾、王、蘇始盡其變態。」頁1542～1543。

〔註34〕見吳孟復、蔣立甫主編：《古文辭類纂評注》（合肥：安徽教育出版社，2004年6月），姚鼐原序云：「雜記類者，亦碑文之屬。碑主於稱頌功德，記則所紀大小事殊，取義各異，故有作序與銘詩全用碑文體者，又有爲紀事而不以刻石者。」頁17。指出雜記與碑體之異同。至於褚斌杰：《中國古代文體概論》（北京：北京大學出版社，1990）則云「所謂雜記文，也包括著有些文章不易歸屬，不得已而獨成一類的意思」，「從現存的"記"文來看，有的記人，有的記事，有的記山水風景：有的尚敘述，有的尚議論，有的尚抒情，有的尚描寫，是非常複雜多樣的」，指出現存記體內容駁雜，見該書第十一章第二節，頁352～353。

〔註35〕明人陳懋仁：《文章緣起注》云：「記者，所以敘事識物，以備不忘，非專尚議論者也。」收錄於《文體序說三種》，頁22。

〔註36〕王葆心：《古文辭通義》（臺北：臺灣中華書局，1984年）認爲雜記是「所以合記諸類及雜事瑣言者」，古代記事之文以及筆記、小品、唐以後興起之記體文，皆歸入雜記類。卷3，頁20。

〔註37〕可參照李貞慧：〈「文從道出」的書寫實踐──以朱熹「記」與北宋「記」之書寫內容爲討論中心〉一文中對「祠記」之論述。《漢學研究》第26卷第3期（2008年9月）。

有考焉」，〔註38〕呈現輾轉艱難的興廢歷史，雖然如此，建物本身並非這類記文的主角，住持的僧人才是山谷著墨的重心。如〈太平州蕪湖縣吉祥禪院記〉中的僧慶餘「不知寒暑，日乞於市上，風饕雪虐，道無行人」，「故歲行八周，興舊起廢」；「又爲大轉輪藏經，其費鉅萬。方歲之不易，居民薦蓄於水火，若不可爲；而餘之立志如山，不可回奪」，刻劃慶餘意志堅定、毅力過人的形象，栩栩如生。〈南康軍開先禪院修造記〉是較特殊的一篇，該院住持清隱曰：「吾與子同與不同，付與五湖雲水，惟是艱難以至燕樂，強爲我記之」，〔註39〕這番話使山谷撰寫這篇記文採取近臺閣名勝的作法，描述開先禪院的週遭景觀：

> 山悠而水遠，能陰而晴，升南山而望之，如李成、范寬得意圖畫。……
> 其東則謝康樂繙經臺，其西則石壁精舍，見於康樂之詩。石壁之灣
> 洄，古木怪石，又陶桓公之釣臺也。野老巖之下，盤折隈隩，其土
> 泉甘而繁松竹。

兼具自然山水、歷史陳跡，呈現登臨的遊觀之美；雖然直接描摹景物之處並不多，但南朝謝靈運巧構形似的山水詩，宋人李成、范寬山水畫，卻提供人們遐想的空間。山谷亦自道「隨食南北二十年矣，未嘗不愛樂此山之美」，乃與清隱師「賞風月而同歸」，流露文士的風流雅致，比前人佛僧之祠宇記多了文學意趣。

黃庭堅的十四篇亭堂記，皆爲他人所作，並未像宋代士人喜爲個人書齋、宴息作記，如歐陽脩〈畫舫齋記〉、曾鞏〈南軒記〉、蘇軾〈雪堂記〉等等，以寄託個人情志。而山谷爲他人所作亭堂記，多是士大夫在公餘之暇所經營燕息之所，寓有諷諫期勉之意。其作法不像唐人述遊觀之美，而採宋人常用命名、釋名手法，〔註40〕如〈鄂州通城縣學資深堂記〉文末引孟子所云「君子深造之以道，欲自得之也」，所謂「趨下流而失其本，資之不深也」，勉學者涵養學問。〔註41〕又如〈北京通判廳賢樂堂記〉以議論發端：

> 待外物而適者，未得之，憂人之先之也；既得之，憂人之奪之也。
> 故雖有榮觀，得之亦憂，失之亦憂，無時而樂也。自適其適者，無

〔註38〕〈成都甫慈因忠報禪院經藏閣記〉，《別集》卷2，頁1490。
〔註39〕以下兩篇分別見於《正集》卷17，頁449～450。
〔註40〕請參見下節字說的命名取字之說明。
〔註41〕《正集》卷16，頁423。

累於物，物之去來，未嘗不樂也。故古之人觀乎儻來若寄、於我如

浮雲之外物，亦正其名曰：賢者而後樂此，不賢者雖有此不樂也。

〔註42〕

山谷爲北都留守賈春卿的新堂命名、釋名，一開始即以「待外物而適者」與「自適其適者」作對比，得出後者超然物外之樂，藉此嘉勉賈君，而賈君敏於政事，「使節京西，吏畏其明」，卻失職，山谷「以議法不合，不以不稱職也」爲之抱屈，寄慰勉之意。至於〈松菊亭記〉則爲蜀地富商韓漸所作，韓漸築堂自名「松菊」，山谷以「期於名者入朝，期於利者適市，期於道者何之哉？反諸身而已」，期勉韓子「歌舞就閑之日，以休研桑之心，反身以期於道」，並學習孟獻子「以百乘之家，有友五人」，如此「聽隱者之松風，裛淵明之菊露，可以無愧矣」，〔註43〕賦予松菊亭更深刻意涵。

山谷尚爲僧人作〈自然堂記〉、〈幽芳亭記〉，〔註44〕前者山谷以「頹然自得」、「處順而不逆」釋名「自然」；後者〈幽芳亭記〉則融入文字禪，且云「若是非蘭非風非鼻，唯心所現」表達佛家所謂一切萬象皆心源所現。除了心性修養外，山谷〈大雅堂記〉則寄寓一段「藝文」之理，：

子美妙處，乃在無意於文。夫無意而意已至，非廣之以〈國風〉、〈雅〉、

〈頌〉，深之以〈離騷〉、〈九歌〉，安能咀嚼其意味，闖然入其門邪！

〔註45〕

山谷這篇「無意於文」之說揭示理想文境，由於建物記多半須刻石，藉此可啓示後世之文人讀者。

黃庭堅晚年貶謫戎州之際，爲張仲吉作〈綠陰堂記〉，可以說是一篇優美的小品，全文以敘事爲主，不雜議論，云：

其子寬夫又從予學，故予數將諸生過其家。近市而有山林趣，花竹

成陰，嘵鳥鳴蛙，常與人意相值。或時把酒至夜，漏下二十刻，雲

陰雷風，與諸生衝雨踏泥而歸。諸生從予，未嘗有厭倦焉，則仲吉

父子好士喜賓客可知也。〔註46〕

雖然未像歐陽脩〈醉翁亭記〉中遊覽山水、與民同樂，山谷則記述與諸生前

〔註42〕《正集》卷16，頁425～426、428～429。

〔註43〕《正集》卷16，頁438。

〔註44〕二記分別見於《正集》，卷17，頁456；《別集》卷2，頁1493。

〔註45〕《正集》卷16，頁437。

〔註46〕《別集》卷2，頁1494。

往張君「綠陰堂」宴飲，把酒至夜晚，在「雲陰雷風」中，「衝雨踏泥而歸」，道出師生「游息之樂」，亦流露超然自得的心境，比前人更加生活化。

　　至於黃庭堅的紀遊文字，大多作於晚年貶謫期間，與友人尋訪山水，未像前人遊記夾敘夾議，或大發議論，表達人生反思、生命體悟；〔註47〕乃以純粹「敘事識物」手法記述游程，描寫景物外，尚描述文人活動、風土物產。如〈黔南道中行記〉，〔註48〕山谷於貶謫途中，與親友尋三遊洞，文中詳細紀錄三天早晚的遊程，且運用視覺、聽覺及味覺的摹寫修辭技巧，刻劃三游洞內外景觀，如在眼前。文中尚描述的同遊三山尉辛紘（堯夫）在鹿角灘的亂石間據琴飲酒，夜深彈琴，風濤、灘聲相應，表現文人雅士的神情意態。文後述買茶、煮茗瑣事，品評當地茶茗。又如〈游龍水城南帖〉敘述「震雷欲雨，既而晴朗。燒燭入洞中，石壁皆霑濕，道崖險路絕，相扶將上下」，雨後攀登艱難之狀，出洞「佃夫抱琴作賀，若有清風發於土囊，音韻激越」，又與彥明「棋賭大白」，流露文人之風雅。後半段則說明洞南植物木威果實似橄欖，宜州風俗「取豚膾之爲鱻，盤中珍膳」；木威之葉「柔密」則可做雨衣，〔註49〕全文眞正紀游文字其實不多，反而花較多篇幅教人認識當地物產木威。內容較傳統遊記駁雜，具「雜錄」性質。

　　此外，山谷尚有十餘篇體制短小的題名（記）、壁記、題（書）壁等，同屬紀事性質，當於雜記類中討論。徐師曾云「按題名者，記識登覽尋訪之歲月與其同遊之人也，其敘事愈簡而贍，其秉筆欲健而嚴，獨《昌黎集》有之，亦文之一體也」，〔註50〕可見題名具紀遊性質，但以記時間及人物爲主，敘事簡要，韓愈〈嵩山天封宮題名〉記述龍潭遇雷事，〔註51〕其他題名僅記歲月、同游之人；宋代歐陽修、曾鞏、王安石未見題名，蘇軾則有一篇登覽山水的題名記，篇幅稍長。〔註52〕而黃庭堅的題名文字簡淨，多半以主觀寫意手法記游山水，如〈石門寺題名記〉云：

〔註47〕可參見梅新林、俞樟華：《中國遊記文學史》（上海：學林出版社，2004年12月）第四章〈宋代遊記文學的理性昇華〉，頁121～125。

〔註48〕《正集》卷16，頁439。

〔註49〕《別集》卷2，頁1494～1495。

〔註50〕同前註43，頁105。

〔註51〕該記述與友人「抵眾寺，上太室中峰，宿封禪壇下石室，遂自龍泉寺釣魚潭水遇雷，明日觀啓母石」，見馬通伯校注《韓昌黎文集校注》（臺北：華正書局，1986），頁429。

〔註52〕〈秦太虛題名記〉述往事，且寫景優美，見於《蘇軾文集》卷12，頁398。

> 晚到石門，秋氣正肅。斜日在青苔上，冷光翻衣袂。此地憶康樂「迴
> 溪淺瀨，茂林修竹」語，使人意遠。〔註53〕

渲染石門寺秋日黃昏之蕭瑟，流露簡遠之趣。

　　至於題（書）壁、題記應從題名衍生而出，如〈題太平州後園石室壁〉記述「與友人同酌桂漿，楊姝彈〈風入松〉、〈醉翁吟〉，有林下之意。琴罷，寶薰郁郁，似非人間」，有出世之趣。〔註54〕〈題太平觀壁〉、〈題西林寺壁〉二文僅五十字左右，文中有「觀四山急雨，草木皆成聲」、「愛碧甃流泉，凌厲暑氣，徘徊不能去」之句，充滿詩意。〔註55〕又如〈吳叔元亭壁記〉，「晚登秀江亭，澄波古木，使人得意於塵垢之外，蓋人閑、景幽，兩奇絕耳」，具超逸脫俗之美。〈題固陵寺壁〉云「時新雨晚晴，同登鐘閣，觀白鹽之崇崛，想少陵之風流，歎《大雅》之不作，徘徊久之」，流露懷古幽情，這些題記或壁記可謂遇境而生，彷彿是一首首散文詩，充滿意趣。

　　另黃庭堅〈宜州乙酉家乘〉可以說是古代第一部成熟、定型的私人日記，〔註56〕真實紀錄崇寧四年正旦至八月二十九日的日常生活點滴，而山谷即卒於是年九月三十日，可知為山谷臨終之文。山谷效法春秋晉國以「乘」名史的方法，命名「家乘」，以史書實錄手法記私人事情，紀錄每日晴雨變化，飲食起居與朋友交游等等，〔註57〕完全不涉及時政，無怨懟、憤慨之情，如下云：

> （正月）十日己卯，晴。步至三角市。食罷，從元明步自小南門，
> 繞城觀四面皆山，而無林木。歷西門、北門、東門、正南門，復由
> 舊路而還。得曹醇老書，寄二酒、乾筍菌、生熟栗、黃甘、山蘋。

〔註53〕〈海昏題名記〉、〈石門寺題名記〉見於《別集》卷2、《補遺》卷10，頁1495、2319。

〔註54〕《補遺》卷10，頁2326。

〔註55〕以上兩篇見於《別集》卷7，頁1599～1600。今人校點《黃庭堅全集》因以題命名，而歸入題跋類，並不妥當，題壁文章為紀事小文，作法與題名類似。

〔註56〕參見楊慶存：《黃庭堅與宋代文化》第九章第五節，論及《乙酉宜州家乘》「自創格範，垂式千秋」，具固定格式，每則先記日期、次記天氣，後述事實，成為後世日記的通式，並考察日記淵源流變，頁272～274。

〔註57〕可參見黃啓方：〈黃庭堅《乙酉宜州家乘》疏證〉一文，《黃庭堅與江西詩派論集》（臺北：國家出版社，2006），頁142～181。文中云：「此二百三十日所記先生之生活狀況雖極瑣細，然無一語及於政事或個人恩怨」，且以「書藥花棋樂餘生」。

（四月）二十三日庚寅，晴。自丙子至庚寅，晝夜或急雨，簷溜溝
水，行輒齊，問民間，未可以立苗也。食新蓮實。

（七月）十三日戊申，晴。將官許子溫見過，彈〈履霜〉數章，又
作〈霜鐘曉角〉而去。陶君送麵十斗，區君送梨及蕉子、紫水茄。
全甫、允中、信中來，小酌月明中。〔註58〕

三則日記中或與親友繞城漫步、月下小酌，友人寄送蔬果、酒等，或與百姓
話農耕，心無所累，與前述晚年尺牘有相通的生活意趣。

四、贈序類：字說的文化新意

贈序一體是脫離「詩序」性質，獨立成文，成為唐人的新興文體，在韓
愈、柳宗元手中極盡變化，質量俱佳，然北宋古文大家贈序文銳減，〔註59〕
黃庭堅也不例外，現存贈序文僅四篇左右，贈別內容與前人「致敬愛、陳忠
告之誼」有所不同，〔註60〕如〈別劉靜翁序〉述隱士靜翁其人如「孤雲野鶴，
來亦無心，去無定所」，文中設對話，透過靜翁口中表現其「安能雕琢天眞，
追逐俗好」心志。而〈送章上人南游序〉則記述曾交游的恭禪師、紹慈禪師、
心禪師、蕭禪師、悟新、惟新長老等性情與言語機鋒。至於〈贈黃成之序〉
則是山谷晚年遠謫嶺南，出衡陽途中，見主簿黃成之，問其宗派，得知乃同
四世祖兄，不禁感歎「殊鄉異井，六十歲而後相識，亦可悲也」，流露抒情悲
慨。〔註61〕

清人姚鼐《古文辭類纂》在「贈序體」下，尚收字序（字說），以爲合於
古人「贈人以言」之義。而字序乃是宋人在古代命名取字的文化傳統上所創
發的新體裁，〔註62〕由古文家柳開、穆修等人開啓書寫風氣，具古人「丁寧

〔註58〕《補遺》，卷11，頁2331～2348。
〔註59〕韓愈有32篇贈序文，柳宗元大約45篇：歐陽脩16篇、曾鞏10篇、王安石6
篇、蘇軾7篇。
〔註60〕姚鼐原序在「贈序類者」下有云：「唐初贈人，始以序名，作者亦眾。至於昌
黎，乃得古人之意，其文冠絕前後作者。」將字序、字說歸入贈序體，《古文
辭類纂評注》，頁16。
〔註61〕〈別劉靜翁序〉，《別集》，卷2，頁1485～1486；〈送章上人南游序〉、〈贈黃
成之序〉，《補遺》，卷9，頁2285～2286。
〔註62〕葉國良，〈冠笄之禮的演變與字說興衰的關係——兼論文體興衰的原因〉一文
指出宋人字說的書寫轉化、取代古代冠笄之禮的取字儀式。《臺大中文學報》
第12期（2000年5月），頁1～22。

訓誡之義」，〔註63〕逐漸蔚爲創作風氣，可以說是北宋古文運動的文化產物。其中黃庭堅「字序」竟多達五十餘篇，〔註64〕遠遠超過之前歐陽脩等宋文六大家，〔註65〕於宋代新體書寫甚爲用力，促使字序一體的成熟，不但體現宋文化的精神，尚以文學修辭手法開闢字說作法，頗有文化新意。

　　宋人作「字序」彰顯古人取字的尊名表德之義，黃庭堅〈黃育字說〉云「尊名之義，有宗也，有勸也，其治當其身」，〔註66〕仍是一貫以治身爲本，示人立身行事之道，並主張學以致道，反映宋文化「道」的核心價值。山谷在字說中反覆言「道」，強調「道」是士人終身追求、堅持的人生價值，如「士當事道，有時乎遇合」、「懷道者不爭贏，寶若龜玉；進道者不觀歲，行若日月」、「用心於道」，純一勿雜，〔註67〕以道自任者，內心不存世俗利害得失；又云「君子之聞道也，達於天地之大」、「彼達於道者，不可以窮，故獨立於萬物之表，而無終始」，〔註68〕追求廣大無垠、恆久不變的道的境界。又山谷喜以「深道」、「有道」爲人取字，如〈祝晁深道冠字詞〉、〈江南祝林宗字說〉及〈韋許字說〉等，其中韋許原字邦任，山谷以爲「不甚中理」，更字曰「深道」，勉勵韋許「自許以深於道」，以追配古人。〔註69〕儒家的倫理道德可以說是黃庭堅詩文中「道」的主要內涵，山谷〈國經字說〉中，爲其弟之子婿「國經」，取字曰「端本」，云「經者所以立本，緯者所以成文也。忠信以爲

〔註63〕　徐師曾，〈文體明辨序說〉中考察字序的源流曰：「按《儀禮》〈士冠〉，三加三醮而申之以字辭，後人因之，遂有字說、字序、字解等，皆字辭之濫觴也。雖其文去古甚遠，而丁寧訓誡之義無大異焉。」《文體序說三種》（臺北：大安出版社，1998 年），頁 106。

〔註64〕　《豫章先生文集》叢刊本、嘉靖本皆作「字序」；今人劉琳、李勇先、王蓉貴校點《黃庭堅全集・正集》則多作「字說」，亦有「字訓」、「字詞」等，本文使用校點本。

〔註65〕　歐陽脩有〈鄭荀改名序〉、〈章望之字序〉、〈張應之字序〉、〈尹源字子漸序〉、〈胡寅字序〉五篇，其中一篇是改名序。曾鞏〈王無咎字序〉、〈謝司理字序〉兩篇，王安石僅有一篇〈石仲卿字序〉。蘇洵有〈仲兄字文甫說〉、〈名二子說〉，其中一篇是名說，避父「蘇序」諱改稱說；蘇軾作〈講田友直字序〉（與黃庭堅重出，究竟誰作，待考）、〈江子靜字序〉、〈文與可字說〉、〈楊薦字說〉、〈文驥字說〉、〈張厚之忠甫字說〉、〈趙德麟字說〉七篇，蘇轍僅作〈六孫名字說〉。

〔註66〕　《正集》，卷 24，頁 628。

〔註67〕　〈侍其佃字說〉，《正集》卷 24，頁 634；〈元勛字說〉，《正集》卷 24，頁 630；〈馬文叔字說〉，《別集》，卷 4，頁 1530。

〔註68〕　同前註 67，〈黃育字說〉。

〔註69〕　〈韋許字說〉，《別集》，卷 4，頁 1534。

經，義理以爲緯」，〈錢培字說〉曰「忠信以爲地，孝友以立苗」，〈吳開吳闓字說〉云「忠信孝悌有於身，則天且開之」，〔註70〕強調忠信孝友爲立身之本。又如〈張純字說〉曰「爲仁則成仁，爲義則成家，在家則成子，在國則成臣，是爲純仁、純義、純孝、純忠。夫能純而不雜者何哉？久於其道故也，故曰常父」，勉勵張純用心忠孝仁義之道，純一不雜，且持之以恆。〈全璧字說〉中，山谷以「璧者，成器之玉也」，其性「溫潤縝密，清明特達」，爲「天之粹美」，因而取字之曰「天粹」，文中以儒家「孝之粹」、「忠之粹」、「和之粹」、「清之粹」期許全璧「琢磨以成器」。〔註71〕

北宋中期以後士人喜談心性、性命之學，宋人吸收釋道思想，補充儒家本體論的不足，山谷重視心性修養，爲人命名取字標舉儒家「盡己之學」、「內視反聽」，〔註72〕如〈子琇字說〉云「心者萬物之主，於以此度先王之德行」，「內視之謂明，退聽之謂聰，克己之謂強」，〔註73〕爲弟「仲堪」取字「覺民」，說之曰：

> 自勝之謂強，能任之謂堪。聰莫宜於反聽，明莫宜於內視，強莫宜
> 於自勝。古之人，能波折萬物，獨見本眞；能自勝己，然後有形有
> 物，皆爲服役。〔註74〕

若能做到「內視反聽」可謂之「聰」「明」，而克己、勝己者則能爲萬物之主宰，並期勉其弟效法古人發憤忘食以聞此道，「聞之則樂以忘憂，守之則不知老之將至」。除了闡揚孔孟「克己復禮」、「反求諸己」及「求其放心而已」之說，又吸取道釋思想，如「學至於無心，而進道」，「昔在聖人，行深道時，照蘊處空，萬物君之」，「我則無師，道則是我」，「觀己無己，而我尚何存？」，〔註75〕以「無心」、「無我」而進於道，具佛家「緣起性空」、「諸法皆妄」的思維。又黃庭堅曾爲文安國取字「子家」，告之「言其本」，以爲「疲於世故

〔註70〕〈國經字說〉，《正集》卷24，頁623；〈錢培字說〉，《正集》，卷24，頁626；〈吳開吳闓字說〉，《別集》，卷4，頁1534。

〔註71〕〈張純字說〉，《別集》，卷4，頁1536；〈全璧字說〉，《正集》卷24，頁633。

〔註72〕〈陳氏五子字說〉中云「仁、義、禮、智、信，雖所從言之異，要於內視反聽，克己以歸於君子而已矣」；〈周渤字說〉曰「古之人能知殊途而同歸、百慮而一致者，無他焉，盡己之學而已」，《正集》，卷24，頁624。

〔註73〕《別集》，卷4，頁1528。

〔註74〕見〈覺民對問字說〉，《正集》，卷24，頁632。

〔註75〕分別引自〈楊概字說〉、〈祝晁深道冠字詞〉、〈陳師道字說〉，《正集》，卷24，頁624、634、620。

之追胥而反於家」，〔註76〕並話化用老子「天下莫柔弱於水，而攻堅強者莫之能勝」，「弱之勝強，柔之勝剛」，文後且云「未聞道之心照物不徹，隨流而善埋」，勉勵子家自觀己身，以成就道心。此外，黃庭堅重視學問之功，勉人「強學力行」，〈周淵字說〉云：「淵之能深也，積水之極也；君子能深也，積學之致也」，〔註77〕以爲君子深於道乃積學所致。除了有好學之心，尚須求明師，近畏友，〔註78〕如〈侍其鑑字說〉〔註79〕爲「其鑑」取字「彌明」，闡釋名與字的意義，學者治心須得師友以琢磨，使心如明鏡，方能映照萬物。

其次，字說書寫在黃庭堅手上得到進一步拓展，即是運用多種修辭手法來書寫，大大提昇「以議論爲勝」，〔註80〕以實用爲取向的字說的文學性。由於取字必須在命名的基礎上，以解釋名的性質和含意，黃文人學士命名取字往往展現個人的學問淵博、文化素養，黃庭堅向來以學問爲詩文，其說「名」解「字」數典用事更甚於前人，往往通篇鎔鑄數典，古奧蘊藉，且深化名字的意涵。如山谷曾爲郭英發之三子命名兼取字，長子命名「基」，乃引用《老子》「累土爲基」及《尚書》「厥父基，厥子乃弗肯堂」，字以「堂父」，勉其以忠信爲事之基，濟以好問強學；次子名「㙶」，運用史實中范蠡（陶朱公）斷疑獄之事，以爲「物薄而可以曠日持久者，未之有也」，又引用孔子「躬自厚而薄責於人」、孟子「仁，人之安宅也」，字以「宅父」；三子則名「垶」，化用愚公移山，操蛇之神懼之以謁帝之故事，又引用《淮南字》「浮空一垶，體具眾微。眾微從之，成一拳石。積此以往，巋然成山」，而字以「山父」。〔註81〕該文至少累用七個典故，但非一味堆砌，仍反覆強調忠信、仁、學，以道義期勉三子。

山谷說「名」解「字」尚喜用引譬連類、排比映襯的手法，如〈張純字說〉以「白則成白」、「黑則成黑」、「青則成青」、「黃則成黃」、「赤則成赤」五色成文而不亂來比喻君子之道——「爲仁則成仁」、「爲義則成義」、「在家則成子」、「在國則成臣」。至於〈張說子難字說〉中引論語「君子易事而難說」，說曰「維君子於此道，飲則列於尊彝，食則形於籩豆；坐則伏於几，立則垂

〔註76〕　見〈文安國字序〉，《正集》，卷24，頁620～621。
〔註77〕　《別集》，卷4，頁1539。
〔註78〕　〈全璧字說〉，《正集》卷24，頁633。
〔註79〕　《正集》，卷24，頁636。
〔註80〕　參見曾棗莊〈君子尚其字——論宋代的字序〉，該文收錄在《宋代文學與宋代文化》（上海人民出版社，2006年5月），頁137。
〔註81〕　〈訓郭氏三子名字說〉，《正集》，卷24，頁626。

於紳；升車則鸞和與之言，張樂則鐘鼓爲之說，顛倒風雨而守此道者猶晏然」，〔註82〕乃點化、整鍊古籍中的語句，以排比、對仗手法爲之，使具議論性質的「字序」不流於枯燥說理。其他較前人特殊之處尚有反覆「設問」的手法，如〈楊概字說〉中黃、楊二人先後問答兩次，楊概發問云「然則願聞性命之說」，山谷乃回答「今孺子總髮，而服大人之冠，執經談性命，猶河漢而無極也」，反對空談性命之學，訓勉楊子「自俎豆鐘鼓宮室而學之，灑掃應對進退而行之」；楊子又問「是可以學經乎？」山谷乃回答「強學力行，而考合先王之言」，告誡宰平勿落入後世說經「郢書燕說」之流弊。〔註83〕山谷積極爲晚輩解惑，表現師友之間的切磋琢磨。

此外，山谷開發「字詞」寫法，以四言韻語爲之，具《儀禮》「字辭」祝福期勉之意，如〈祝晁深道冠字詞〉有二十四句，〈祝徐氏二子冠字詞〉更是長達七十三句，〔註84〕二文可以說是以四言爲主體的雜言詩。

宋人普遍具有濃厚的群體意識，彼此以道相期共勉，重視人格涵養，藉取字以切磋學問與琢磨德性，黃庭堅「字說」正反映宋文化「道」的核心價值及內省精神。韓愈的贈序文富有情韻，錢穆先生嘗以「散文詩」視之；〔註85〕而黃庭堅字序「尚理」，以道爲核心，表現其博學與巧思，二者可以說分別體現唐、宋型文化的特質。〔註86〕

五、序跋類：題跋新體之成熟

　　詩文集序、題跋在宋代具有頗高的文學價值，前者成立於漢代，興盛於

〔註82〕《別集》，卷4，頁1533。
〔註83〕《別集》，卷4，頁1533。
〔註84〕《正集》，卷24，頁634～635。
〔註85〕錢穆，〈雜論古文運動一文〉中云韓愈「贈序一類，皆可謂之散文詩，由其皆從詩之解放中來，而仍不失詩之神理韻味也」，同前註7。
〔註86〕自傅樂成在1972年發表〈唐型文化與宋型文化〉一文大致指出唐、宋型文化精神與動態的差異，前者「複雜而進取」，後者「單純與收斂」，參見傅氏《漢唐史論集》（臺北：聯經出版公司，1977年初版），頁339～382。此論述紛紛引起學者們的回應，並留意到宋型文化對宋代文學的作用，如龔鵬程提出〈知性的反省──宋詩的基本風貌〉與感性直觀的唐詩作對照，該文收錄於《中國文化新論‧文學篇》（臺北：聯經出版公司，1982），頁261～316。王水照則撰〈宋型文化與宋代文學〉一文，指出宋代文學的淑世精神、重理。節情等等皆體現宋型文化的特質。《宋代文學通論》（高雄：復文出版社，2000年）緒論，頁1～43。筆者認爲唐人贈序文、宋人字序（字說）亦可反映出唐、宋型文化精神。

唐宋；〔註87〕後者則爲宋代新興文體。明人徐師曾指出序體有二，「一曰議論，二曰敘事」，宋人滲入抒情，締造序體的高峰。〔註88〕後者徐師曾乃云「其詞考古證今，釋疑訂謬，褒善貶惡，立法垂戒，各有所爲，而專以簡勁爲主，故與序引不同」，〔註89〕指出題跋與序文之差異。清人姚鼐以「推論本原，廣大其義」概括序文、題跋，〔註90〕著重在二者在人文載體上所衍生的文字；今人褚斌杰基本上是遵循姚鼐的分類，其論「序跋文」亦主張「序和跋的性質是相似的，它們都是對某部著作或某一詩文進行說明的文字」。〔註91〕不過楊慶存先生卻指出兩者「體制殊別，各成一式」，主張序文、題跋各成一體，〔註92〕換言之，詩文集序與題跋文具有不同體式。而黃庭堅十九篇序文多半傳承前人，拓展較少；其更用心於題跋文，數量多達六百餘篇，與蘇軾促使題跋新體之成熟，並帶領宋人題跋的書寫風氣。

　　先就「詩文集序」而言，歐陽修以「志人」、「抒懷」爲主，型塑序體的美學風格。〔註93〕而黃庭堅十九篇書序中，談文、傳人皆有之，就傳人而言，或議論感慨成文，或以傳記手法爲之，如爲人常徵引〈小山集序〉，論小晏詞「寓以詩人句法，清壯頓挫，能動搖人心」，「狹邪之大雅，豪士之鼓吹」，文中設對話反覆述說晏幾道性格上的癡絕：「不能一傍貴人之門」、「不

〔註87〕可參見李珠海：《唐代古文家的文體革新研究》（臺北：臺灣大學中國文學研究所博士論文，2001 年），頁 22～23、153。文中指出「文集序的眞正流行在於盛唐」，唐代「古文先驅們特別傾心於此體的寫作」，「闡述他們對文章與世教的看法」。

〔註88〕楊慶存，〈論宋代散文體裁樣式的開拓與發展〉，《宋代文學論稿》（上海：復旦大學出版社，2007），頁 33～36。文中指出宋代書序的文學色彩強化，「抒情性與描寫性驟增」。

〔註89〕徐師曾〈文體明辨序說〉云：「按題跋者，簡編之後語也。凡經傳子史、詩文圖書之類，前有序引，後有後序，可謂盡矣。其後覽者，或因人之請求，或因感而有得，則復撰詞以綴於末簡，而總謂之題跋。至綜其實則有四焉：一曰題，二曰跋，三曰書某，四曰讀某。夫題者，締也，審締其義也。跋者，本也，因文而見其本也。讀者，因於讀也。題、讀始於唐；跋、書起於宋。曰題跋者，舉類以該之也。其詞考古證今，釋疑訂謬，褒善貶惡，立法垂戒，各有所爲，而專以簡勁爲主，故與序引不同。」《文體序說三種》，頁 92。

〔註90〕同前註 45。

〔註91〕《中國古代文體概論》第十一章第三節，頁 382。

〔註92〕楊慶存，〈論宋代散文體裁樣式的開拓與創新〉，《宋代文學論稿》（上海：復旦文學出版，2007 年 3 月），頁 26～49。

〔註93〕參見何寄澎，〈歐陽修「詩文集序」作品之特色及其典範意義〉，《台大中文學報》第 17 期（2002 年 12 月），頁 125～160。

肯一作新進士語」、「家人寒饑，而面有孺子之色」、「人百負之而不恨」，致使終生仕宦連蹇，淪落不偶；山谷能以意逆志，準確把握作品與作者之間的聯繫，令讀者重新認識小山詞。又如〈王定國文集序〉述王鞏生長富貴之家，不流於俗，然際遇不佳，「流落嶺南」，卻「更折節，自刻苦」，脫身生還，與山谷邂逅江濱，以「罪大責輕，未有以報君」，毫無自憐之語，其志節令人敬重。又為醫者龐安時《傷寒論》作序，述安時年少即善醫方，「名傾江淮諸醫」，然「為氣任俠」，又家富多後房，豪縱事無所不為；中年「屏絕戲弄，閉戶讀書」，遍讀醫書，無不貫穿。除了醫術高明外，「然人以病造，不擇貴賤貧富」，「愛其老而慈其幼，如痛在己也」，且以仁心濟世，彷彿一篇人物傳記。

　　至於談文論藝者，山谷往往採取排比、映襯的手法，來突出他的觀點。如〈胡宗元詩集序〉中山谷指出士人懷才不遇，文中所流露「不怨之怨」，就如同孔子所云「樂而不淫，哀而不傷」，怨而不怒。或表現「寂寞無聲，則動而中律」的金石絲竹之聲，近於《國風》、《雅》、《頌》的「興託高遠」；或「不得其平，則聲若雷霆」的澗水之聲，如同《楚辭》的「忿世疾邪」；或「慶榮而吊衰，其鳴皆若有所謂」的候蟲之聲，如末世詩人的「遇變而出奇，因難而見巧」，三種排比的鋪陳，闡述「不怨之怨」的深刻內涵。〔註94〕又如為道臻「墨竹」作序，先將道臻的墨竹與文同相較，以為「過與可之門而不入其室」；又拿吳道子作畫、張旭寫草檢視道臻的創作心態，指出未能如吳道子「得之於心」、張旭「用智不分，故能入於神」，建議道臻「欲得妙於筆，當得妙於心」。最後云「問心之妙」，「有師範道人出於成都六祖，臻可持此往問之」，〔註95〕頗有韓愈〈送高閑上人序〉諷諭之意味。至於為楊子建醫書《通神論》作序，乃以六經之學「孟軻、荀況、兩漢諸儒，及近世劉敞、王安石之書」，文章之工「左氏、莊周、董仲舒、司馬遷、相如、劉向、揚雄、韓愈、柳宗元，及今世歐陽修、曾鞏、蘇軾、秦觀之作」來映襯醫方之學至近世「不得其傳」，〔註96〕再言「子建閉戶讀書，貫穿黃帝、岐伯，無師之學」，又「發明五運六氣，敍病裁藥，錯綜以針艾之方，與眾共之，是亦仁人之用心云爾」，更突出楊氏藉鑽研醫學實現士人之淑世理想。

〔註94〕〈胡宗元詩集序〉，《正集》，卷15，頁410～411。
〔註95〕〈道臻師畫墨竹序〉，《正集》，卷15，頁416。
〔註96〕〈楊子建通神論序〉，《別集》，卷2，頁1486～1487。

　　山谷最特殊序文莫過於爲臨濟宗著名的翠巖可眞、雲居元祐、大潙慕喆、翠巖文悅等禪師所撰語錄序，乃融入「文字禪」，〔註97〕如〈翠巖悅禪師語錄後序〉中云「翠巖悅禪師者，青山白雲，開遮自在；碧潭明月，撈漉方知。鐵石雙崖，強弓劈箭」，其中化用《古尊宿語錄》「鐵石崩崖，霜弓劈箭」，具有「語句斬絕」的特色，〔註98〕亦流露文人參禪之意趣。

　　在宋代散文中，題跋可以說是最駁雜、新穎的文體，其源於書畫跋尾和讀書札記，前者逐漸由晉代書畫作品擴大至金石碑帖、詩文作品、文集著述，至於後者爲唐代古文家開創的一類標爲題後、書後、讀某的雜文。〔註99〕宋人歐陽脩《集古錄跋尾》四百餘首，另有「雜題跋」二十七首，分別開啓學術類、文學類題跋的先河，〔註100〕尤其後者，至蘇軾、黃庭堅大力開拓使之成熟，兩人題跋文共達千首，且隨物賦形，不拘一格，使題跋文由探討學術變爲抒寫作者性情，演變爲類似隨筆小品的新體，追求揮灑自如，以性情、意趣見長。〔註101〕明人毛晉即云「凡人物書畫，一經二老（蘇、黃）題跋，非雷非霆，而千載震驚，似乎莫可伯仲。」〔註102〕對蘇、黃的題跋文推崇甚高，引起學界高度注意，〔註103〕本文將在前人基礎上再進一步突出山谷題跋文拓變之處。

〔註97〕可參見周裕鍇：《文字禪與宋代詩學》（北京：高等教育出版，1998年11月）

〔註98〕南宋僧人釋道融云：「本朝士大夫與當代尊宿撰語錄序，語句斬絕者，無出山谷（黃庭堅）、無爲（楊杰）、無盡（張商英）三大老」，《禪宗全書叢林盛事》（臺北：文殊文化公司，1988），卷下，頁395。

〔註99〕題跋文在唐代文選《文苑英華》、《唐文粹》中分別被放置於雜文，古文、傳錄紀事類，屬難以歸類的文章；至《宋文鑑》題跋獨立成體，排列在雜著、對問、移文、連珠、琴操、上梁文、書判之後，哀祭、碑誌文體之前，其中對問以下等體裁在劉勰《文心雕龍》屬於雜文，亦屬無法歸類的文章。《元文類》中題跋介於書、說體及雜著之間，《文章辨體》則置於原、戒體與雜著之間，題跋是從雜著（雜文）中所獨立的文體，在不同文選中，題跋一體放置在雜著與其他不同文體之間，顯示題跋一體的複雜性。

〔註100〕將題跋文分成學術類、文學兩類，應始於褚斌杰《中國古代文體概論》。

〔註101〕參見朱迎平，〈宋代題跋文的勃興及其文化意蘊〉，《宋文論稿》（上海財經大學出版社，2003），頁3～18。文中指出以蘇、黃爲代表的文類性題跋的特徵主要表現在四方面：題材廣泛、表達豐富、體式靈活及趣味盎然。

〔註102〕引自《東坡題跋》（臺北：廣文書局，1971），卷6後記，頁38～39。

〔註103〕大陸學者對蘇軾、黃庭堅題跋文用力最多，目前有毛雪《蘇軾、黃庭堅題跋文研究》（鄭州大學碩士論文 2003）、賴琳《黃庭堅題跋文研究》（蘭州大學碩士論文 2007）對題跋文在宋前的流變、文體意義、及蘇、黃題跋文的藝術性做了更細密考察、探析。

　　黃庭堅題跋文內容包羅萬象，〔註104〕其中最常見的內容莫過於文藝、人物品評，流露山谷成熟的文藝觀、人格美意識，影響後人甚大。在〈書王知載朐山雜詠後〉中責授涪州別駕的山谷在早年「不怨之怨」的基礎上，〔註105〕又進一步提出「吟詠情性」之說，〔註106〕廣爲學者所徵引。文中依然慣用映襯手法來寫「詩之美」、「詩之禍」，只是論者多拘泥後者，以爲山谷詩觀出自黨爭畏禍、貶謫怵惕的心態，〔註107〕其實山谷至始至終持有儒家道德操守，懷抱忠愛之情，即使遭遇重貶，仍體現「怨而不怒」、「溫柔敦厚」的詩觀，即文中所謂「忠信篤敬，抱道而居」，乃儒家「志於道」的體現。

　　黃庭堅在尺牘中提出「平淡而山高水長」、亭堂記中言及「無意而意已至」，皆爲理想之文境。在題跋文中山谷更進一步提出「書畫當觀韻」，「與文章同一關紐」，「論人物要是韻勝爲尤難得」〔註108〕等等，標舉「韻」爲文品、藝品、人品三者最高的審美理想，對宋代文藝理論作出鉅大貢獻，亦成爲中國美學的重要範疇之一。黃庭堅以「韻」品評書畫可以說是受到李公麟繪畫的啓發，其〈題摹燕郭尙父圖〉曰：

　　　凡書畫當觀韻，往時李伯時爲余作李廣奪胡兒馬，挾兒南馳，取胡
　　　兒弓引滿以擬追騎，觀箭鋒所直，發之，人馬皆應弦也。伯時笑曰：
　　　「使俗子爲之，當作中箭追騎矣。余因此深悟畫格，此與文章同一
　　　關紐，但難得人入神會耳。〔註109〕

〔註104〕賴琳：《黃庭堅題跋文研究》第三章第一節云：「山谷題跋的內容更是遍及文人
　　　　生活的各個領域——體道、治學、爲人、制藝、鑒定、欣賞、參悟、懷舊……
　　　　可謂包羅萬象，都是一心一意地探求人生眞諦、藝術奧妙和處世姿態。」頁21。
〔註105〕〈胡宗元詩集序〉有「不怨之怨」之說，序中云：「其卒也，子弟門人次其
　　　　詩爲若干卷。宗元之子遵道嘗與予爲僚，故持其詩來求序於篇首。」據黃庭
　　　　堅，〈胡宗元墓誌銘〉得知胡氏卒於元豐五年五月，山谷爲序文，當作於該年
　　　　左右，《正集》，卷31，頁840。
〔註106〕〈書王知載朐山雜詠後〉，《正集》卷25，頁666。
〔註107〕如大陸學者韓經太，〈論宋人平淡詩觀的特殊指向與內蘊〉云「黃庭堅之所謂『詩
　　　　之旨』分明是以『詩之禍』爲思維基點的」，以爲「文人怵惕心理，恰恰成了諷
　　　　諭和韻味詩美相統一的現實基礎」，收錄在張高評主編，《宋詩綜論叢編》（高雄：
　　　　麗文文化，1993年），頁397～398。另吳晟云：「北宋嚴峻的現實鬥爭，使黃庭
　　　　堅產生了一種畏禍心理，促使他的詩學觀產生重大轉變」，「〈書王知載朐山雜詠
　　　　後〉中“詩之禍”的觀點就是在這種政治背景和心態合力作用下調整形成的」，
　　　　《黃庭堅詩歌創作論》（南昌：江西人民出版社，1989年），頁4。
〔註108〕〈題絳本法帖〉，《正集》卷28，頁750。
〔註109〕《正集》，卷27，頁729。

伯時畫面表現西漢李廣將軍的英勇、威猛，及神射，畫中未照一般人的思路直接畫出中箭的追騎，而是以拉滿胡兒弓，箭在弦上，蓄勢待發取代之，予人無限想像空間，意味無窮，所謂「有餘意」也。又山谷〈跋周紫發帖〉云「若使胸中有書數千卷，不隨世碌碌，則書不病韻」，以爲豐富學養爲有「韻」不可或缺的條件；山谷於題跋文中最推崇其師子瞻「書法娟秀」，「而韻有餘，於今爲天下第一」，「學問文章之氣，鬱鬱芊芊，發於筆墨之間，此所以他人終莫能及爾」，「晚年書尤豪壯，挾海上風濤之氣，尤非它人所到」，〔註110〕指出人生歷練、學問文章皆是東坡書法所以超拔流俗、「而韻有餘」的原因。

　　其次，人物藻鑒亦是山谷題跋文的大宗，以品評、敘事手法傳達文人之人格風度，如〈跋子瞻送二姪歸眉詩〉云「觀東坡二丈詩，想見風骨巉整，而接人仁氣粹溫也。觀黃門詩，頎然峻整，獨立不倚，在人眼前」，從子瞻、子由詩歌遙想兩人風度神采。〈跋東坡字後〉更是寫人傳神：

> 東坡居士極不惜書，然不可乞。有乞書者，正色詰責之，或終不與一字。元祐中，鎖試禮部，每來見過，案上紙不擇精粗，書徧乃已。性喜酒，然不能四五龠已爛醉，不辭謝而就臥，鼻鼾如雷。少焉蘇醒，落筆如風雨，雖謔弄皆有義味，眞神仙中人。〔註111〕

敘述東坡不惜自己墨寶，卻又不與乞書者，酒醉甦醒，落筆如風雨，表現東坡的率眞性情、豪放瀟灑的風度。又山谷品評人物超越政黨之爭，如〈跋王荊公禪簡〉尊崇王安石「視富貴如浮雲，不溺於財利酒色，一世之偉人也」；且多次稱美荊公門人俞清老「性耿介」、「滑稽以玩世」，其中〈書王荊公騎驢圖〉云：

> 金華俞紫琳清老，嘗冠秀巾，衣掃塔服，抱《字說》，追逐荊公之驢，往來法雲、定林，過八功德水，逍遙游亭之上。龍眠李伯時曰：「此勝事，不可以無傳也。」〔註112〕

〔註110〕〈跋周紫發帖〉，《正集》，卷26，頁683；〈跋自所書與宗室景道〉，《正集》，卷26，頁675；另〈跋東坡墨迹〉云：「至於筆圓而韻勝，挾以文章妙天下，忠義貫日月之氣，本朝善書，自當推爲第一。」《正集》，卷28，頁775。其他引文尚見於〈跋東坡書遠景樓賦後〉、〈跋僞作東坡書簡〉，《正集》，卷26，頁672～673。

〔註111〕〈跋子瞻送二姪歸眉詩〉，《正集》，卷25，頁659；〈跋東坡字後〉，《正集》，卷28，頁771。

〔註112〕〈書贈俞清老〉云「清老性耿介，不能容俗人，間輒使酒嫚罵，以是俗子多謗譏，清老自若也，以故善人君子終愛之」，《正集》，卷25，頁653。〈跋俞

清老抱《字說》一路追隨已卸下宰相職位的荊公，兩人逍遙亭上，表現君子不論勢利，以道義相交的佳話。其他或言大臣風範，如司馬光「左準繩，右規矩，聲爲律，身爲度者也」，富弼「臨大節而不可奪者也」，韓琦「以身當宗社存亡」等等，皆可謂士大夫的典範。或品評士人節義，如舅父李公擇「冰清玉潔，視金珠如糞土」；歐陽元老「好學幾於智，篤行幾於仁」；王觀復「窮而不違仁，達而不病義」；楊明叔「不病陋巷而樂其義，不卑小官而盡其心」，〔註113〕稱美仁人志士持守儒家節操。〈跋歐陽文忠公廬山高詩〉云「劉公中剛而外和，忍窮如鐵石，其所不顧，萬夫不能回其首也。家居四十年，不談時事，賓客造門，必置酒終日」，塑造劉公剛毅豪宕的形象。〔註114〕

由於題跋文與「載體」本身乃存在時間的差距，當「載體」的主角或作者已逝，「載體」則形同遺物，而人們面對死生大限難以逾越所湧生的悲情，使此類題跋文往往成爲傷逝悼懷的抒情小品。如〈書平原公簡記後〉敘述「在雙井永思堂檢舊書，見元祐初簡記，如接笑語。軍山之木拱矣，眼中無復斯人，使人惘然竟日」，斯人已逝，懷想故人，悵惘不已。跋劉仲墨跡中，敘述劉仲「學術深密」、「多聞強識」，爲歐陽脩、宋祁所稱賞，然「位卑，年不壽」，謂己「不及承顏接辭」，「今觀遺草，爲之賣涕」，憾恨之情溢於言表。另有悼念亡弟的題跋文，如見知命學魯公東西林碑陰字，「殊有一種風氣，恨未遒耳，年不五十，遽成丘山。觀其平時規摹，不自謂止此。今日見此書，心欲落也」，〔註115〕表達對亡弟不捨與心痛之情。〔註116〕

另山谷題跋文中寄寓人生哲理，富有理趣，如〈題彭景山傳神〉先述景山「胸中有韜略，吏事精密」，然「年四十四，不幸而喪明，家居十五餘年，目不可治。如老驥伏櫪，志未嘗不在千里」，山谷乃云「以道觀之，物無幸不

　　　秀老清老詩頌〉云「清老往與予共學於漣水，其傲睨萬物，滑稽以玩世，白首不衰。荊公之門蓋晚多佳士云」，《正集》，卷27，頁722。〈書王荊公騎驢圖〉，《正集》，卷27，頁733。

〔註113〕〈跋司馬溫公與潞公書〉，《外集》，卷23，頁1413；〈跋李公擇書〉，《別集》，卷6，頁1564；〈跋歐陽元老王觀復楊明叔簡後〉，《正集》，卷26，697～698。

〔註114〕〈跋歐陽文忠公廬山高詩〉，《正集》，卷26，頁696。

〔註115〕〈書平原公簡記後〉、〈跋知命弟與鄭幾道駐泊簡〉，《別集》，卷8，頁1630、1635。

〔註116〕其他詳參筆者〈傷逝、追憶與不朽——蘇軾、黃庭堅題跋文中的時間意識〉（唐宋散文學術研討會，2008年10月）一文，闡述蘇、黃這類題跋文中的抒情性。

幸；以得喪觀之，豈異世有所負耶」，「然人有德慧術智者，嘗存乎灾疾，惟深也能披剝萬象而見己」，就萬物本質而言，無幸與不幸，且灾疾往往使人洞察事理，反觀自我。又〈跋元聖庚清水巖記〉云「險易之實在人心，不在山川」，「奇與常相倚也，險與易相乘也」，〔註117〕其實人生禍福得失相倚，幸或不幸存乎己心，如此方能超越世俗煩惱，自得其樂。

前文曾述及山谷喜寫平淡的生活意趣，題跋文亦不例外，如與人作戲謔語，「元章兄弟為余斫霜鱠，遂能加飯一餐，摩挲腹囊，戲書此詩以為謝」，寥寥數語中流露朋友情誼、飲食情趣。〈書安樂泉酒頌後〉品評公酒「錦江春」與士大夫「菉豆麴酒」之色味，前者「如蜀中之小蜂蜜，和蔗漿飲之，使人淡悶」；後者「幾與冰甕同色，然使人飲之，心與轟轟，害人食眠」，〔註118〕又云二者相互截長補短，則為佳醞，文中對釀酒方式、酒味色澤，描述生動，趣味盎然。至於〈題自書卷後〉作於山谷辭世前一年，謫居宜州半年：

> 雖上雨傍風，無有蓋障，市聲喧憒，人以為不堪其憂，余以為家本農耕，使不從進士，則田中廬舍如是，又可不堪其憂耶？既設臥榻，焚香而坐，與西鄰屠牛之机相直，為資深書此卷，實用三錢買雞毛筆書。〔註119〕

其居處可謂簡陋極至，上下四周了無屏障，吹風淋雨，山谷竟視為家鄉田中的廬舍，處之泰然。焚香而坐，旁鄰竟是屠牛之舍，雖以廉價粗陋的雞毛筆寫字，依然自得，平淡有味。

從上述可知山谷題跋文彷彿隨筆小品，可以說達到蘇軾所云「文理自然，姿態橫生」之境。另宋代文學普遍有「破體為文」的現象，〔註120〕在各類散文中，題跋文具有「雜文」特質，不主一體，因此破體最突出，山谷題跋往往自由出入各體，大大拓展題跋文之體式。如〈題校書圖〉描摹畫面細緻，人物神情呼之欲出：

〔註117〕〈題彭景山傳神〉，《外集》，卷23，頁1400；〈跋元聖庚清水巖記〉，《正集》，卷27，頁724。

〔註118〕〈跋老杜病後遇王倚飲贈歌〉，《別集》，卷8，頁1637；〈書安樂泉酒頌後〉，《別集》，卷8，頁1647。

〔註119〕《正集》，卷25，頁645。

〔註120〕張高評，〈「破體出位」與宋代文學的整合研究〉云：「『破體為文』與『出位之思』，作為宋代文學新變代雄的要領，正是「會通化成」文化之體現。注重交融整合，正是宋代文學的深層結構。」《會通化成與宋代詩學》（台南：成功大學出版組，2000），頁271。

士大夫十二員，執事者十三人，坐榻胡牀四，書卷筆研二十二，投壺一，琴二，懶几三，搘頤一，酒梪果櫑十五。一人坐胡牀脫帽，方落筆，左右侍者六人，似書省中官長。四人共一榻，陳飲具：其一下筆疾書，其一把筆若有所營構，其一欲逃酒，爲一同舍挽留之，且使侍者著鞾。坐者七人：其一開卷，其一捉筆顧視，若有所訪問：其一以手挂頰，顧視者行酒：其一抱膝坐酒旁，其一右手執卷，左手據搘頤：其一右手捉筆挂頰，左手開半卷；其一仰負懶几，左右手開書。筆法簡者不缺，煩者不亂，天下奇筆也。〔註121〕

神情姿態唯妙唯肖，尤其描寫士大夫讀書、寫字各種情態如在眼前，如韓愈〈畫記〉具記體狀物之工的特徵。〈書座右銘遺嚴君可跋其後〉記嚴君可來訪山谷，兩人暢談甚歡，論古今是非成敗，君可告歸，山谷書「座右銘」以贈，表達臨別不捨之情；〈書贈韓瓊秀才〉則曉以治經、讀史之法，勉其治心養性，持守節義，二文具贈序文旨趣。至於〈題陳遲雪崩〉「前身范寬，後身陳遲。荒林亂石，雪失東西。中有涪翁之隱處，世殊不能窺其藩處」，〔註122〕彷彿一首題畫詩，流露隱逸之趣。至於〈書萍鄉縣廳壁〉，先敘兄弟萬里離別之情，其次設對話，山谷入宜春之境，聞士大夫論元明治政「慈仁太過，不用威猛耳」，元明自認如漢宣帝時循吏龔進「不威不猛」，山谷讚許之，作此文，「以慰別後懷思」，〔註123〕將傳統廳壁記中融入私人離情，別樹一格。

山谷〈書家弟幼安作草後〉嘗云「老夫之書本無法也，但觀世間萬緣如蚊蚋聚散，未嘗一事橫於胸中，故不擇筆墨，遇紙輒書，紙盡則已，亦不計較工拙與人之品藻譏彈」，〔註124〕所謂「無法」，即無意於文，胸中無一事，擺落物累、形跡，即前述美感心靈，毛晉以爲「此數語即可跋山谷題跋矣」，〔註125〕換言之，山谷題跋文展現其美感心靈的自由境界。又蘇、黃題跋並稱，山谷雖然傳承東坡題跋創作，不過由於兩人性格差異，表現不同的藝術風格，

〔註121〕《正集》，卷27，頁725。

〔註122〕〈書座右銘遺嚴君可跋其後〉，《別集》，卷7，頁1609：〈書贈韓瓊秀才〉，《正集》，卷25，頁655；〈題陳遲雪崩〉，《別集》，卷6，頁1577。

〔註123〕〈題固陵寺壁〉，《別集》，卷7，頁1599；〈書萍鄉縣廳壁〉，《正集》，卷26，頁745。

〔註124〕《正集》，卷26，頁687。

〔註125〕引自《山谷題跋》（臺北：廣文書局，1971），卷9後記，頁24～25。

〔註126〕明人鍾惺則特別推崇山谷題跋：「其胸中全副本領，全副精神，借一人、一事、一物發之。落筆極深、極厚、極廣，而於所題之一人、一事、一物，其意義未嘗不合，所以爲妙。」〔註127〕以爲其題跋文借「一人、一事、一物」表現胸中「本領精神」，當指其深厚學問、人格涵養，而具有「大言小語，韻致特超」的美感特質。

六、結論：山谷散文與古文運動

　　本文考察黃庭堅的書牘、雜記、贈序（字說）及序跋四種體類的特色，尤其著重其拓變之處。我們發現山谷散文內容與前人最大不同之處，即是幾乎不涉及時政，圍繞文人的生活、風度，各體皆以治心養性、讀書作文爲根基，及表現日常的生活意趣。即使晚年遭斥逐、重貶，仍無怨懟憤慨、窮苦憂愁之言辭，依然安貧樂道，充分流露作者的人格襟懷，亦表現宋人超然自得的生命情調。

　　其次，就文體而言，雜記、贈序爲唐人新體，字說、題跋則屬宋代新體，至於書牘，唐宋古文家乃賦予新穎面貌，換言之，以上這些文體皆可謂唐宋古文運動的優秀成果。從前述各體探析中，我們可以發現黃庭堅對唐宋新體裁的書寫不遺餘力，往往在前人基礎上，又多有創發之處，如山谷書牘數量最多，小簡富有理致意趣，楊萬里更是推崇宋人第一。雜記除了佛教祠宇記、亭堂記及遊記有特殊表現外，亦大量創作體制短小的題名（記）、壁記、題（書）壁及日記，文字簡淨，多具超逸脫俗之美，並使日記一體定型、成熟，影響後人甚大。又如贈序文數量雖少，亦表現與前人不同的情味；且致力於字說的書寫，數量遠遠超過宋文六大家，並體現宋代文化「道」的核心價值及內省精神，又運用多種文學修辭手法，賦予「字序」文化新意。此外，山谷詩文集序雖多傳承前人，志人、論文各具特色；至於四百餘首的題跋文更是駁

〔註126〕毛雪：《蘇軾、黃庭堅題跋文研究》第三章第四節云：「蘇軾在他的題跋文中突現的是一個歷經磨難而曠放闊達、富有生活情趣的心靈，是他性格的昇華、思想的結晶。」至於黃庭堅「著重內省、以養心治性爲本。這種生活態度反映了黃庭堅追求潔身獨善的人格，也決定了他的題跋必然呈現出含蓄、典正的風格」，頁42。

〔註127〕引自〈摘黃山谷題跋記語〉一文，文首云：「題跋之文，今人但以游戲小語了之。不知古人文章無眾寡小大，有精神本領則一。故其一語可以爲一篇，其一篇可爲一部，山谷此種最可誦法。」《隱秀軒集》（上海古籍出版社，1992），卷35，頁564～565。

雜新穎，類似隨筆小品的新體，且達到無法之境。

　　然山谷散文與韓、柳、歐、蘇的古文運動是否具有一脈相承之關係呢？錢穆曾就純文學立場考察唐代古文運動，以爲韓愈、柳宗元乃融化詩賦的風神情趣於短篇散文中，即後來所謂的「唐宋古文」；葛曉音亦云韓、柳二公「將詩賦緣情述懷的功能移入向來專職論理記事的散文，使散文從應用性轉向文學性」，並稱之「新古文」；何寄澎以爲唐宋「新古文」與詩歌相同──「感激而發」、「有個性」；柯慶明則說：「雖然號稱『古文』，其實是新的藝術觀與文學觀」，「打破藝術與文學體類與既定形式」，而著重反映作者人格特質與抒情潛能。〔註128〕以上學者皆指出唐宋古文運動的核心價值，即所謂「情存比興」、「以詩爲文」，〔註129〕在原本以實用爲取向的散文中表現詩歌的抒情境界。誠如前文所述，山谷散文充分展現作者人格性情，多出自一時心靈的陶寫，無意於文，涉筆成趣，甚至達到不凡繩削而合的境地。換言之，黃庭堅散文創作亦爲唐宋古文運動的優秀成果之一。然山谷與歐、蘇等古文大家最大不同之處，在於不擅議論文字、長篇佈置，又喜數典用事，因此「苦於氣短」，「不能長江大河也」，卻是「愈小愈工」，〔註130〕語言也不平易曉暢，呈現含蓄蘊藉的風格，所謂「大言小語，韻致特超」，〔註131〕南宋文人多貶抑，但明人卻推崇之。因此，從唐宋「古文」至晚明「小品」，山谷散文的意義與地位值得重新審視。

〔註128〕錢穆文章同前註9；葛曉音，〈論唐代的古文革新與儒道演變的關係〉，《漢唐文學的嬗變》（北京大學出版社，1990），頁 157～179；何寄澎，〈論韓愈之「以詩爲文」──兼論韓文寫作策略之形成及影響〉，《典範的遞承──中國古典詩文論叢》（臺北：文史哲出版社，2002），頁 83～125。柯慶明，〈「論」、「說」作爲文學類型之美感特質的探究────從中古到近古〉，《遨遊在中古文化的場域：六朝唐宋學術研討會論文集》（臺北：里仁書局，2004），頁 5～62。

〔註129〕參見錢穆，〈雜論唐代古文運動〉一文，另可參見王基倫，〈「韓愈以詩爲文」論題之辨析〉針對錢穆先生提出「以詩爲文」課題詳加辨析，以爲「以詩爲文」確切解釋，應是「以情韻作文」，因而有「辭美義深，婉約含蓄」之風格。《韓柳古文新論》（臺北：里仁書局，1996），頁 13～42。

〔註130〕宋人李塗，《文章精義》（北京：人民出版社，1988），頁 76。

〔註131〕明人張有德〈宋黃太史公集選序〉：「魯直文故稍遜子瞻，而清舉拔俗，亦自疊疊。書尺題贊，大言小語，韻致特超。」《宋黃太史公集選》（明萬曆 27 年崔氏大梁刊本）卷首。

第二篇　黃庭堅散文之文體考察（下）
——辭賦、箴銘、贊頌、碑誌、哀祭

一、前　言

　　前文從唐宋散文重要或新興文體來考察黃庭堅的書牘、雜記、贈序及序跋體類文章，發掘山谷散文如何承繼唐宋古文大家進而形成自己的特色，及進一步拓變之處。而本文則考察黃山谷辭賦、箴銘、贊頌、碑誌、哀祭等用韻之古文，在散文領域中，此五種體類皆是中國傳統的舊文體，源遠流長，除了辭賦，由於言志成份濃厚，流變明顯，從先秦楚辭至宋代文賦，各具有特色，後人討論熱烈；至於其他四體則實用性強，具有一定用途，可突破、創新之處不大，因此往往乏人問津。然黃庭堅辭賦 29 篇、哀祭文 39 篇、碑誌文 80 餘篇，銘、贊等文皆超過百篇，數量頗大，又山谷為宋代一流詩人，書寫用韻之古文，當可發揮其以詩為文的長處，值得深入探究之，以呈現山谷散文的整體成就。

二、辭賦類：瘦硬蒼勁的文賦

　　黃庭堅的辭賦現存 29 篇，包括文賦 13 篇、騷體賦（楚詞）14 篇及律賦 2 篇，本文僅探討與散文最密切的文賦。山谷的文賦基本上具有宋賦「擅長議論」、「尚理造境」共同特質，但不同於歐陽脩、蘇軾等文人「平易曉暢，不事雕琢的審美風格」，〔註 1〕而是像其詩喜用僻典、難字，呈現瘦硬蒼勁的風

〔註 1〕　許結：〈論宋賦的歷史承變與文化品格〉一文中指出以文為賦，擅長議論的審
　　　　　美特徵，平易曉暢，不事雕琢的審美風格，和損悲自遣，尚理造境的審美趣

格。其中〈江西道院賦〉頗受後人稱道，從序文中可知是山谷爲筠州太守燕
居之堂「江西道院」所作建物賦，採取以記作賦的手法，但未描寫周遭景觀，
〔註2〕而是先說明筠州與江西民俗「樂鬥而輕死」、「尊巫而淫祀」相異，不當
同蒙惡聲。其次，頌揚柳侯之吏政，所謂「仁形於心而民服」，「我簡靜則民
肅，我平易則民親」，今使「高安之農，養生於桁楊之外；珥筆教訟者傳問孝
之章，勞耳鎖吭者深春耕之耒，賣私鬥之刀劍以爲牛，羞淫祠之尊俎以養親」，
逐漸改變江西之俗，具有賦體歌頌性質，但不流於應酬之作，闡述「兩漢循
吏，鑄頑成仁」之道，〔註3〕作爲吏治之典範。建物賦、記往往喜描寫山水臨
觀之美，〔註4〕山谷卻未採用賦體鋪陳景物之長，而以吏政、風俗爲主，語言
古樸，後人稱之「風骨蒼勁，義理深長」。〔註5〕山谷尚有〈休亭賦〉、〈寄老
庵賦〉、〈放目亭賦〉等建物賦，以「釋名」爲之，亦是宋文常見手法，〔註6〕
如「休亭」云「眾人休乎得所欲，士休乎成名，君子休乎命，聖人休乎物，
莫之嬰」，並嘉勉友人「將強學以見聖人，而休乎萬物之祖」，賦予「休」深
刻的道德意涵。而〈放目亭賦〉乃運用映襯技巧，言放心／防心、放口／防
口，云「放心者逐指而喪背，放口者招尤而速累」，「防心以守國之械，防口
以挈瓶之智」，〔註7〕藉此顯豁登高臨遠「放目」之意涵，又該賦篇幅短小，

味，概括了宋賦的藝術形態。《社會科學戰線》1995年第3期，頁170～178。
〔註2〕 參見拙作：〈蘇門文人私人建物記之美學意涵〉中論及蘇門文人的私人建物記
「精於論理，略於記事、寫景」，《漢學研究》24卷1期，2006年6月。頁209
～233。該文收入於本書之附錄二。
〔註3〕 《黃庭堅全集・正集》，頁297。楊慶存：《黃庭堅與宋代文化》（開封：河南
出版社，2002年）第九章〈山谷散文及其人文精神〉中乃言此賦「以議"政"
爲綱，以議"俗"爲線，突出"人事"，稱揚友人，構思巧妙，語言古樸。」
頁247。
〔註4〕 柯慶明：〈從「亭」、「臺」、「樓」、「閣」說起——論一種另類的游觀美學與生
命省察〉一文中云：「山水人文的勝景，不但提供了當下即是的美感之樂，而
且提供了生命思索的環境與解決」，收入氏著《中國文學的美感》（臺北：麥
田出版社，2000），頁279～283。
〔註5〕 引自元人劉壎：《隱居通議》（臺北：廣文書局，1971年），且以爲該篇「駕六
朝，軼左班，足以明百世矣」，推崇甚高。卷4，頁91～92。另金人王若虛〈文
辨〉稱此賦「最爲精密」，《滹南遺老集》（四部叢刊，臺灣商務印書館，1979
年）卷37，頁187。
〔註6〕 黃名理：〈淺談命名文學及其在北宋的開展〉，收入輔大中文系、中國古典研
究會主編《建構與反思——中國文學史的探索學術研討會》（臺北：臺灣學生
書局，2002），頁659～690。
〔註7〕 〈休亭賦〉、〈放目賦〉二賦見於《黃庭堅全集》、《正集》、《外集》，卷12、20，

僅有十句，就像一則修身處世格言，其實山谷散文各體裁幾乎皆出現類似「格言體」文章。

　　另文賦〈木之彬彬〉之序文中敘述三國時代曹操所禮遇楊修、孔融、禰衡三人之悲慘下場，戰國時代齊相田常與大夫隰子，百里奚與虞公之史事，乃藉古人古事，暗示君子明哲保身之道。賦中則從「自然界之草木而及社會之人事，由歷史而議論人生，談人生之哲理」，〔註8〕該賦作於熙寧元年山谷初入仕途之際，乃以史為鑒，所謂「罪莫慘於德有心，禍莫深於心有見。罪不在德，心其孟賊；禍不在心，見其髡鉗」，「積小不當，是以亡其大當」，「禍集於所忽，怨棲於榮名。易其言則害智，用其智則害明」，〔註9〕強調謹言慎行，藉此自警警人。本賦與序文篇幅相當，韻、散相宜，敘事、義理兼顧，亦為山谷文賦中之傑作。元人劉壎云：「黃山谷〈江西道院賦〉出，而後以高古之文變艷麗之格，六朝賦體風斯下矣。」〔註10〕相當推崇山谷古賦之「風骨義味」，而〈木之彬彬〉并序一文亦當之無愧。

　　其次，山谷畫賦談論藝文之理，亦頗受後人矚目，尤其對宋文化「尚意」、「主理」特質具有一定影響，如〈蘇李畫枯木道士賦〉、〈東坡居士墨戲賦〉、〈劉仲明墨竹賦〉，抉發文人畫之意涵，〔註11〕如在蘇軾繪枯木、李公麟畫女蘿、道士畫賦中，山谷起首即云「東坡先生佩玉而心若槁木，立朝而意在東山。其商略終古，蓋流俗不得而言」，先道出東坡無視世俗富貴名利，雖身居京城高官，卻淡泊自守；描述東坡筆下枯木「寒煙淡墨，權奇輪囷，挾風霜而不栗，聽萬物之皆春」，而公麟「做黃冠師，納息於踵，若新沐而晞」，「彼道人者，養蒼竹之節以玩四時，鳴槁梧之風以召眾竅」，所謂「納息於踵」，即「踵息」，乃出自《莊子·大宗師》：「真人之息以踵，眾人之息以喉。」成玄英疏曰：「真人心性和緩，智照靜寂。至於氣息，亦復徐遲。腳踵中來，明其深靜也。」〔註12〕踵息可以說是道家煉氣養生之術，如蘇軾嘗云：「平生學踵息，坐覺兩錢溫」，〔註13〕藉此亦可達到「智照靜寂」之境。山谷借枯木意

頁295、1362。
〔註8〕同前註3，楊慶存之論述。
〔註9〕《正集》卷12，頁304。
〔註10〕同前註5，劉壎之評述。
〔註11〕此三篇見於《正集》、《外集》卷12、20，頁298、299、1361。
〔註12〕《莊子集釋》（臺北：天工書局，1989年）內篇第六，頁228。
〔註13〕〈正月十八日蔡州道上遇雪，次子由韻二首〉之二，《蘇軾詩集》卷20，頁1020。

態、道人修爲表現東坡之精神意趣。另〈墨戲賦〉言蘇軾遊戲筆墨間，作「枯槎壽木、叢篠斷山」，「筆力跌宕於風煙無人之境，蓋道人之所易，而畫工之所難」，以道人／畫工對比，重神（意）不重形，點出文人畫「尚意」特色。又如〈墨竹賦〉中則直接引「蘇子曰世之工人，或能曲盡其形；至於其理，非高人逸才不能辦」，亦是世之工人／高人逸才對比，言「理」不取形似，文後向云「庖丁之解牛，進技以道者也」，「妙萬物以成象，必須胸中洞然」，表現文人畫之境界。

　　至於詠物賦，所歌詠白茶山、青竹、苦筍之植物，著重其特殊的意態風味，進而賦予其象徵意涵。〔註14〕如〈白山茶賦〉，以春天百花「麗紫妖紅」襯托白山茶之「韻勝」，賦詠其「高潔皓白，清修閑暇。裴回冰雪之晨，偃蹇霜月之夜」，「蓋將與日月爭光，何苦與洛陽爭價」，在在顯現白山茶之超俗不凡，寄託文人之高潔人格。〈對青竹賦〉除了言竹之美「以節不以文」外，進而云「貴之則律呂汗簡，賤之則箕帚蒸薪。唯所逢遭，盡於斧斤」，無論貴賤皆面臨斧斤之命運，暗示士人入仕難以保性全眞；賦後乃歌詠青竹「歲寒在躬，又免斷烹。彼其文章之種性，不可致詰」，山谷以青竹自況，「惟其與蓬蒿共盡而無憾，余亦不知白駒之過隙」，亦道出自我人生之抉擇。另〈苦筍賦〉更以「苦味」比喻社會、人生，以爲「苦而有味，如忠諫之可活國；多而不害，如舉士而皆得賢」，賦予「苦筍」政治意涵外，對當地人「苦筍不可食」之說，山谷則引李白「但得醉中趣，勿爲醒者傳」，透露其晚年謫居蜀地，於咀嚼苦筍中品嘗人生之意味。綜合上述，可知山谷文賦大致反映宋賦「淡化個人感情色彩」，「具觀身達理、意境淡遠的風格」，〔註15〕雖缺乏蘇軾「流動的文勢和轉換自如的筆法」，亦形成瘦硬蒼勁的獨特風格，造就文賦另一種面貌。〔註16〕

三、箴銘類：不落窠臼的銘文

　　箴、銘體爲中國散文的古老文體，劉勰云「銘者，名也，觀器必也正名，

〔註14〕〈白山茶賦〉、〈對青竹賦〉、〈苦筍賦〉見於《正集》卷12，頁300、301、303。

〔註15〕同前註1。

〔註16〕何玉蘭：《宋人賦論及作品散論》（成都：巴蜀書社，2002年）中論及黃庭堅賦體散文，「從形式上言以騷體爲主，而對當時已經成熟的文賦幾乎沒有染指，不免有些拘於古，而缺少新創」，頁170。其實不然，誠如許結所云「文賦創作，到蘇軾及其周圍作家（如蘇轍及“蘇門四學士”筆下），已體圓意熟」，頁209。

審用貴乎盛德」，[註17] 最初刻在器物上，以記器物名稱、器物的製作者、時間，並根據器物的作用來作銘文。[註18] 明人吳訥云「名其器物以自警也」，「厥後又有稱述先人之德善勞烈為銘者」，可知銘文作用從「表警戒」到「記功德」，[註19] 對象亦從器物擴充至「山川、宮室、門、井之類」。[註20] 另有題寫在自我身旁的「座右銘」，如東漢崔瑗〈座右銘〉提出一套明哲保身的處世哲學，影響後世深遠，唐代白居易遭受貶謫後，作了〈續座右銘〉，總結「修外以及內，靜養和與真。養內不遺外，動率義與仁」，言士人立身之道，並傳承子孫，所謂「後昆苟反是，非我之子孫」。[註21]

　　蘇軾、黃庭堅銘文數量眾多，東坡 69 篇、山谷 106 篇，其中又以硯銘、居室銘（建物銘）最多，也最具特色。宋代私人建物大量興建，幾乎每位文人皆有堂、齋、亭、閣等記體文，蘇、黃與歐陽脩、曾鞏、王安石等古文大家有多篇建物記外，[註22] 更創作許多銘文，[註23] 東坡居室（建物）銘近二十篇，山谷更多達四十餘篇，幾乎佔了二分之一，可以說承唐代劉禹錫〈陋室銘〉，加以發揚光大。

　　宋人喜為居室命名、釋名，往往流露居室主人的情志與心境，山谷無論為自己或他人題寫的居室銘，其名稱多半很講究，如「清非齋」、「壁陰齋」、「照曠齋」、「殖齋」、「所性齋」、「廣心齋」、「脩然堂」、「正平堂」、「養浩堂」、「養源堂」、「雙寂堂」、「任運堂」、「關幽亭」、「寸陰齋」、「密軒」、「宴坐室」、「默堂」等等，其內涵離不開心性涵養、修身處世之道，具「座右銘」自戒警人之意。如〈李商老殖齋銘〉云：「以心為田，我未耕之。慈祥弟友，種而茂之。忠信不貪，苗而立之。敦厚敬恭，水而耰之。師友琢磨，籽而蘀之。」[註24] 以心為根本，培養「慈祥弟友」、「忠信不貪」、「敦厚敬恭」品德，再加以「師友琢磨」，向來為山谷所主張修身之道。又如〈所性齋銘〉云：

〔註17〕范文瀾注：《文心雕龍注·銘箴》（臺北：學海出版社，1991 年），卷 4，頁 193。

〔註18〕陳必祥：《古代散文文體概論》（臺北：文史哲出版社，1987 年），〈箴銘體散文〉頁 169。

〔註19〕吳訥：《文章辨體序說·銘》收入《文體序說三種》（臺北：大安出版社，1998 年），頁 58。

〔註20〕徐師曾：《文體明辨序說·銘》收入《文體序說三種》，頁 99。

〔註21〕顧學頡校點：《白居易集》（北京：中華書局，1985 年），卷 39，頁 879。

〔註22〕參見本書附錄二。

〔註23〕歐陽脩、曾鞏僅有神道碑銘、墓誌銘，未撰銘文。

〔註24〕以上二銘見於《正集》，卷 21，頁 533。

> 道行不加，窮處不病，此之謂性。由思入睿，由睿入覺，此之謂學。
>
> 性則聖質，學則聖功。謂予不能，倒戈自攻。天下求師，四海取友。
>
> 道立德尊，宗吾性有。〔註25〕

闡述「性」與「學」的關係、師友之重要，以「道德」爲心性依歸。〈養浩堂銘〉則言「心」、「氣」相互依存，所謂「心者、氣之君，氣者、心之將」，「心淵如淵，氣得其養」，再進一步闡釋「浩然」之氣。至於〈養源堂銘〉乃山谷爲李子之堂題銘，採用問答體，或問云「不知其源及所以養」，答云「必清其源，源清則流潔；必深其源，源深則流長」，又問「所以養之何如」，答曰「智及一年，則知藝穀；智及十年，則知藝木。持百年而不知藝人，智不保其身」，山谷以「清」、「深」言「養源」內涵及功用。〔註26〕另〈正平堂銘〉則以議論釋名「正平」：

> 虐鰥寡以奉高明，是謂不平。忠不足而詐有餘，躬不行而責從令，
> 是謂不正。夫平者如執權衡，以司重輕，如天四時，不言自行。夫
> 正者渴飲而飢食，東裘而夏葛，喜怒予奪，由己而不由物，故行天
> 下而不屈。〔註27〕

銘文中先指出爲政之所以不平與不正，再以自然「四時」、日常飲食穿著爲喻，簡易說明「平」、「正」之理，該堂應築於官廳附近，給予吏者在公餘之暇沉澱繁務雜思之處，進而自省爲政、修身之道。又心性涵養往往融入道釋思想，如山谷爲李氏友人撰〈宴坐室銘〉云：

> 李子宴處，不墮不馳。觀宇觀宙，使如四肢。不動而功，不行而邁。
>
> 萬物云云，則唯我在。〔註28〕

從銘文中可以發現「宴坐」並非完全止息思慮的枯坐，而是心容宇宙萬物，「不墮不馳」，佛教《壇經》曰「立無念爲宗」，「無念者，於念而不念」，所謂「無念」只是說無雜念、妄念，仍須攝心「正念」，蘇軾云：「一念清淨，染污自落，表裡翛然，無所附麗。」〔註29〕清淨來自於念念悉正，即坐禪時，心存

〔註25〕《正集》卷21，頁534。
〔註26〕以上二銘見於《正集》，卷21，頁536～537。
〔註27〕同前註，頁536。
〔註28〕《別集》，卷3，頁1504。另蘇門文人張耒亦有〈李援宴坐室銘〉云：「騰跨九州，蹂踐大千。而我室中，宴處超然。謂吾騁兮，吾固在。孰謂吾寂，皆作皆應，是中不立一塵，則與維摩同境。」其「坐禪」意味更加濃厚，見《張耒集》，卷52，頁804。
〔註29〕〈黃州安國寺記〉，文集卷12，頁392。

正念，知性空，離妄念，心不染外物。

其次，器物銘則以文房四友中的研（硯）銘居多，山谷即撰作 25 篇，以硯的質性比喻士人的道德涵養，如〈研銘〉云：

> 其堅也，可以當謗者之鑠金。其重也，可以壓險者之累卵。其溫也，
> 可以消非意之橫逆。其圓也，可以行立心之直方。如是則研爲予師，
> 亦爲予友。……固窮在道，涉世在逢。

以硯之堅、重、溫、圓期勉爲人修身處世之道，並強調君子「固窮在道」；其運用排比修辭技巧，打破傳統銘體的整齊句法，以文爲銘，押韻自由。〈歐陽元老研銘〉亦云：「其堅也，似立義不易；其潤也，似飲人以德。」以硯之堅、潤比附君子義、德。〔註 30〕至於山谷題銘楊大年之硯，乃具「頌德」之意，銘後且云：「人言楊公不如石之壽，我謂石朽而公不朽」，〔註 31〕具品評人物的性質，以爲大年生命已超越石硯之堅固、長久，賦予精神「不朽」之意涵。在山谷器物銘中較特殊的是四篇「深衣帶」銘，在東坡銘文中尚未見之。所謂「深衣」早見於古禮之中，爲文人、士大夫家用，期勉士人時時不忘道德涵養，如〈洪龜父深衣帶銘〉云「貧不能畏，賤不能憂。以身行道，如水於舟」，〈洪駒父深衣帶銘〉云「務華絕根自斧斤，處厚居實萬事畢」，〔註 32〕皆可看出山谷對士人修身之用心與實踐。另宋代文人品茗風氣興盛，出現相關器物銘如山谷〈茶磨銘〉云「楚宮散盡燕雪飛，江湖歸夢從此機」，〔註 33〕富有詩意，流露文人的精神意趣。

陸機、劉勰皆云「銘博約而溫潤」、「體貴弘潤」，〔註 34〕黃庭堅卻曰「銘欲頓挫崛奇」，並推崇蘇軾「諸物銘，光怪百出」，〔註 35〕可見其對銘文的創作不落前人窠臼，追求構思奇特，跌宕起伏的審美趣味，換言之，山谷銘文仍然體現其所謂「文章最忌隨人後，道德無多只本心」〔註 36〕一貫的創作理念，雖多爲他人所作，卻不流於泛泛應酬之作，從前述所舉作品即可窺見其

〔註 30〕〈研銘〉、〈歐陽元老研銘〉見於《正集》卷 21，頁 550、553。另〈王子飛研銘〉亦云「厚而靜似仁，剛而溫似德」，具比德之意。頁 554。

〔註 31〕見〈楊大年研銘〉，同上，頁 527。

〔註 32〕以上兩篇深衣帶銘，見於《正集》卷 21，頁 543～544。

〔註 33〕《別集》，卷 3，頁 1510。

〔註 34〕劉勰一說同前註，〈文賦〉見《文選》（臺北：藝文印書館，1989 年），卷 17，頁 245～249。

〔註 35〕引自〈題蘇子由黃樓賦草〉一文，《別集》，卷 6，頁 1592。

〔註 36〕〈贈謝敞王博喻〉，《黃庭堅詩集注・外集補》卷 4，頁 1720。

銘文內涵豐富，不拘一格，追求新變，〔註37〕具有一定文學價值。

至於箴體，山谷雖未有文章「以箴名之」，卻有誡文，《說文》云「箴，誡也」，兩者性質相似，徐師曾以爲「戒」者或「箴」之別名。〔註38〕漢杜篤作〈女誡〉，但辭已失傳，後世誡文內容多半爲「先正誡子孫及警世之語可爲法戒者」。〔註39〕山谷〈家誡〉是其相當罕見的長篇古文，山谷聞衣冠世族之盛衰成敗，關鍵在於家族分合，感慨頗深，特作此文爲「吾族之鑒」；其次，乃徧舉歷代、今世家族凝聚和諧的例子，如云唐代「張氏九世同居，至天子訪焉」，「高氏七世不分，朝廷嘉之」，「李氏子孫百餘眾，服食器用，童僕無所異」，當黃巢、安祿戰亂起，大盜橫行，「獨不劫李氏，云不犯義門也」，今世「德安王兵部義聚百餘年，至五世，諸母新寡」，堅決不分家；咸寧的陳子高「以五千膏腴就貧兒」等等，最後皆締造家族圓滿。最後山谷沉痛道出家族危機：

> 吾族居此四世矣，未聞公家之追負，私用之不給。泉粟盈儲，金朱
> 繼榮，大抵禮義之所積，無分異之費也。其後婦言是聽，人心不堅，
> 無勝己之交，信小人之黨，骨肉不顧，酒戚是從。乃自苟營自私，
> 偷取目前之逸，恣縱口體，而忘遠大之計。居湖坊者不二世而絕，
> 居東陽者不二世而貧，其或天歟？亦人之不幸歟？

眼見家族四世之後，每下愈況，分家後，更是不二世非絕、即貧，山谷除了期勉「吾子力道聞學，執書冊，以見古人之遺訓」外，且以此文囑咐「吾族敦睦當自吾子起」。〔註40〕這篇〈家誡〉是山谷散文中較特殊一篇，除了篇幅較長外，文字平易曉暢，雖以議論成文，卻淺顯易懂，或與告誡子孫有關。

四、贊頌類：衍變分流之贊頌

贊、頌二體起源甚早，起初有所差異，逐漸合流，皆具有讚美之意；之後受到佛經禪書的影響，又有贊頌、偈頌之不同。〔註41〕贊體始於漢代圖像，

〔註37〕另可參見徐建平：〈論黃庭堅銘的特色〉一文，文中舉例說明山谷銘文「渾成中見雋永，平淡中出奇制勝，講究煉詞煉句，寓意深遠」，歸結出「黃庭堅銘的創作，豐富多采，形式多樣，爲宋代散文的發展做出了貢獻」。《上海師範大學學報》37卷3期，2008年5月，頁90～95。

〔註38〕同前註20，「戒」體，頁99。

〔註39〕同前註19「戒」體，頁56。吳訥

〔註40〕。〈家誡〉，《補遺》，卷10，2315～2317。

〔註41〕參見〔日〕加地哲定著、劉衛星譯：《中國佛教文學》第三章〈中國佛教文學的興起和文體〉、第七章〈禪門中的佛教文學〉，頁39～49、284～292。高雄：

如蕭統〈文選序〉云「圖像則贊興」，李充〈翰林論〉亦曰「容像圖而贊立」，[註42]中國古代給聖君賢臣畫像以示表彰紀念的傳統由來已久，[註43]逐漸擴充至文學之士，在兩漢已蔚爲風氣。王充〈須頌〉即提及「宣帝之時，畫圖漢列士，或不在於畫上者，子孫恥之」，「頌上令德，刻於鼎銘。文人涉世，以此自勉」，[註44]可知文人士大夫對圖像抱持一定期待。至於配合圖像的像贊亦興起兩漢之際，尤其至東漢大盛。[註45]孫鳩之〈述畫〉中指出「漢靈帝詔漢邕圖赤泉侯楊喜五世將相形像於省中，又詔邕爲讚，仍令自書之，邕畫書于時獨擅，可謂備三美矣」。[註46]可知像贊因圖像而生，圖像借贊文進一步彰顯意義，這應當是像贊生成的基本功能。[註47]之後或畫贊分離，逐漸發展出人物贊，如〈荊軻贊〉；或「動植必讚」如郭樸《爾雅圖讚》、《山海經圖讚》等等，明人徐師曾指出贊體有三，即雜贊、哀贊和史贊，又以雜贊內容最廣泛，包括「諸集所載人物、文章、書畫諸贊」，並具「褒美」性質。[註48]

　　劉勰〈頌贊〉篇云：「頌者，容也，所以美盛德而述形容也」，「讚者，明也，助也」，范文瀾注：「頌有頌功德之義，贊則無之」，[註49]強調贊、頌之不同，劉勰且指出贊體「發源雖遠，而致用蓋寡」，用途不廣，相對於頌體，贊體則衰落不興。然而有學者指出，贊體因受到佛經中贊頌、贊嘆的影響，

　　　　佛光出版社，1993。
〔註42〕蕭統撰、李善注：《文選》（臺北：藝文印書館，1989年）；嚴可均校輯：《全晉文》（北京：中華書局，1996年）卷53，頁1767。
〔註43〕參見郁文倩：〈漢代圖畫人物風尚與贊體的生成流變〉，《文史哲》，2007年3期，頁86～93。
〔註44〕王充：《論衡》（叢書集成初編，北京：中華書局，1985年），卷20，頁216。
〔註45〕東漢應劭《漢官儀》下云「郡府聽事壁諸尹畫贊，肇自建武，訖于陽嘉」，嚴可均校輯：《全後漢文》卷35，頁670。換言之，即從東漢光武帝建武（25～26）至漢順帝陽嘉年間（132～135），約百年之久。
〔註46〕李昉等編：《太平御覽》（文淵閣四庫全書，臺北商務印書館，1983年）卷750，頁645。
〔註47〕同前註43。
〔註48〕同前註20，贊體下除了雜贊，尚云「二曰哀贊，哀人之沒而述德以贊之者是也。三曰史贊，辭兼褒貶。」，頁101。
〔註49〕《文心雕龍注·頌贊》曰贊體，「然本其爲義，事生獎歎，所以古來篇體，促而不廣，必結言於四字之句，盤桓乎數韻之辭：約舉以盡情，昭灼以送文，此其體也。發源雖遠，而致用蓋寡，大抵所歸，其頌家之細條乎？」范文瀾注：「故彥和首標明助二詞，蓋恐後人之誤會也……自誤贊爲美，而其義始歧，此考正文體者所當知也。」，頁159、175。

從三國六朝時起開始興起稱頌佛菩薩的文章，〔註50〕之後歷代皆有聖賢高
士、名僧道仙的讚美，多受到佛教的影響。蘇軾、黃庭堅與佛教禪宗淵源甚
深，其讚、頌文字遠遠超過前人，就讚文而言，東坡70餘篇，山谷則多達100
篇左右，其中讚人（佛）的畫像、寫眞最多，約70餘篇，超過三分之二，除
了傳統文人士大夫外，更多是佛教人物如觀音、羅漢、禪師、和尚等讚文，
尤其大量「爲生人寫眞，爲死者寫遺容，圖寫眞容」的「寫眞」讚頗引人注
目，〔註51〕大大拓展讚體之寫作。

　　山谷人物讚、畫像讚、寫眞讚歌詠人物性情、意態，甚至命運，表現不
同人格美。東坡、山谷皆爲王禹偁作像讚、眞讚，〔註52〕稱述其學問文章、「切
直」性格及貶謫命運，亦樹立士大夫的人格典範。另山谷〈史應之讚〉、〈陶
兀居士讚〉則不同於儒者形象：

> 兀兀陶陶，借書借不得。陶陶兀兀，問字問不得。是醉是醒，佛也
> 會不得。布衣簪紱，有人扶便得。

> 眉山史應之，愛酒而滑稽。對鄙不肖，醉眼一笑。司馬德操，萬事
> 但好。東方戲嘲，驚動漢朝。窮則德操，達則方朔。〔註53〕

兩人皆是眉山人，愛飲酒，半醒半醉之間，保性全眞，頗具魏晉名士之風流。
另山谷撰作三首〈東坡先生眞讚〉，云「東坡之酒，赤壁之簫，嬉笑怒罵，皆
成文章」，道出蘇軾作文無適不可，又云「及其東坡赤壁，不自意其紫薇玉堂
也。及其紫薇玉堂，不自知其珠厓儋耳也」，「子瞻之德未變於初爾」，無論身
在廟堂、謫地，東坡始終超然自得；「九州四海，知有東坡。東坡歸矣，民笑
且歌」，蘇軾名譽天下，並受到百姓愛戴。無論世人愛惡，所謂「是亦一東坡，
非亦一東坡」，「計東坡之在天下，如太倉之一稊米；至於臨大節而不可奪，
則與天地相終始」，「逢世愛憎怡怡，吾朝公忠炯炯」，〔註54〕則強調子瞻「臨
大節而不可奪」的高貴品格及生命之不朽。

〔註50〕 日本學者加地哲定《中國佛教文學》讚的本意是稱讚人物，頌的内容與讚幾
　　　　乎沒有什麼區別。同前註41。
〔註51〕 參見毛文芳：〈自我認同的困惑——明清文人自題像讚初探〉，收入於彰師大
　　　　國文系主編：《第六屆中國詩學會議論文集》（臺北：萬卷樓圖書，2002年），
　　　　頁27～67。
〔註52〕 蘇軾〈王元之畫像讚〉有序文，黃庭堅〈王元之眞讚〉則無，參見《蘇軾文
　　　　集》，卷21，頁603～604。《黃庭堅全集・正集》，卷22，頁557。
〔註53〕 《黃庭堅全集・正集》，卷22，頁565～566。
〔註54〕 同前註，頁557～558。

　　山谷嘗為二十位以上的禪師、和尚作真贊，可見其與方外之士交往頻繁，〔註55〕習禪、參禪甚用功，或稱頌其道行，或傳達其性情、神態，如〈翠巖機禪師真贊〉曰：

　　　　一步一彌勒，一句一釋迦。逢人雖不殺，袖裡有青蛇。是翠巖則二，
　　　　非翠巖則別。彌勒下生時，亦作如是說。〔註56〕

從贊中想見翠巖機禪師如佛陀之神態，並形容其禪鋒接人之風格。傳統贊體以四言句為主，端正凜然風格，然方外人士寫真贊文多半長短不拘，不同於端正凜然的儒者形象，各有自己性情、面目，亦具佛門風範，如〈南安巖主大巖禪師真贊〉：

　　　　石出山而韻自丘壑，松不春而骨立冰霜。今得雲門挂杖，打破鬼哭
　　　　靈牀。其石也，將能萬里出雲雨；其松也，欲與三界作陰涼。似此
　　　　昔人，非昔人也。山中故友任商量。〔註57〕

以石、松比喻大巖禪師的高韻、風骨，又「萬里出雲雨」、「三界作陰涼」表現其普渡眾生的大慈大悲。

　　另山谷撰有〈寫真自贊〉五首，「面對畫像產生自我疑惑的詰問」，可以說承白居易〈自題寫真〉而來，〔註58〕贊文中常以映襯手法反詰自己，或不如古代賢者顏淵「安貧樂道」，詩人王維「詩成無色之畫，畫出無聲之詩」，「又白首而不聞道」；或以兄弟相比，「元明以寡過，而知名以敖世。如魯直者，欲寡過而未能，敖世則不敢」，山谷雖自認未能寡過，卻無「元明憂疑萬事之弊」；不敢傲世，亦無「知命強項好勝之累」，故能「自江南乘一虛舟，又安知乘流之與遇坎者哉」，流露其隨遇而安、超然自得的人生態度。對寫真「似不似汝」之疑問，以為「前乎魯直」、「後乎魯直」，「若甲若乙，不可勝紀」，「魯直之在萬化，何翅太倉之一稊米」；自認「吏能不如趙、張、三王，文章不如司馬、班、揚」，但也自負不受富貴、世故左右，「則於數子，有一日之長」。山谷在贊文中藉不斷與他人或典範人物相比，更清楚了解自

〔註55〕　參考筆者：《蘇門與元祐文化》（臺大中文所博士論文，2002），第四章第二節〈與僧人、方士的互動與影響〉。

〔註56〕　《別集》，卷3，頁1512。

〔註57〕　《正集》，卷22，頁581。

〔註58〕　毛文芳：〈自我認同的困惑：明清文人自題畫像贊初探〉一文中指出「早在唐宋時期，文人就有面對畫像產生自我疑惑的詰問，如唐白居易〈自題寫真〉、宋黃庭堅〈寫真自贊〉皆然。」該文收入彰師大國文主編《第六屆中國詩學會議論文集》（臺北：萬卷樓圖書，2002年12月），頁27～67。

己獨特性,在「我是誰」反思歷程中,其實更堅定自我的生命態度及抉擇,所謂「韜光匿名,將在雙井;談玄說妙,熱謾兩川」,〔註59〕可以說是對自己人生的註腳。

其次,山谷尚有多篇書畫贊,其中〈席子澤槃礴圖贊〉、〈趙景仁彈琴舞鶴圖贊〉,乃以人物活動為主,贊席子「知萬化之如今,忘一世之遺我。臨流濯足,脫帽箕坐。寄槁竹以孤哦,哂秋葉之驚墮」,言趙子「聽松風以度曲,按舞鶴而忘年。鏗爾舍琴而對吏,忽坌入而來前。察朱墨之如蟻,初不病其超然」,〔註60〕表現文人高士的精神風貌,流露沖淡閑靜的意態、蕭散淡泊之趣。至於以動植物為主,如下云:

> 人有歲寒心,乃有歲寒節。何能貌不枯,虛心聽霜雪。(〈畫墨竹贊〉)
>
> 心之柔也,以道牧之。縱而不踐人之田,其惟早服之。(〈畫牧牛贊〉)
>
> 士志於學,則亦無息。以師友為彎策,及其至焉惟爾力。〈畫馬贊〉
>
> 〔註61〕

這些動植物畫贊,往往具君子「比德」之義,如墨竹的歲寒節操,牧牛則比喻以道牧心;又以馬奔馳比喻士人之學習,須師友切磋,才能馬到成功,皆充滿理趣。

至於黃庭堅的「頌」作亦達百篇,其歌功頌德之作如〈具茨頌〉、〈曹侯善政頌〉,前者褒美韓琦,曰「公治北門,有條有葉。夷根披節,蟊賊是伐。惠及鰥寡,日用飲酒」,「公至北門,河潤九里。公歸本朝,萬物露雨。帝顧具茨,公歸廟堂。為天下師傅,於大塊有光」,歌頌韓公功顯天下,貴為宰相,為皇帝所倚重。後者乃歌頌曹侯之「善政」,先以序文敘述曹侯的為政之道,云「曹侯之政,撤機械而去虎,是難能也;至於惠民之政,是不可能而人不為也」,並具體例舉其政績與做法,為良吏之典範。曹侯歿後,其相關文書因遭火所傷,「盡失其事」,後有人參酌民言作《異政錄》,山谷讀之深受感動,懼曹侯之事泯滅不彰,故作此頌,可補史書之闕。〔註62〕至於〈清閑處士頌〉先頌美處士之高行,次以賦體問答手法作之,山谷以水、雲為喻,並問之「唯有道者能藏於天,吾子何處焉清閑?」處士答曰:「我無所用於世,而從所好。

〔註59〕《正集》,卷22,頁559~560。
〔註60〕以上兩篇贊文參見前註,頁568~569。
〔註61〕以上三篇贊文參見前註,頁569~570。
〔註62〕以上兩篇頌文參見《正集》,卷23,頁569~570。

唯水雲與之忘老，何敢以爲有道？」〔註63〕最後山谷以「舉世溷濁，惟我獨清；萬法本閑，而人自擾擾爾」釋名「清閑」之義，該頌具議論性質，非僅是歌頌而已，可謂頌之變體。〔註64〕

但與贊頌之歌功頌德性質不同，而是禪門用來表達佛教眞理、悟達境地的「偈頌」，〔註65〕較接近詩體，爲了進一步了解偈頌與贊頌的差異，此處稍加說明之。黃庭堅參禪甚用功，其仿佛經、語錄的「偈頌」，制作宗教性濃厚的詩偈頌銘，表達個人參禪學佛的體驗、心得。偈頌原是佛教經典中的一種文體，以韻文的形式表現，使眾生易於誦持。自六祖慧能開宗以後，偈頌開始流行，成爲禪師傳心示法的工具，早期理味濃厚，至中唐以後，運用比興手法而富有詩意，甚至截取唐代詩人的佳句。北宋初汾陽善昭禪師（946～1023）首創頌古，頌古乃是採用偈頌去歌誦古德公案，之後雪竇重顯禪師（980～1052）有「頌古百則」，善昭與重顯皆善於作詩，故其頌古詩句優美，詩味濃厚。總之，禪宗的偈頌隨著時間演變，呈現詩禪交融的現象，不過，這與禪詩仍有所差別。前者以參禪悟道爲目的，後者則爲娛情適意，對吟詩嗜好超過參禪，換句話說，前者是宗教的，後者是審美的。〔註66〕黃庭堅一生與僧人往來密切，酬唱贈答，或參禪問法，或吟詠性情，宗教、審美兩者皆俱，此處主要說明參禪的偈頌文字。

北宋畫師李公麟曾爲柳仲遠畫枯骨觀，蘇軾作頌曰：「這箇在這裡，那箇那裡去。終待乞伊去，大家做一處。」〔註67〕語言樸拙，通俗易懂。黃庭堅亦有〈枯骨頌〉一首：

> 清揚巧笑傾人城，驕氣矜色增我慢。無始時來生死趣，八萬苦業所依止。
>
> 皮膚落盡露栓索，一切虛誑法現身。不見全牛可下刀，無垢光明本三昧。〔註68〕

〔註63〕同前註，頁589。
〔註64〕韓愈〈伯夷頌〉夾敘夾議，引起頗大爭議，如金人王若虛云：「退之評伯夷，止是議論散文，而以頌名之，非其體也。」《滹南遺老集》，卷35。姚鼐《古文辭類纂》、曾國藩《經史百家雜鈔》將該文入論辨類、論著類，而不入頌贊類。
〔註65〕同前註41，頁285。
〔註66〕參見周裕鍇：《中國禪宗與詩歌》（高雄：麗文文化公司，1994年）第二章，頁42～43。
〔註67〕〈枯骨觀頌〉，《蘇軾文集》，卷20，頁592。
〔註68〕《正集》，卷23，頁605。

論述人的肉體終歸空幻,然真如本覺,始終是無垢清淨的,生前死後的對比,形象鮮明。魯直許多頌作的含意隱晦,類似禪宗話頭、機鋒,聲東擊西,語境跳躍,較難以捉摸,如〈與六祖長老頌〉:

> 昨夜三更,有人點燭,燒盡十方,天堂地獄。不知是誰家之子,都無面目,但只向深草中藏,莫向孤峰上宿。齋時有飯,天明有粥。
> 自然而得,山青水綠。〔註69〕

其內容似乎表現山谷參禪時,所體驗到「十方坐斷」之境,即擺脫一切束縛,達到超脫自在的境地。

五、碑誌類:形象豐富的墓誌銘

黃庭堅現存碑文僅有兩篇,〔註70〕墓誌銘(墓碣、墓表)等則多達 83篇,本文僅探討墓文。墓誌銘寫作自東晉以後逐漸盛行,至唐代蔚為風氣,卻免不了變「俗」、變「爛」,〔註71〕所謂「唐宋以下,凡稱文人,多業諛墓」,〔註72〕即使寫有 70 多篇墓誌大家之韓愈亦無法免俗,不過韓愈打破傳統制式寫法,採用史傳筆法,塑造墓主鮮明的面目與性格;通過行動、對話,來創造出富有個性的人物。其次,他突破傳統只能褒不能貶的成規,帶有明顯的褒貶性質,〔註73〕作法不拘一格,建立碑誌文之典範,錢穆乃云韓愈碑誌文「以散文法融鑄入金石文而獨創一體」。〔註74〕宋代古文運動領袖歐陽脩則以平易自然的風格撰寫墓誌、墓表等 80 餘篇,突出人物特點,融合抒情、敘事、議論,尤其對賢者之死表達深切的悲痛,著重在他們懷才不遇及志趣高尚的事迹,〔註75〕其中〈黃夢升墓誌銘〉為後人稱之「墓誌第一」。〔註76〕

〔註69〕《別集》卷 2,頁 555。

〔註70〕〈全州磐石廟碑〉述王侯治理全州政績,「故樂道王侯之政,使來者有所矜式」;〈吏部侍郎魏公神道碑〉則代李尚書作,韻體多於散體,二文皆為歌功頌德之作,見於《正集》,卷 20,頁 519～523。

〔註71〕同前註18,「碑誌體散文」頁 189～190。

〔註72〕范文瀾註:《文心雕龍·誄碑》中〈墓誌銘考〉,頁 231。

〔註73〕李珠海:《唐代古文家的文體革新研究》第五章〈韓柳的文體革新〉,頁 192～195。

〔註74〕參見錢氏:〈雜論唐代古文運動〉一文。

〔註75〕黃一權:《歐陽脩散文研究》(上海:華東師範大學出版社,2003 年)第二章第三節〈敘事散文〉,頁 73～75。

〔註76〕高步瀛選注:《唐宋文舉要》(高雄:復文圖書出版社,1987 年)引清人劉海峰云「此篇遒宕古逸,當為墓誌第一」,頁 761。

韓、歐兩人墓誌銘創造難以超越的高峰，即使才高如蘇軾亦不輕易爲人作墓誌銘，現存也僅有十餘篇。

　　至於黃庭堅的墓誌銘（墓碣、墓表）乃繼承韓、歐的寫作手法，以記大節爲原則，錄墓主的人格、道德、事功。〔註77〕如〈朝奉郎致仕王君墓誌銘〉記述王默（復之）吏治事功，「酌民言而賦功省」，活軍士癉瘲者十之七八；年四十八即請老而歸，「放浪江淮山水間，歸而治大宅」，「與父老歌舞之」，無論事親居喪、兄弟朋友、四方游士及「黨之孤甥」，無不盡心盡力，又云王君「性狷介，不能容人是非。州縣有過舉，輒上書論之」。〔註78〕該文敘事不繁，記人生動，如同一篇人物傳記。

　　山谷墓誌銘之文學性最濃厚莫過於爲欲仕不偶者、隱逸者所作墓誌銘，在山谷筆下看見士人的性格、抉擇造就不同的人生及命運。如早卒的友人王力道、幼弟非熊，前者可以看見其承襲〈黃夢升墓誌銘〉作法，透過與力道三次往來，從「少成獨立」，青年「律身甚嚴，而與人極愷悌」，壯年「謹厚而文」，但「予知其在困而不撓也」；之後行迳大變，「沉浮閭巷間，得酒不擇處」，如此三年，「終以酒死」，呈現力道的成長與轉變，山谷銘文中云「壯士溺於酒，萬世同流，今也何咎」，對千古文人之失志命運寄予無限同情。又山谷最心痛是對幼弟非熊之早卒，文中追憶父逝時，非熊年僅四歲，「太夫人不忍以嚴治之，故非熊知學最晚」，「然性資豪舉，落筆成文，不肯爲人」；成年後非熊對兄長所主持婚姻不滿意，竟棄婚而去，浮沉於酒中，自恃其命，「我終富貴得意婚大家」，之後雖自強，刻苦琢磨，「欲以怪奇鉤致祿仕」，〔註79〕不幸病死。山谷在文中眞實指出非熊性格上、價值觀的偏差，造就其不幸命運，尤其自責未盡兄長之教導，而「孤先大夫之心」。

　　另〈彭明揚墓碣〉則寫似長安大俠、高陽酒徒的明揚，性格鮮明，人物栩栩如生：

> 明揚來則噱嘑劇飲，夜醉，驅馬涉溪而歸，未嘗見其有憂色也。余家有急難，明揚未嘗不竭蹶而趨事，且笑且飲，而事皆辦。鄉有鬥者，明揚必揚臂於其間，排難解紛，使皆意滿，謝不值而去。

〔註77〕何寄澎：〈歐陽修古文作法探析〉，收錄於氏著《唐宋古文新探》（臺北：大安出版社，1990年），頁175。
〔註78〕《正集》，卷30，頁809。
〔註79〕以上〈王力道墓誌銘〉、〈非熊墓誌〉二文，出自《正集》，卷30、31，頁830、860。

明揚個性豪爽、古道熱腸，充滿正義感，爲「恢詭譎怪之士」，山谷在銘文中以鄙夫與明揚作對比，歌詠明揚「坦坦」、「熙熙」、「安拙」，又云「四十蓋棺，人謂之短，吾謂之長。彼耆耋老，人謂之壽，吾謂之殤」，不以世俗觀點來看待生命之長短，明揚雖終身未仕，山谷藉此文彰顯其人格、行誼。至於〈南園遁翁廖君墓誌銘〉乃山谷晚年貶謫戎州之際，「未至而訪其士大夫之賢者」，得聞王默（復之）、廖及（成叟）兩位賢者，未料至戎州訪之，兩人竟已卒，而成叟之子來乞其銘。文中山谷道出個人尋訪、問賢一事，藉他人口中述「復之學問文章，爲後進師表，褒善貶惡，人畏愛之，激濁揚清，常傾一坐」，「成叟事父母孝敬，有古人所難。邃於經術，善以所長開導子弟，以爲師保。能以財發其義，四方之遊士以爲依歸」，雖然未有機會謀面，山谷惜賢之心溢於言表，亦藉此文彰顯德行大於權勢的人生價值。而〈宛丘懷居士墓表〉打破一般作法，乃以議論發端，先批判「晚出之儒，玩禮義之名，而陋於知人心；失學問之意，而士以讀書爲選」，又言古君子之論人，無論身份職業貴賤，「有合於道德之序者，皆以義取之而不廢也」，以爲「士固有不幸而出於取人無定論之時，挾魁磊非常之器，而納於流俗之繩墨，不資經義文章，終無以自昭於世者」，宛丘懷居士即是如此。山谷記此人遍觀醫書，以治劑有功爲名；後讀佛書，「瘳不用師」，其「性行純熟，應對機警」，「王公大人多與之游」，〔註80〕居士從未有所求；且與子孫分職，頗自得之。山谷刻畫懷居士的性情、學問與行誼，與傳統士人形象不同。

誠如前文提及，山谷與方外人士交游頗密切，爲禪師、和尚撰寫許多篇章，在墓誌銘中亦有五篇釋氏禪師塔銘，敘述他們落髮出家、講學說法、道行高深，如〈黃龍心禪師塔銘〉記載其學佛求師的曲折歷程，及點撥人方式「直以見性爲宗，而隨方啓迪」，或有人訾議心禪師「不當以外書糅佛說」，禪師答曰：「若不見性，則佛祖密語盡成外書；若見性，則魔說狐禪皆爲道語」；另〈法安大師塔銘〉中記載師常謂人曰：「萬事隨緣，是安樂法」，〔註81〕皆爲山谷奉行之，影響其晚年生活頗大。

此外，較特殊的是以女性爲對象的墓誌銘就出現二十四篇，幾乎佔了三分之一，述其「婦功女德」，「母儀婦師」，如〈王氏墓誌銘〉「敏慧孝慈，學

〔註80〕以上三篇墓碣、墓誌銘、墓表分別見於《正集》卷32、《外集》卷22，頁866、848、1380。

〔註81〕以上兩篇塔銘見於《正集》，卷32，頁851、857。

文知義理，觀西方書，若有所超」，〈任夫人墓誌銘〉「性敏慧，頗通書，柔婉孝仁，在貧而樂」，〔註82〕這些女性普遍具有孝慈品德，但並非「女子無才便是德」，多半知詩書、懂禮義，教子有方。〔註83〕其中又以〈叔母章夫人墓誌銘〉形象最鮮明，墓誌中記述叔父「性豪甘酒，好賓客，客至咄嗟責辦，未嘗不肅給也」，「平日大率常醉，或使酒嫚侮，夫人承之，未嘗不以禮也」，夫人默默承受叔父酒醉後的謾罵羞辱，仍趁叔父之未醉、酒醒時苦心勸諫：「君終日如是，使諸子皆法象，何以爲家？」然叔父竟答：「吾兄弟之子多賢，克家者自當不法我而法彼也」，依然故我。叔父過世時，章氏年三十四，在悲痛之餘，撫養幼小的二男二女，教子不威，並爲二子築屋治生，「識者以爲有男子之智，烈婦之節」，章夫人堅毅個性及坎坷命運令人印象深刻，而晚年往生前，則交待家人誦《圓覺經》，安詳而逝。〔註84〕山谷的女性墓誌銘的形象頗接近，可以說樹立「婦功女德」的不朽典範。

六、哀祭類：情眞意摯的祭文

哀祭文與墓誌不同，墓誌多以記述死者的生平、贊頌死者的功業德行爲主，而祭文則偏重對於死者追悼哀痛，多爲亡親故友而作，抒情性濃厚。唐宋著名祭文莫過於韓愈〈祭十二郎文〉、歐陽脩〈祭石曼卿文〉或敘家常瑣事，或發議論，表達深切悲痛，打破祭文常套作法。〔註85〕黃庭堅祭文39篇，其中哀悼亡友〈祭李彥深文〉悲痛悽愴，以駢體爲之，文辭豐贍，文中云「鄰非仁而不覿，粟非義而不嘗。遇人情之難堪，既摧折而愈剛。號飢寒之滿屋，仰歸鴻之南翔」，道出李君「終一世而阨窮」命運，表達深沉感慨與不平，又云「身與螻蟻共盡，名與日月爭光。我觀古而視今，信吾友之不亡」，聲調激揚，彷彿高呼生命之不朽撫慰亡友魂魄。至於〈祭徐德占文〉氣勢磅礡，開端即云「文足以弼亮天功，武足以折衝樽俎，識足以超萬人之毀譽，量足以任百世之榮名」，稱頌德占文武雙全，識見、器量兼具，又云「迎刃而解，事無全牛。決獄大疑，手平如水。論議魁壘，氣吞西州。鯤之爲鵬，垂天其翼。志九萬里，未出戶庭。泰山覆於前，天作奇禍」，「提師十萬，墮虜計中。凶

〔註82〕《外集》卷22，頁1388、1397。
〔註83〕又如〈永安縣君金氏墓誌銘〉云「喜讀書，善筆札，諸子皆授經於夫人，未嘗從師。其子千之有學行，士大夫稱焉」。《外集》卷22，頁1395。
〔註84〕《外集》，卷22，頁1393。
〔註85〕參見褚斌杰：《中國古代文體概論》第十一章第七節〈哀祭文〉，頁415～417。

語上聞，天光震動」，〔註86〕凜然正氣瀰漫文中，當爲哀悼武將之祭文。

此外，祭文多以四言韻文爲主，然山谷〈祭判監王元之文〉卻是三言祭文，如云「嗟唯公，不綠競。略世務，觀本性」，「與人交，漫舞察。公之心，爛白黑。來施施，氣坦夷。久與游，德無疵。友蓄我，實予師。相濡，問寒飢。我徂南，公飲醉，今我歸，拜公櫃。」〔註87〕以簡易的三言韻語爲之，朗朗上口，可想見王公光明磊落、平易近人的性格。

七、結　論

綜合上述，我們可以發現黃庭堅的文賦、銘文、贊頌、碑誌、哀祭文不但數量多，且具個人的獨特風格。文賦的瘦硬蒼勁，銘文追求「頓挫崛奇」、不落窠臼；贊文歌詠士人、禪師的性情、意態，甚至命運，表現不同人格美；書畫贊則富有理趣，對贊體寫作有所開拓。至於爲欲仕不偶者、隱者所作墓誌銘（墓碣、墓表），彷彿一篇篇精彩的傳記；哀祭文乃針對不同對象，表達眞摯適切的情感。元人劉壎云：「山谷詩律精深，是其所長，故凡近於詩者無不工，如古賦與夫贊、銘有韻者率入妙品。」〔註88〕指出山谷用韻之文具有高度的文學價值，可以說體現詩人之文的特質。

〔註86〕以上兩篇祭文，見於《正集》，卷29，頁794、792。
〔註87〕見於《正集》，卷29，頁787。
〔註88〕同前註5。

第三篇　黃庭堅「尺牘」書寫的美學意義

一、前　言

　　現存黃庭堅尺牘約 1200 篇，幾乎佔了山谷散文數量的一半；又南宋楊萬里特別推崇「小簡本朝惟山谷一人」，〔註 1〕可知山谷尺牘的質與量具有一定高度；然黃庭堅的題跋新體後人論述頗多，尺牘舊體卻乏人問津，〔註2〕實有必要對山谷尺牘作進一步探討，以下先稍述書牘（尺牘）一體的性質、功用與發展，作為後文論述的基礎。

　　尺牘為書牘體，書牘一體起源甚早，劉勰《文心雕龍》有〈書記篇〉，「書者，舒也。舒布其言，陳之簡牘」，「杼軸乎尺素，抑揚乎寸心」，「詳總書體，本在盡言，言以散鬱陶，託風采，故宜條暢以任氣，優柔以懌懷」。〔註 3〕書牘可盡情抒寫作者內心的思想與情感，表達其真實的性情懷抱。錢穆〈雜論古文運動〉一文中指出「有意運用書牘為文學題材，其事當起於建安，而以魏文帝陳思王兄弟為之最」，其書札超越前人者，在於「辭多嗟嘆，情等詠歌，

〔註1〕　陳模撰、鄭必俊校注《懷古錄校注》（北京：中華書局，1993 年 2 月）卷下引楊萬里說法，楊氏尚云：「今觀《刀筆集》，不特是語言好，多是理致藥石有用之言，他人所以不及。」說明山谷尺牘的長處，頁 90。

〔註 2〕　題跋文是宋代新興文體，較受研究者注意，如上述朱迎平該文，對蘇、黃題跋論述頗多，目前亦有學位論文，如毛雪《蘇軾、黃庭堅題跋文研究》（鄭州大學碩士論文，2003 年）、賴淋《黃庭堅題跋文研究》（蘭州大學碩士論文，2007 年）。而尺牘為舊文體，目前僅見楊慶存〈山谷散文及其人文精神〉中「山谷散文分類考察」論及尺牘，其餘尚未見專文探討。

〔註 3〕　劉勰撰、范文瀾注《文心雕龍注》（臺北：學海出版社，1991 年）卷 5，頁 455～461。

本亦宜於作爲一詩，今特變其體爲一封書札耳」，並以爲此等書札後來嗣響，必待韓愈出，書牘始成爲短篇散文中的精品，「寫情說理，辨事論學，宏纖俱納，歌哭兼存，而後人生之百端萬狀，怪奇尋常之體，盡可容入一短札中，而以隨意抒寫之筆調表出之」，錢氏認爲書牘入於文學起自建安時代，以曹丕、曹植兄弟之作最佳，之後沒落，直到唐代韓愈再創高峰，開啓書牘體新的面貌，成爲唐宋散文的新體。〔註4〕

　　尺牘與正式書信相比，篇幅短小，形式自由，劉勰曾稱揚東漢「禰衡代書，親疏得宜，斯又尺牘之偏才也」，〔註5〕隨著六朝駢文的興起，出現許多文人駢體小簡，詞藻華美，音韻和諧，對仗工切，用典精當，甚至追求書法的精妙，一些文人尺牘成爲文學與書法合一的藝術品。不過當辭溢乎情時，就逐漸失去尺牘眞實的親切感，逐漸喪失「尺牘書疏，千里面目」的特質。〔註6〕至宋代可以說是尺牘中興時期，名家輩出，如范仲淹、歐陽修、王安石、曾鞏、李之儀等人，而蘇軾、黃庭堅則成爲箇中翹楚，明人並刊刻《蘇黃尺牘》，〔註7〕文人名士爭讀流傳。

　　由上述源遠流長的尺牘一體，得知從實用至文學，充分表現作者的性情懷抱，尤其至晚明小品大家莫不藉尺牘抒發性靈，誠如魯迅所謂「他自己的簡潔的注釋」。〔註8〕本文試圖抉發山谷的美學意義，藉此進一步了解山谷尺牘何以稱作宋人第一。

二、超逸絕塵的人格美

　　尺牘可以說是一種信筆揮灑的自由文體，自然流露文人的性情與志趣，

〔註4〕 收錄於氏著：《中國學術思想史論叢》（臺北：學海出版社，1984年），頁577
　　　　～626。

〔註5〕 宋·范曄撰、唐·李賢等注：《後漢書·禰衡傳》（湖北：中華書局，1965年）
　　　　「衡爲作書記，輕重疏密，各得體宜。祖持其手曰：『處士，此正得祖意，如
　　　　祖腹中之所欲言也。』」頁2657。

〔註6〕 參見褚斌杰《中國古代文體概論》（北京大學出版社，1990年）第十一章的論
　　　　述，頁391。

〔註7〕 《評註蘇黃尺牘合纂》（臺北：學海出版社，1980年12月再版）引文：「《蘇
　　　　黃尺牘》一書，舊題吳郡黃始靜御箋輯，黃氏行事無考，觀其箋語，略與屠
　　　　長卿同時，當爲明萬曆天啓時。」頁3。

〔註8〕 魯迅〈當代文人尺牘鈔序〉，《魯迅全集·且介亭雜文二集》（臺北：風雲時代
　　　　出版社，1989年），頁415。

在黃庭堅尺牘中，往往表現其崇高的人格境界。元豐年間蘇軾首度與黃庭堅通書信時，即稱讚山谷「超逸絕塵，獨立萬物之表；馭風騎氣，以與造物者遊」，蘇、黃二人雖未謀面，子瞻卻已從孫覺、李常所存山谷詩文中，認識其不俗的人品。〔註9〕從黃庭堅〈與崇勝密老〉書簡中亦可得知山谷的人生抉擇，其曰：「道人壁立千仞，方不入俗；至於和光同塵，又和本折卻。與其和本折卻，卻不若壁立千仞。」〔註10〕在「和光同塵」與「壁立千仞」之間，山谷抉擇了後者，表現其「寧為眾人非，不失我所是」的兀傲不俗的人格。〔註11〕

　　雖然如此，黃庭堅並非屏棄俗事，一味追求高蹈超脫，反之卻盡心民事，如與朱彥博信中言及自己「拘窘吏事」、「夙夜履冰」之情狀，〔註12〕亦反覆叮嚀外甥洪芻「官下勤勞俗事勿懈」，「但勤官業，懷璧自愛耳」，「切希勤吏事，以其餘從事於文史，常須讀經書，蓋古人經世之意，甯心養氣，累九鼎以自重」，〔註13〕強調勤政不忘讀書，仕優則學，才不流於一般俗吏，所謂「人胸中久不用古今澆灌之，則俗塵生其間」。〔註14〕〈與聲叔六侄書〉亦曰：「日月易失，官職自有命。但使腹中有數百卷書，略識古人義味，便不為俗士矣。」〔註15〕然光陰倏忽即逝，山谷教導晚輩「尺璧之陰，常以三分之一治公家，以其一讀書，以其一為棋酒，公私皆辦矣」，〔註16〕善加安排時間，切不可「以詩酒廢王事」。〈答蘇大通書〉中云：「讀書光陰亦可取諸鞍乘間耳，凡讀書法，要以經術為主。經術深邃，則觀史，易知人之賢不肖，遇事得失易以明矣。」〔註17〕以為鞍乘間亦可讀書，時時把握片刻光陰，並指出讀經觀史為讀書主要途徑。由上述可知，黃庭堅積極用世，其不俗人格的造就，來自學問深厚

〔註9〕　見蘇軾〈答黃魯直〉（一），《蘇軾文集》（北京：中華書局，1992年）卷52，頁1531。孫覺、李常是黃庭堅的岳父、舅父。

〔註10〕　《別集》卷18，頁1852。

〔註11〕　可參見黃啟方〈黃庭堅的人生抉擇——「和光同塵」或「壁立千仞」〉一文，文中尚對黃庭堅與密老的交誼作了考證，收錄於氏著《黃庭堅與江西詩派論集》（臺北：國家出版社，2006年），頁119～141。

〔註12〕　見〈與運判朱朝奉書〉，《正集》卷18，頁475～476。

〔註13〕　分別見於〈與洪駒父〉三簡，《正集》卷19，頁484：《外集》卷21，頁1365、1367。

〔註14〕　〈與宋子茂〉，《外集》卷21，頁1378。

〔註15〕　《別集》卷18，頁1875。

〔註16〕　〈與洪氏四甥書〉，《別集》卷18，頁1869。

〔註17〕　《別集》卷17，頁1832。

涵養，正如山谷〈與明叔少府書〉曰「一洗滌之，便胸中蕩然，與一切人無芥蒂，此學問之意」，〔註18〕故能超拔流俗。

黃庭堅除了具有「民胞物與」的儒者情懷外，與他人書信中，則不斷強調忠信孝友的必要性，如元豐年間〈上蘇子瞻書〉：「夫忠信孝友，不言而四時並行，晏然無負於幽明」，〔註19〕晚年貶謫江山萬里之外，亦云「萬里憶想，江山渺然，人生惟有忠信孝悌長久事耳，餘不足復道」，〔註20〕自始至終堅信「忠信孝友」是永恆不變的人生價值，彷彿季節規律運轉，不言而行。且以書簡諄諄教誨外甥洪芻、徐俯，「孝友忠信是此物（學問文章）之根本，極當加意養以敦厚醇粹，使根深蒂固，然後枝葉茂爾」，「忠信孝友，立則見其參於前，在輿則見其倚於衡，當久而後能安之」，唯有「本固則世故之風雨不能漂搖」，勉勵他們「求配於古人，勿以賢於流俗遂自足也」，「古人特立獨行者，蓋用此道耳」，〔註21〕黃庭堅追求古道，求配古人，其中儒家「忠信孝友」乃超逸不俗人格的重要內涵。

其次，山谷曾與人言及「濯去俗士患失之塵」，〔註22〕對仕宦得失、人生順逆皆有深刻體認，不時以書簡慰勉士人，「仕宦如農夫之耕，得而道在深耕而熟耰之，歲事之成，則有命焉」；「人生與憂患俱生，仕宦則與勞苦同處。事固多藏於隱伏，實無可避」；「世間逆順境界，如寒暑晝夜，必至之理」，「此小小者如蚊蚋過前耳，又何足怏怏邪」。〔註23〕其善用譬喻，以農夫之耕收比喻仕宦得失，人生的逆順得失彷彿寒暑晝夜更替，若「得之則喜，失之則悲，是為喜晝而悲夜也」，〔註24〕以為「人生而游斯世，逆順之境常相半，強壯時少歷阻艱，亦一佳事耳」，〔註25〕逆境既然無法避免，年壯時遭遇挫敗，未嘗不是好事。總之，黃庭堅對待人間逆順得失，吸取道家「禍福相倚」、「安時處順」思想，內心不為外在境遇所移，而能超然自得。

〔註18〕《別集》卷16，頁1818。

〔註19〕《黃庭堅全集·正集》卷18，頁458。

〔註20〕〈答李郎〉，《黃庭堅全集·續集》卷5，頁2024。

〔註21〕見於〈與洪駒父〉、〈與徐甥師川〉，《外集》、《正集》卷21、19，頁1365、486。

〔註22〕〈與潘邠老〉，《正集》卷19，頁488。

〔註23〕以上各句分別見〈與洪駒父〉、〈與明叔少府書〉、〈與益修四弟強宗帖〉，《外集》卷21，頁1365；《別集》卷16、18，頁1819、1877。

〔註24〕〈與潘邠老〉《正集》卷19，頁488。

〔註25〕〈與王子飛兄弟書〉，《別集》卷17，頁1828。

此外，蘇轍〈答黃庭堅書〉云「今魯直目不求色，口不求味，此其中所有過人矣」，以爲「魯直喜與禪僧語，蓋聊以是探其有無耶」，〔註26〕山谷一生參禪學佛，仕宦期間亦時時流露東山隱居之志，如〈與潘邠老〉：「時時夢想，猶有曩時江湖雲月爾，思欲弄舟風煙之外，嬰縛似未有脫期，永懷方外之人，自是宿債輕，不可更作繭自纏縛也」，〔註27〕流露方外蕭然澹泊之趣。佛家「緣起性空」的思想，讓山谷了悟「諸法皆妄」，與人小簡曰「萬事隨緣是安樂法」，「知世務嬰薄，亦隨緣自了」，〔註28〕抱持隨緣自在的人生態度，活在當下，隨遇而安。且體認出人生如夢幻，〈與純禪師〉書簡云：「楚人不別和氏之璧，想如夢中逆境，鏡裡煙塵也，已忘之矣。」〔註29〕世間萬事如幻如影，不須掛念心頭。〈答廖宣叔〉乃云「利衰毀譽稱譏苦樂，此八物無明種子也，人從無明種子中生，連皮帶骨豈有可逃之地，但以百年觀之，則人與我及彼八物，皆成一空」，〔註30〕人難以逃脫「利衰毀譽稱譏苦樂」，唯有了悟一切皆空，才能解脫自在。

黃庭堅對人生空幻本質具有清醒且深刻的認識，進而深求禪悅，期能超越生死，〈與胡少汲〉書簡曰「治病之方，當深求禪悅，照破生死之根，則憂畏淫怒，無處安腳，病既無根，枝葉安能爲害」，〔註31〕禪宗「照破生死之根」，即生死「無所住心」，不以或生、或死爲輕重。山谷晚年與覺海書簡云：「某數年在山中究尋移處，忽然照破心是幻法，萬事休歇。」〔註32〕山中閑寂歲月，山谷積極參禪悟道，體會當下妙悟，禪悅的心靈體驗。

綜合上述，得知黃庭堅尺牘流露超逸絕塵的人格美，其實這亦是山谷詩文創作共通的人格意趣，其以儒家「忠信孝友」爲根本，藉由學問（以經史爲主）涵養外，今人張海鷗云：「宋人融匯了儒家的積極進取、道家的清高脫俗、釋家的圓融通達精神，從而進一步昇華了人格美的境界，豐富了人格美的內涵。」〔註33〕宋代文人普遍具有人格美意識的自覺與追求，在儒道釋融

〔註26〕見《蘇轍集・欒城集》（北京：中華書局，1999年）卷22，頁392。
〔註27〕《正集》卷19，頁487。
〔註28〕〈與王子飛〉、〈與範長老〉，《外集》、《續集》卷21、6，頁1376、2046。
〔註29〕《續集》卷6，頁2046。
〔註30〕《別集》卷19，頁1882。
〔註31〕〈與胡少汲書〉，《正集》卷18，頁477。
〔註32〕〈與覺海和尚〉，《續集》卷2，頁1960。
〔註33〕見氏著《兩宋雅韻》（臺北：雲龍出版社，1996年）一，〈一代風流儒雅的文化人〉，頁22～23。

合的思想背景下，他們致力追求儒道釋三家的理想人格境界，完善自己的人格，主張人品、文品、藝品合一，追求人格美與藝術美的結合，山谷的創作可以說實踐宋人的審美理想。

三、造語精深，蘊藉有味

　　黃庭堅尺牘多以短小精鍊、生動深刻見長，可謂「大言小語，韻致特超」。看似隨意抒寫，其實仍見山谷造語工夫之深厚，其著名的「點鐵成金」之說，即出現於〈答洪駒父書〉中：

> 自作語最難，老杜作詩，退之作文，無一字無來處，蓋後人讀書少，
> 故謂韓、杜自作此語耳。古之能爲文章者，眞能陶冶萬物，雖取古
> 人之陳言入於翰墨，如靈丹一粒，點鐵成金也。〔註34〕

山谷強調作詩爲文「無一字無來處」，以爲杜甫所謂「語不驚人死不休」、韓愈「陳言之務去」，其實皆是融鑄古語，「點鐵成金」。劉勰《文心雕龍·練字》曰「今一字詭異，則群句震驚，三人弗識，則將從字妖矣」，〔註35〕作文雖講求創新，然語言文字自有其歷史文化背景，並非一味創新，流於眾人不識的「字妖」。

　　又黃庭堅曾從其師蘇軾處得「以雅爲俗，以故爲新」一語，並傳授給楊明叔，〔註36〕子瞻、山谷原指詩歌用事，然詩文造語工夫是一致的。無論點鐵成金，或俗與雅、故與新之間的轉化，乃是將古之陳言、舊典經由加工或重新組合後，賦予語言新的生命力。如前文所提及「尺璧之陰」用來指稱光陰，即濃縮《淮南子》「聖人不重尺之璧而重寸之陰」，強化光陰難得易失的特徵。山谷與〈與運判朱朝奉書〉中敘述拘窘吏事的困境，〔註37〕其中「夙夜履冰」一詞乃并用、濃縮《詩經》〈烝民〉「夙夜匪懈」及〈小旻〉「如履薄冰」，精煉概括小吏時時戰戰兢兢的心情。與外甥洪芻書簡中言應科舉法，「更

〔註34〕《正集》卷18，頁475。
〔註35〕同前註3，頁624。
〔註36〕〈再次韻楊明叔并引〉：「庭堅老懶衰墮，多年不作詩，已忘其體律。因明叔有意於斯文，試舉一綱而張萬目。蓋以雅爲俗，以故爲新，百戰百勝，如孫吳之兵，棘端可以破鏃，如甘繩飛衛之射，此詩人之奇也。明叔當自得之。公眉人，鄉先生之妙語，震耀一世。我昔從公得之爲多，故今以此事相付。」《黃庭堅詩集注》（北京：中華書局，2003年）卷12，頁441。引文中的「眉人」即蘇軾，子瞻〈題柳子厚詩〉曰：「詩須要有爲而作，用事當『以故爲新，以俗爲雅』，好奇務新乃詩之病。」《蘇軾文集》卷67，頁2109。
〔註37〕《正集》卷18，頁475。

須留意作五言六韻詩，若能此物，取青紫如拾芥耳」，〔註38〕乃借用《漢書》夏侯勝所謂「士病不明經術，經術苟明，其取青紫如俛拾地芥耳」，將經術更替爲「五言六韻詩」，強調善作詩，科舉及第易如反掌。又〈與人〉短簡曰：

> 今日南樓差涼，亦減昏寢。荷垂問也，方苦焦渴，水飲不能有功，
>
> 得枝上乾荔子，渙然冰釋矣。〔註39〕

寫自己在南樓乘涼，焦渴難耐，飲水無效，食乾荔子竟意外解渴，其點化《老子》「渙兮若冰之將釋」，貼切生動地表達乾荔枝之效用，使小簡更加精妙。〈答晁元忠書〉論及儒者「怨與不怨」之情，引用《論語》、《戰國策》語句外，竟以《莊子‧逍遙遊》句子作結：

> 苟志於仁矣，其餘存乎其人，不可聽以一律。〈君子陽陽〉、〈考槃〉
>
> 與〈北門〉、〈褰裳〉同爲君子之詩。夫爭名者於朝，爭利者於市，
>
> 觀義理者固於其會，怨與不怨，去道遠矣。莊周所謂九萬里則風斯
>
> 在下矣。〔註40〕

言《詩經》的〈君子陽陽〉、〈考槃〉與〈北門〉、〈褰裳〉等篇乃仁者身處亂世或不受國君所重用，流露君子失志、哀而不傷之情，與徵名逐利者不可同日而語，最後借用〈逍遙游〉「故九萬里，則風斯在下矣」，以大鵬「必九萬里而後在風之上」，暗示仁者襟懷修養。

除了點化陳言、古語外，在數典用事方面，黃庭堅〈與駒父〉言「去盡少年之色，須用董梧之鉏痛治之耳」，〔註41〕乃運用《莊子‧徐無鬼》「顏不疑歸而師董梧以鋤其色，去樂辭顯，三年而國人稱之」典故，勸勉外甥務必去聲色，辭榮華，學問才能精進。而〈答晦夫衡州使君書〉曰：「向見令嗣，眉目明秀，但患未得師友耳。厲之人夜半而生其子，求火甚急，唯恐其似己也，況長者乎？」〔註42〕巧妙運用《莊子‧天地》厲（醜）人夜半生子的典故，以詼諧口吻告知對方師友有助琢磨「令嗣」的重要。又〈與逢興文判官帖〉：「黔江密邇施州，聞其民稍喜爲田訟，然牛刀之餘刃投之雞肋。何足治哉？顧閒居少得遊從耳。」〔註43〕即轉化《論語》「割雞焉用牛刀」之故實，

〔註38〕〈與洪甥駒父〉，《正集》卷19，頁484。
〔註39〕《續集》卷9，頁2100。
〔註40〕《正集》卷18，頁463。
〔註41〕《外集》卷21，頁1365。
〔註42〕《別集》卷17，頁1836。
〔註43〕《別集》卷15，頁1788。

言訴訟治理之艱難。至於〈與黃斌老書〉小簡，則鎔鑄數典，令人稱奇：

> 前日過蒙旌麾屈顧，敬佩嘉德。雨寒，不審起居何如？春蔬似可侑
> 酒，謾往五種，食芹炙背，野人之意則勤，但恐三韰七菹，君子之
> 腹屬厭矣。〔註44〕

全簡不過五十三字，信中除了寒暄之語，不過贈對方春蔬以佐酒，竟融化《詩經》「野人食芹而甘」，《列子》「田父自曝於日」，《周禮‧醢人》「三韰七菹」，及《左傳》「以小人之腹爲君子之心，屬厭而已」等陳言故實，流露山谷對朋友樸拙眞誠的情誼，後四句雖具駢儷四六句法，卻無「輕佻習氣」，反而呈現「筆力深厚」、「蘊藉有味」，〔註45〕見其用典之功力。〔註46〕

其次，黃堅庭尺牘善於取譬，譬喻生動貼切。如〈與党伯舟帖〉言古人書法妙處「大概書字如快馬斫陣，草法欲左規右矩」，以「快馬斫陣」比喻書法筆力氣勢；〈與載熙〉：「凡書字偏枯，皆不成字，所謂失一點如美人眇一目，失一戈如壯士折一臂。」〔註47〕論及今人學書體「未入古人繩墨」，易流於偏枯，以美人單眼、壯士獨臂形容之，洵爲妙喻。又〈與明叔少府書〉：

> 仕宦勞逸常相半，如狙公七芧，但朝莫莫辨耳。人生與憂患俱生，
> 仕宦與勞苦同處，事固多藏於隱伏，實無可避。願深思之，食其祿
> 而避事，則災怪生矣。〔註48〕

言人生、仕宦與憂患、勞苦俱生，山谷以《列子》狙公七芧喻之，狙猴怒見朝三暮四，喜見朝四暮三，其實都是七芧。暗示人們不能僅取人生歡樂、仕宦利祿，而逃避憂患勞苦。〈與歐陽元老〉小簡曰「比來士大夫喜倡游言，是大病，若聞紛紛，可如飲水，但銷入腹中耳。」〔註49〕山谷寫信送行元老，叮嚀入京後「愼言語」，若聽紛紛游言，勿附和困惑，並以「飲水入腹」的生活化比喻曉之，易於實踐，洵爲金石箴言。

有關讀書作文的比喻，除了前文出現根深枝葉茂、點鐵成金的譬喻外，尚有「巧女織錦」、「大禹治水」等人物比喻，如〈與秦少章覯〉曰：「王直方

〔註44〕《別集》卷16，頁1824。
〔註45〕《評註蘇黃尺牘合纂》：「筆力深厚，無駢儷家輕佻習氣，故有餘味。」頁337。
〔註46〕清人盛炳緯〈光緒重刻黃文節公全集序〉：「（山谷）以詩鳴世，文雖不如蘇子瞻，而遣詞隸事，光焰萬丈，詩及大文。」
〔註47〕二簡分別見於《別集》卷16、17，頁1804、1847。
〔註48〕《別集》卷16，頁1819。
〔註49〕《續集》卷8，頁2091。

作楚詞二篇來，亦可觀，當告之云如世巧女，文繡妙一世；欲設作錦，當學錦機，乃能成錦。」〔註50〕指出作文欲文采華茂，乃源頭有自，如巧女得「錦機」，方能「繡妙一世」。又〈答王子飛書〉稱讚陳師道讀書作文：

> 陳履常正字，天下士也。讀書如禹之治水，知天下之絡脈，有開有塞，而至於九川滌源、四海會同者也。……至於作文，深知古人之關鍵，其論事救首救尾，如常山之蛇。〔註51〕

以「大禹治水」疏瀹九川，會同四海形容陳氏深厚的治學工夫；而「常山之蛇」原出自《神異經》，孫子兵法用以比喻軍隊頭尾相互支援，以夾擊與迎戰敵人，山谷卻譬喻作文論事須首尾相應，令人印象深刻。又如〈答洪駒父書〉言文章「至如推之使高如泰山之崇，崛如垂天之雲，作之使雄壯如滄江八月之濤，海運吞舟之魚，又不可守繩墨令簡陋也」，〔註52〕追求崇高、奇崛、雄壯，使用泰山、垂雲、江濤、海魚等鮮明譬喻，使讀者理解作文須波瀾壯闊，曲折有致。

　　此外，某些書簡尚運用意象鮮明，充滿情味的詩化語言，如〈又與李端叔〉曰「數日來驟暖，瑞香、水仙、紅梅盛開，明窗淨室，花氣撩人，似少年時都下夢也」，瑞香水仙紅梅的芳氣喚起年少的繁華夢；〈答世因弟〉云「相望萬里，忽憶往年隔離聞急研煎豆留飲之聲，如在天上」，思念弟兄回想昔日「煎豆留飲」聲的歡樂歲月；又如〈與曹使君伯達譜〉簡中敘曰「色香動人眼鼻，誠與山煙溪露俱來，乃知夔峽荔支已勝嶺南」，〔註53〕山谷收到友人寄來的荔枝，回信云生在山煙溪露的夔峽荔枝色香格外誘人，亦流露朋友情誼。明人何良俊以為山谷小文章「只是蘊藉有理趣」，其正來自於精深的造語工夫，誠如上述，山谷尺牘寥寥數語，用典、譬喻貼切生動，意象鮮明，往往意在言外，令人咀嚼不盡。

四、平淡而山高水長

　　自哲宗紹聖二年（1095）起，黃庭堅與舊黨人士同遭斥逐、貶謫，期間雖曾放還，旋及再度重貶，山谷流放於黔州、戎州至宜州，徽宗崇寧四年（1105）

〔註50〕《正集》卷19，頁483。
〔註51〕《別集》卷18，頁467。
〔註52〕《正集》卷18，頁475。
〔註53〕以上三簡分別見於《別集》卷14、《續集》卷5、卷3，頁1751、2026、1973。

卒於宜州貶所。在人生最後近十年謫居期間，山谷貧病交迫，生計艱困，卻能超越人生的磨難，依然安貧樂道，超然自得，淡泊的人生自有咀嚼不盡的況味，從日常生活中實踐「平淡」的審美理想，人生境界即是審美境界。「平淡」爲宋人最高的審美理想，是由絢爛歸於平淡，呈現「繁華落盡見眞淳」之境，所謂「皮毛剝落盡，惟有眞實在」〔註54〕「平淡」可以說是在蘇、黃等人手上推尊至藝術與人生的極境，〔註55〕如黃庭堅〈與王觀復書〉云「簡易而大巧出焉，平淡而山高水長」，〔註56〕形式與內涵相反相成，造就「備眾善自韜晦，行於簡易閑澹之中，而有深遠無窮之味」，即「有餘意」之韻，〔註57〕亦成爲宋人共通的審美理想。

　　黃庭堅晚年與他人書簡中多次自云「老來極懶作文字，隨事仰筆墨成之」，「時有所作，但隨緣解紛耳」，〔註58〕山谷千餘篇的尺牘小品，也多半作於晚年謫居時期，與他人論學做人，談文說藝，話敘家常等等，尺牘篇幅短小，靈活自由，不須像正統古文講求規模佈置，往往信筆揮灑，自然成文，達到所謂「無意於文」、「不煩繩削而自合」的境界。〔註59〕誠如前文所述，山谷吸取道禪「安時處順」、「緣起性空」的思維，與人書簡言「人生夢中事耳，畢竟無得失是非，但要心常閒曠耳」，〔註60〕心中不存世俗利害得失，而能「仰觀青天行白雲，萬事不置」，〔註61〕胸中蕩然，擺脫物累，故能以審美態度經營日常生活，耳目所接，無事不樂，如所謂「春谿茗荄日佳，想甚助吟諷之味」，「想山中閑寂，極得讀書之味」，且「以杜門守四壁爲樂」，〔註62〕

〔註54〕　〈次韻楊明叔見餞十首〉之八，《黃山谷詩集注》卷14，頁149。
〔註55〕　筆者《蘇門與元祐文化》（台大中文所博士論文，2002年）第二章第四節、第五章第四節有詳加論述平淡的內涵，並以蘇門文人作品印證。
〔註56〕　〈與王觀復書〉，《正集》卷19，頁471。
〔註57〕　引自黃庭堅弟子范溫《潛溪詩眼》「論韻」一文，收錄於郭紹虞《宋詩話輯佚》（臺北：華正書局，1981年），頁373。
〔註58〕　見於〈答清長老〉、〈答徐甥師川〉，《續集》卷5，頁2027、2029。
〔註59〕　黃庭堅〈與王觀復書〉曰：「好作奇語自是文章病，但當以理爲主。理得而辭順，文章自然出群拔萃。觀子美到夔州詩，韓退之自潮州還朝以後文章，皆不凡繩削而自合矣。」《正集》卷18，頁470。〈大雅堂記〉云：「子美詩妙處，乃在無意於文。夫無意而意已至，非廣之以《國風》《雅》《頌》，深之以《離騷》、〈九歌〉，安能咀嚼其意味，闖然入其門耶！」《正集》卷16，頁437。
〔註60〕　《補遺》卷7，頁2255。
〔註61〕　〈與明叔少府書〉，《別集》卷16，頁1821。
〔註62〕　見於〈答夢得承制書〉、〈與趙申錫判官〉，《別集》卷17、《續集》卷5，頁1848、2018。

時時流露自足的心境。

　　物資缺乏的生活裡，黃庭堅自有其安樂秘訣，並與友人分享「作一杯虀，不和油醬。熱煮菜以侑飯，此安樂法也」，〔註63〕粗食淡飯，自有一番滋味。從黔州、戎州至宜州，寓所往往簡陋不堪，〈答石南溪書〉：「某寓舍無等，雖無登覽江山之勝，得一堂亦可粗遣朝夕。來禦魑魅，處此蓋已有餘，俟他日稍以私力葺之」，〔註64〕以爲可禦魑魅就足夠了。在戎州，〈答李允工〉：「某到僰道逾歲，遂能其風土，但時飲一杯酒耳，至今未能少葺生理。然衣食厚薄隨緣亦足，不煩過念也。」〔註65〕入境隨俗，隨遇而安，生計雖艱難，亦積極爲之，不在意衣食多寡，堅守儒家「固窮」節操。又如〈與宋子茂書〉曰：

> 某寓舍已漸完，使令者但擇三四人差謹廉者耳。既不出謁，所與遊者亦不多，山花野草，微風動搖，以此終日。衣食所資，隨緣厚薄，更不勞治也。此方米麵既勝黔中，飽飯摩腹，婆婆以卒歲耳。〔註66〕

在他人眼中看似平淡無味的生活，「山花野草，微風動搖」，「飽飯摩腹」，山谷卻能以此終日，優遊以卒歲。

　　山谷晚年尺牘創作可以說達到平淡之極境，隨意抒寫，涉筆成趣，如與人小簡：

> 小子相今十四，并其所生母在此。知命亦將一妾一子同來，今夏又得一男曰小牛。相及小牛頗豐厚，粗慰眼前。略治生，亦粗過。買地畦菜，開軒藝竹，水濱林下，萬事忘矣。
>
> 僦居城南，雖小屋而完潔，舍後亦有三二畝閒地，畦蔬植果，亦有飯後逍遙之地，所謂園日涉以成趣，門雖設而常關者也。生事雖□□，竟未能有根本，然衣食隨緣厚薄，亦寡過少累耳？〔註67〕

在謫居、閒居生活裡，家人時來相聚，享天倫之樂，山谷買地躬耕以自養，「畦蔬植果」，「開軒藝竹」，內心無所牽掛，活在當下，真正領略到陶淵明「園日涉以成趣，門雖設而常關者」隱居的田園情趣。

〔註63〕《續集》卷8，頁2082。
〔註64〕《別集》卷19，頁1884。
〔註65〕《續集》卷5，頁2024。
〔註66〕《別集》卷15，頁1789。
〔註67〕〈答宋子茂〉、〈與中玉知縣書〉，《續集》、《別集》卷3、卷15，頁1983～1984、1767。

蘇軾謫居儋州時，曾作詩云「日啖荔枝三百顆，不辭長作嶺南人」，〔註68〕表現隨緣放曠的人生態度。而山谷居戎州，〈答王觀復〉書簡亦曰：

> 今年戎州荔子歲登，一種柘枝頭出於過臘平，大如雞卵，味極美，
> 每斤才八錢。日飫此品，凡一月，此行又似不虛來。恨公不同此味，
> 又念公無罪耳，一笑一笑。〔註69〕

信中言及戎州今年荔枝豐收，尤其來自過臘的「柘枝頭」品種，大如雞蛋，且物美價廉，山谷日日食之，連續一個月，還自我調侃「不虛此行」，充滿諧趣，與蘇軾該詩具異曲同工之妙。又與人書簡云「時時戲書，未嘗及世事，但老農漁父山川田里間言語耳」，「庭堅治生既略可過，杖藜草履，林下與老農漁父游矣」，〔註70〕與鄉里老農漁父共游林間，話敘家常，不問世事得失。另山谷在黔州〈答李材書〉中云：

> 閒居多病，人事廢絕。遇風日晴暖，從門生、兒侄，扶杖逍遙林麓
> 水泉之間，忽不知日月之成歲。〔註71〕

即使疾病纏身，在「風日晴暖」時節，山谷與晚輩仍時時逍遙山水之間，流露孔門「風于舞雩」灑脫自得之境。

總之，黃庭堅晚年尺牘，呈現山谷在人生最後階段，經歷一而再，再而三的重貶，依然於逆境中堅守「固窮」節操，並能以不涉功利的審美心態經營日常生活，安貧樂道，超然自得，致力在生活中實踐平淡的人生境界，亦達到「無意為文」、「不煩繩削而自合」的藝術極境。

五、結 論

綜合上述，得知黃庭堅尺牘無論超逸的人格美、語言美感及平淡之極境皆在在體現山谷的審美理想，展現詩文共通的境界，黃庭堅可以說以詩為文，充分流露其性情風度，且富有「理致意趣」，又以短小精鍊、生動深刻見長，可謂「大言小語，韻致特超」，難怪楊萬里推崇宋人第一。總之，山谷尺牘在前人基礎上逐漸型塑出某種具有獨特審美品格的文體，〔註72〕對晚明尺牘之

〔註68〕〈食荔枝〉二首之二，《蘇軾詩集》卷40（北京：中華書局，1999年），頁2192。
〔註69〕《正集》卷18，頁473。
〔註70〕〈答李德素〉、〈答味道明府簡〉，《續集》、《補遺》卷5、卷4，頁2022、2191。
〔註71〕《別集》卷14，頁1739～1740。
〔註72〕《歷代尺牘小品》（武昌：湖北辭書出版社，1994年）前言提及短牘之短：「不僅僅只是篇幅字數的問題，而成為一種風格，一種趣尚，一種追求，最後形

盛行應具有一定啓發，正因「這種文體與晚明文人的審美情趣相合」，「成爲抒發性靈，表現個性的工具」。〔註73〕至於從唐宋「新古文」〔註74〕到晚明「小品」，山谷散文是否具有一定意義與地位，後文將繼續探討之。

成了"尺牘小品"這樣一種具有獨特審美品格的新興文體。」，頁 2。這段文字與本文論述黃庭堅尺牘小品的美學意義頗相合，故引用於此處。

〔註73〕同前註8。

〔註74〕葛曉音〈論唐代的古文革新與儒道演變的關係〉一文指出韓、柳「將詩賦緣情述懷的功能移入向來專職論理記事的散文，使散文從應用性轉向文學性，得以在抒情寫景的領域內與詩賦並立」，「從而創造出在文學價值尚足以壓倒駢文的新古文」，稱韓、柳古文爲「新古文」，該文收錄於葛氏《漢唐文學的嬗變》（北京大學出版社，1990 年），頁 157～179。另何寄澎師〈論韓愈之「以詩爲文」——兼論韓文寫作策略之形成及影響〉一文中以爲韓愈的以詩爲文「爲唐代古文注入無限生機，從而創造出藝術性極高的新美文，爲古文樹立新典範」，「短篇雜著的寫作從此成爲普遍趨向，正式取得文章領域中一席地位，量變終將質變——晚唐以降時見精采的雜文小品也證明了韓文生機的隱伏。其後越五代宋初，至歐陽修、蘇軾，終繼韓文而變易、光大之。」收錄於何師《典範的遞承——中國古典詩文論叢》（臺北：文史哲出版社，2002 年），頁 83～125。而黃庭堅雜文小品應可在唐宋短篇散文發展脈絡中，繼續探討之。

第四篇　領略古法生新奇——黃庭堅「字說」書寫的文化新意

一、前　言

　　字說又稱字序、字解等，濫觴於《儀禮·士冠禮》的「字辭」，在宋代「字序」、「字說」的書寫蔚為風氣，即是轉化、取代先秦「冠笄之禮中取字儀式」，逐漸發展成獨立的新體裁，一直盛行到清朝。〔註1〕

　　明人徐師曾《文體明辨》列有「字說」一體，指出其「丁寧訓誡之義」與古禮無異；〔註2〕清人姚鼐《古文辭類纂》簡化古代文體，乃將字序（字說）

〔註1〕　葉國良，〈冠笄之禮的演變與字說興衰的關係——兼論文體興衰的原因〉一文從三方面論證冠笄之禮中取字儀式轉化為字說的創作：「一、先秦冠笄之禮中，取字的任務由冠者的父執輩當眾宣佈；而字說的創作者亦屬青年的師長。二、先秦冠禮取字配有字辭，而字說的內容也在說明取字的寓意或讚美青年，性質與字辭相同。三、字說的大量出現，在趙宋初年，正是傳統冠（笄）禮極度衰微之時。」確認兩者的轉化關係。而字說書寫盛行與冠笄之禮衰微具有反襯關係。《臺大中文學報》第 12 期（2000 年 5 月），頁 1～22。

〔註2〕　徐師曾，〈文體明辨序說〉在「字說」下，又附有字序、字解、字辭、祝辭、名說、名序、女子名字說等名稱，因「近世多尚字說，故今以說為主，而其他亦並列焉」；且考察其源流曰：「按《儀禮》〈士冠〉，三加三醮而申之以字辭，後人因之，遂有字說、字序、字解等，皆字辭之濫觴也。雖其文去古甚遠，而丁寧訓誡之義無大異焉。」《文體序說三種》（臺北：大安出版社，1998年），頁 106。在《儀禮注疏·士冠禮》（北京大學出版社，1999 年 12 月）中「三加三醮辭」，為加冠的禮儀，字辭則曰：「禮儀既備，令月吉日，昭告爾字。爰字孔嘉，髦士攸宜。宜之於假，永受保之，曰伯某甫。」頁 49～51。取字在周代為成人禮之一，具祝福期勉之意。

歸入「贈序體」，以為合於古人「所以致敬愛，陳忠告之誼也」；〔註3〕至於今人曾棗莊認爲「字序實爲雜說」，「以議論勝」，〔註4〕指出字說的性質與功能。

　　北宋古文家柳開、穆修等人開啓字序的書寫風氣，〔註5〕歐陽脩等宋文六大家皆有字序、字說文章，但篇數不多。〔註6〕而黃庭堅雖不以古文聞名，現存「字說」（字序）竟高達五十餘篇，〔註7〕頗引人矚目；且名目多變化，有「名說」、「字詞」、「字訓」等；又「字序」多爲某人所作，然山谷除了作二子字說，如〈李大耕大獵字說〉、〈祝徐氏二子冠字詞〉外，尚有〈訓郭氏三子名字說〉、〈訓四從子字說〉、〈晁氏四子字說〉、〈洪氏四甥字說〉、〈陳氏五子字說〉，一篇「字說」竟可爲五子取字，這也是前人少見之作法；顯示了黃庭堅對字說新體裁的書寫不遺餘力。本文將追溯古代命名取字的文化傳統，進一步從內涵及手法來探究黃庭堅「字說」書寫的文化新意。

二、古代命名取字的文化傳統

　　命名取字是中國古代源遠流長的文化傳統，《禮記》即曰「幼名，冠字」，「男子二十，冠而字」，「女子許嫁，笄而字」，〔註8〕無論男女，成年後皆取

〔註3〕 見吳孟復、蔣立甫主編《古文辭類纂評注》（合肥：安徽教育出版社，2004年6月）姚鼐原序在「贈序類者」下有云：「唐初贈人，始以序名，作者亦眾。至於昌黎，乃得古人之意，其文冠絕前後作者。蘇明允之考名序，故蘇氏諱序，或曰引，或曰說。今悉依其體，編之於此。」頁16，將字序、字說歸入贈序體。在三蘇之前，如歐陽脩、曾鞏、王安石三子皆稱「字序」，又如鄭俠多達八篇，亦都作「字序」，篇名如下：〈方聖然字序〉、〈方道全字序〉、〈三杜兄弟字序〉、〈潮州吳致之字序〉、〈游之舟字序〉、〈譚文初字序〉、〈王供奉字亮弼序〉、〈王供奉字時道序〉，可以說是三蘇之前，作字序最多的文人。

〔註4〕 參見曾棗莊〈君子尚其字──論宋代的字序〉，該文收錄在《宋代文學與宋代文化》（上海人民出版社，2006年5月），頁137。

〔註5〕 就葉國良蒐集、研究，最早的字說是宋初柳開的作品〈字說〉，同前註1。

〔註6〕 歐陽脩有〈鄭荀改名序〉、〈章望之字序〉、〈張應之字序〉、〈尹源字子漸序〉、〈胡寅字序〉五篇，其中一篇是改名序。曾鞏〈王無咎字序〉、〈謝司理字序〉兩篇，王安石僅有一篇〈石仲卿字序〉。蘇洵有〈仲兄字文甫說〉、〈名二子說〉，其中一篇是名說，避父「蘇序」諱改稱說；蘇軾作〈講田友直字序〉（與黃庭堅重出，究竟誰作，待考）、〈江子靜字序〉、〈文與可字說〉、〈楊薦字說〉、〈文驥字說〉、〈張厚之忠甫字說〉、〈趙德麟字說〉七篇，蘇轍僅作〈六孫名說〉。

〔註7〕 《豫章先生文集》叢刊本、嘉靖本皆作「字序」；今人劉琳、李勇先、王蓉貴校點《黃庭堅全集・正集》則多作「字說」，亦有「字訓」、「字詞」等，本文使用校點本。

〔註8〕 分別引自《禮記正義》（北京大學出版社，1999年12月）〈檀弓〉上、〈曲禮〉，

字以「敬其名」，〔註9〕取字是成人禮儀之一，標舉成人之義，東漢班固《白虎通德論・姓名》：「人所以有字何？冠德明功，敬成人也。」又《顏氏家訓》云「古者，名以正體，字以表德」，〔註10〕古代男子二十歲舉行成人禮——冠禮，「將責爲人子、爲人弟、爲人臣、爲人少者之禮行焉」，〔註11〕使其知人倫之義，並取表德之字，從此承認他的社會政治地位，要求他承擔相應的社會道義責任，此所謂「冠德明功」的意義所在。〔註12〕取字可以說是周代的產物，〔註13〕孔子整理《春秋》稱人名或字，乃賦予褒貶之義，〔註14〕南北朝以後冠禮逐漸沒落消失，不過取字的意義與社會功能依然流傳下來。

　　宋以前未見題爲字序、字說的文章，唐人劉禹錫〈名子說〉一文，是以名說爲題的文章，文中云「仁義道德，非訓所及，可勉而企者，故存乎名。夫朋友字之，非吾職也。顧名旨所在，遂從而釋之」，〔註15〕論及命名以儒家的仁義道德期勉對方，取字乃解釋名旨，可以說是宋代字說的濫觴。自宋初柳開、穆修以下的文人大都有說名解字的文章，〔註16〕字說書寫逐漸蔚爲風氣。其實整個宋代命名、釋名風氣相當興盛，不僅字說（字序），尚有建物命名記，強調名實相符，且多闡發道德修養、出處進退之理，宋人往往將名字

頁219、55。

〔註9〕　《儀禮注疏・士冠禮》曰「冠而字之，敬其名也」，頁55。

〔註10〕　見《白虎通義》（臺北：藝文印書館，1970），王利器編《顏氏家訓集解・風操》（北京：中華書局，1993年12月）），頁92。又歐陽脩〈尹源字子漸序〉亦云：「古者男子之生，舉以禮而名之。年既長，見廟筮賓而加元服，服加而後字，示尊其名以隆成人也。」《歐陽脩全集》（北京：中華書局，2001年3月），頁959，在「字序」文中述及古代冠禮命名取字之意。

〔註11〕　引自《禮記正義・冠義》，頁1615。

〔註12〕　參見徐建華、田芳《中國人的名・字・號》（天津：百花文藝出版社，2007年5月）一書的〈字以敬名，名字相協〉篇中的論述，頁76。

〔註13〕　蕭遙天《中國人名的研究》（出版地未載，臺菁出版社，1969）一書中「上古的名號」篇云：「字是周代的產物，周人諱名事神，爲避諱才命字以代名。」頁9。

〔註14〕　如宋人穆修〈張當字序〉云：「《春秋》之法，書字爲褒，有以知君子之尚其字也。」王安石〈石仲卿字序〉亦云：「孔子作春秋，記人之行事，或名之，或字之，皆因行事之善惡而貴賤之，二百四十二年之間，字而不名者，十二人而已。」《王臨川全集》（臺北：世界書局）卷84，頁536。穆修、王安石皆指出孔子藉「書字」賦予《春秋》微言大義。

〔註15〕　《全唐文新編》（長春：吉林文史出版社，2000年12月）卷607，頁6877。

〔註16〕　柳開有〈名係〉、〈字說〉，穆修有〈張當字序〉，《全宋文》卷126、322，頁367～369、32。

箴銘化，勉勵警戒自我或他人，以期言行能符合名字之義，可謂北宋古文運動的文化產物。〔註17〕

又古人往往透過師長朋友來命名取字，或祈福祝願，或期許勸戒，隋代王通《文中子中說》即曰：「字，朋友之職也」，〔註18〕強調取字非自立也，孔子、孟子皆以爲責善乃朋友之道，朋友之間以道相期相勉，取字正可盡忠告之責。

此外，取字以尊名外，名與字往往具有依存比附的關係，如清人王引之《春秋名字解詁敘》曰：

> 名字者，自昔相承之詁言也，白虎通曰「聞名即知其字，聞字即知其名」，蓋名之與字義相比附。〔註19〕

王氏並指出許愼《說文解字》一書中「屢引古人名字，發明古訓」，王引之即針對《春秋》經中所出現的古人名字，「取古今相近之字以爲解」，可見名與字之間相互依存。又名與字的組合方式，從先秦時代的素樸，經過歷代相成與新創可以說千變萬化，命名取字往往受到時代的制約和影響，反映那一時代的風尚、習俗和一些思想觀念，藉此可窺見一個時代的文化風貌。〔註20〕

宋人的字序、字說書寫即是傳承、轉化古代命名取字的文化傳統、儀式，並蔚然成爲一獨立文體，具有社會功能、文化承載，非純粹的文學體裁。而黃庭堅大量的字說書寫，是否體現宋代文化的精神？其創作手法有特殊之處嗎？後文將繼續深究之。

〔註17〕 參見黃明理〈淺談命名文學及其在北宋的開展〉一文，文中尚指出「儒者爲人取名立字，設想的是如何懸義以誘發向善，淬鍊受名者的心志」，並認爲「字說與建物命名記，正是宋代古文運動大量開發出來的文化產物」。該文收錄於《建構與反思──中國文學史的探索學術研討會論文集》（臺北：學生書局，2002），頁 659～688。

〔註18〕 引自〔宋〕阮逸注《文中子中說注・禮樂篇》（臺北：世界書局，1959 年 12月），頁 8。

〔註19〕 見《經義述聞》（臺北：廣文書局，1963）卷 23，頁 577。

〔註20〕 古常宏《中國人的名字別號》（臺北：臺灣商務印書館，1994 年 2 月）一書指出「先秦時代風尚質樸，命名取字多採日常習見事物，很少誇飾，名字的組合方式，也不過數種。魏晉以後，文化積存日多，人們重典雅，重華美，命名取字所涉及的範圍日漸廣泛，名字的組合方式也紛繁複雜起來。尤其到了明清，文人學士逞奇炫博，命名取字更是花樣翻新。」並概括自古及今，習見常用者十二種，有「同義相協」、「反義相應」、「連類相及」、「因性指實」、「辨物統類」、「景仰前賢」、「記實志盛」、「概括經義」、「使典用事」、「崇奉宗教」、「采撷警策」、「離析名字」，頁 18～50。

三、宋文化的核心價值──道的體現

　　宋人作「字序」所以彰顯古人取字的尊名表德之義，如歐陽脩以爲尹源字「子淵」，無法「表發其名之美」，乃改字「子漸」，以期勉尹君「漸進不已，而至深遠博大之無際也」。〔註21〕曾鞏〈王無咎字序〉中云「夫欲善其名字者非他，亦曰善其身而已」，即「以聖賢之道，歸諸其身也」。〔註22〕黃庭堅〈黃育字說〉云「尊名之義，有宗也，有勸也，其治當其身」，〔註23〕亦強調治身爲「尊名之義」。在山谷現存五十餘篇的字說裡，即示人立身行事之道，主張學以致道，體現宋文化「道」的核心價值。

　　黃庭堅喜以「深道」、「有道」爲人取字，如〈祝晁深道冠字詞〉、〈江南祝林宗字說〉及〈韋許字說〉等，其中韋許原字邦任，山谷以爲「不甚中理」，乃更字曰「深道」，勉勵韋許「自許以深於道」，以追配古人。〔註24〕山谷且在字說內容中反覆言「道」，強調「道」是士人終身追求、堅持的人生價值，如「士當事道，有時乎遇合」，「懷道者不爭贏，寶若龜玉；進道者不觀歲，行若日月」，「用心於道」，純一勿雜，〔註25〕以道自任者，內心不存世俗利害得失。又云「君子之聞道也，達於天地之大」，「彼達於道者，不可以窮，故獨立於萬物之表，而無終始」，〔註26〕追求廣大無垠、恆久不變的道的境界。

　　又道之廣大無際，實難以捉摸，〈羅中彥字說〉即云「道之在天地之間，無有方所，萬物受命焉，因謂之中」，「惟道之極，小大不可名，無中無徼，以其爲萬物之宰，強謂之中。知無中之中，斯近道矣」，言道爲萬物之主宰，廣闊無垠，勉強以「中」稱「道」，〔註27〕其所以言「中」，即來自《中庸》的「喜怒哀樂之未發，謂之中」。在〈楊概字說〉中曰「中立而無私，學至於無心，而近道矣」，但當楊子進而請問「性命之說」時，山谷則以爲年輕學子

〔註21〕〈尹源字子漸序〉，《歐陽脩全集》卷66，頁958。

〔註22〕《曾鞏集》（北京：中華書局，1998年12月）卷14，頁226。

〔註23〕劉琳、李勇先、王蓉貴校點：《黃庭堅全集・正集》（簡稱《正集》，其他尚有《外集》、《別集》、《續集》、《補遺》，以下註明出處一律簡稱之。成都：四川大學出版社，2001年5月）卷24，頁628。

〔註24〕〈韋許字說〉，《別集》卷4，頁1534。

〔註25〕分別見於〈侍其佃字說〉、〈元勛字說〉、〈馬文叔字說〉，《正集》卷24、《別集》卷4，頁634、630、1530。

〔註26〕同前註23，〈黃育字說〉。

〔註27〕《正集》卷24，頁629。

「執經談性命，猶河漢而無極也」，而明示他「自俎豆鐘鼓宮室而學之，灑掃應對進退而行之」，〔註28〕從日常生活禮節做起，乃具體可行；漫談性命之道，則流於空泛。〔註29〕

儒家的倫理道德可以說是黃庭堅詩文中「道」的主要內涵，山谷〈國經字說〉中，為其弟之子婿「國經」，取字曰「端本」，云「經者所以立本，緯者所以成文也。忠信以為經，義理以為緯」；〈錢培字說〉乃曰「忠信以為地，孝友以立苗」，〈吳開吳閎字說〉云「忠信孝悌有於身，則天且開之」，〔註30〕強調忠信孝友為立身之本。又如〈張純字說〉曰「為仁則成仁，為義則成家，在家則成子，在國則成臣，是為純仁、純義、純孝、純忠。夫能純而不雜者何哉？久於其道故也，故曰常父」，勉勵張純用心忠孝仁義之道，純一不雜，且持之以恆，故取字「常父」；〈全璧字說〉中，山谷以「璧者，成器之玉也」，其性「溫潤縝密，清明特達」，為「天之粹美」，因而取字之曰「天粹」，文中以儒家「孝之粹」、「忠之粹」、「和之粹」、「清之粹」期許全璧「琢磨以成器」。〔註31〕山谷曾為陳氏五子「崇、居、中、孚、宜」分別取字曰「智夫、仁夫、禮夫、信夫、義夫」，且作字說闡釋其中義理：

> 《易大傳》曰「智崇禮卑」，崇效天，卑法地。蓋周萬物而不遺，智之德也，欲極高明，故智言崇。孟子曰「居惡在？仁是也；路惡在？義是也。居仁由義，大人之事備矣。」仁固人之安宅，人有不願居安宅，而中路以託宿者乎？君子居天下之廣，居體仁而已矣，故仁言居。《周官》曰：「以天產作陰德，以中禮防之；以地產作陽德，以和樂防之。」蓋天產，精神也；陰德，心術也，精神運而心術形焉。無過不及，而一要於中者，禮之節文也。故禮言中。《易》曰：「《中孚》，信及豚魚。」孚者，信之心化也。信不素顯，同室致疑；及其孚也，異物敦化。故信言孚。《禮》曰：「君子之所謂孝也者，國人皆稱願焉，曰有子如此，可謂孝矣。」仁者，仁此者也；義者，

〔註28〕《正集》卷24，頁624。

〔註29〕蘇軾〈議學校貢舉狀〉云：「故孔子罕言命，以為知者少也。子貢曰：『夫子之文章，何得而聞也，夫子之言性與天道，不可得而聞也。』夫性命之說，自子貢不得聞，而今之學者，恥不言性命，此可信也哉！」即反對士人漫談性命之說，《蘇軾文集》卷25，頁725。

〔註30〕以上三篇字說分別見於《正集》卷24、《別集》卷4，頁623、1534。

〔註31〕以上兩篇字說，分別見於《別集》卷4、《正集》卷24，頁1536、633。

宜此者也。蓋義者，萬物之制也。君子務本，時措萬物之宜而已矣。

故義言宜。〔註32〕

引用儒家經典《易》、《孟子》、《周官》、《禮記》以「智言崇」、「仁言居」、「禮言中」、「信言孚」、「義言宜」，以爲天下之道術，無出於仁義禮智信之五者。

北宋中期以後士人喜談心性、性命之學，宋人吸收釋道思想，補充儒家本體論的不足，在北宋儒、佛、道三家融合的文化氛圍中，字說亦反映此思想特色，如蘇軾爲友人江存之取字「子靜」，即云「學以辨道，道以存性，正則靜，靜則定，定則虛，虛則明」，提醒江君時時「靜以存性」，則「何往而不適」，〔註33〕即吸取道家「虛靜」思想。今人黃寶華亦指出「黃庭堅的思想也表現出三家合一的特色，構建其以心性論爲中心的道德倫理思想」，「黃庭堅圓融三家的基礎則是唯心的本體論以及向這個本體復歸的修養論」。〔註34〕山谷以爲修身以治心爲始，爲人命名取字標舉儒家「盡己之學」、「內視反聽」，〔註35〕如〈子琇字說〉云「心者萬物之主，於以此度先王之德行」，「內視之謂明，退聽之謂聰，克己之謂強」，〔註36〕爲弟「仲堪」取字「覺民」，說之曰：

自勝之謂強，能任之謂堪。聰莫宜於反聽，明莫宜於內視，強莫宜於自勝。古之人，能波折萬物，獨見本眞；能自勝己，然後有形有物，皆爲服役。〔註37〕

若能做到「內視反聽」可謂之「聰」「明」，而克己、勝己者則能爲萬物之主宰，並期勉其弟效法古人發憤忘食以聞此道，「聞之則樂以忘憂，守之則不知老之將至」。又如〈李彥回字說〉中云：

會萬物唯己，是謂居天下之廣居；常爲萬物之宰，是爲立天下之正位；無取無捨，是爲行天下之大道。具此三者，是謂聞道，是謂大丈夫。……窮於外者反於家，窮於道者反於己。求己以明己，如砥

〔註32〕見〈陳氏五子字說〉，《正集》卷24，頁618。
〔註33〕《蘇軾文集》卷10，頁332。
〔註34〕參見黃寶華，《黃庭堅評傳》（南京大學出版社，2000年3月）第六章，頁151～152。
〔註35〕見〈陳氏五子字說〉中云「仁、義、禮、智、信，雖所從言之異，要於內視反聽，克己以歸於君子而已矣」；〈周渤字說〉曰「古之人能知殊途而同歸、百慮而一致者，無他焉，盡己之學而已」，《正集》卷24，頁624。
〔註36〕《別集》卷4，頁1528。
〔註37〕見〈覺民對問字說〉，《正集》卷24，頁632。

如矢，望道如哎。〔註38〕

指出具備「會萬物唯己」、「爲萬物之宰」、「無取無捨」三者，即可謂「聞道」，而此三者皆以「反於己」爲本。另有士人賀不疑因科舉不利，「困於場屋」，自改其名曰「天成」，「以求速化」，且問字於山谷，山谷字之曰「性父」，希冀賀君深思「以仁智游於萬物之中而不憂不疑，非我自性之者乎」，〔註39〕諷諭性父當「反求諸己」，才能成爲「萬物之宰」，不再因試舉而患得患失、憂疑不已。

黃庭堅「以心性論爲中心的倫理道德思想」，除了闡揚孔孟「克己復禮」、「反求諸己」及「求其放心而已」之說，又吸取道釋思想，如「學至於無心，而進道」，「昔在聖人，行深道時，照蘊處空，萬物君之」，「我則無師，道則是我」，「觀己無己，而我尚何存？」〔註40〕以「無心」、「無我」而進於道，具佛家「緣起性空」、「諸法皆妄」的思維。又黃庭堅曾爲文安國取字「子家」，告之「言其本」，以爲「疲於世故之追胥而反於家」，進而言之曰：

> 質之柔者，能有所不爲則剛；氣之弱者，不從於無益則強。知柔之
> 剛者觀水，知弱之強者觀弓弛。以此嚮道，六通四闢而安樂，以天
> 下爲無畛之域，子之家也，又安用建鼓而求之？〔註41〕

這段話化用老子「天下莫柔弱於水，而攻堅強者莫之能勝」，「弱之勝強，柔之勝剛」，文後且云「未聞道之心照物不徹，隨流而善墮」，勉勵子家自觀己身，以成就道心。

此外，黃庭堅重視學問涵養之功，勉人「強學力行」，〈周淵字說〉云：「淵之能深也，積水之極也；君子能深也，積學之致也」，〔註42〕以爲君子深於道乃積學所致。除了有好學之心，尚須求明師，近畏友，〔註43〕在〈侍其鑑字說〉中曰：

> 學者之心似鑑，求師取友似藥石。得師友，則心鑑明矣；求天下之
> 師，取天下之友，則彌明矣。〔註44〕

〔註38〕《別集》卷4，頁1540。

〔註39〕見〈賀性父字說〉，《別集》卷4，頁1540。

〔註40〕分別引自〈楊概字說〉、〈祝晁深道冠字詞〉、〈陳師道字說〉，《正集》卷24，頁624、634、620。

〔註41〕見〈文安國字序〉，《正集》卷24，頁620〜621。

〔註42〕《別集》卷4，頁1539。

〔註43〕見〈全璧字說〉，《正集》卷24，頁633。

〔註44〕《正集》卷24，頁636。

爲「其鑑」取字「彌明」，闡釋名與字的意義，學者治心須得師友以琢磨，使心如明鏡，方能映照萬物。

綜合上述，山谷字說以「道」爲核心，勉勵士人終身強學力行，且在宋代儒釋道三家融合的文化氛圍下，乃以儒家倫理道德爲道的內涵，治心養性爲根本，並吸取佛老思想，以爲心性雖空寂，卻能成就萬德。另積學工夫、師友切磋，都是體現「道」的重要途徑。

四、說「名」解「字」的文學修辭手法

取字必須在命名的基礎上，以解釋名的性質和含義，前文曾述及名與字的組合方式經過歷代相承與創新，可以說千變萬化，從早期「聞名即知其字，聞字即知其名」，〔註45〕逐漸紛繁複雜起來，尤其文人學士命名取字往往展現其學問淵博、文化素養。如曾鞏爲謝繢取字本諸「繢，密也」，卻引用《易》曰「知微知彰」、「幾事不密則害成」、「退藏於密」，而字之「通微」，〔註46〕名與字的關連較曲折。又如黃庭堅弟安世的女婿「國經」，朋友爲他取字曰「敦常」，所謂「經則常也」，名與字的關連可以說一見即知，然山谷卻認爲「於義無所發明」，乃更其字曰「端本」，且說之曰：

> 《太玄》曰「南北爲經，東西爲緯」。古者爲屋，無不面南，冬夏無不得宜。織者正機，則經南北矣。匠人營國，國中九經、九緯、九涂、九軌，蓋取諸此。經者所以立本，緯者所以成文也。忠信以爲經，義理以爲緯，則成文章矣。《易大傳》曰：「正其本，萬事理。差以毫釐，謬以千里。」古之善學者，取之左右逢其原立於本故也。

引用揚雄《太玄》經緯的定義，以房屋朝南、織者正機、匠人營國爲喻，申說「經者所以立本，緯者所以成文」，並以忠信爲經，義理爲緯，最後引易傳強調「正其本」之重要，也是山谷所以「字經曰端本」的原因。該文以儒家「忠信」爲立身處世之本，爲了發明其中義理，名與字的關連頗隱晦曲折。

「字說」以議論爲勝，多半缺乏文采，詩人黃庭堅卻運用多種文學修辭手法來書寫字說，除了相承前代外，亦多有創新之處。如山谷喜「以學問爲詩」，向來擅長使典用事，其「字說」幾乎篇篇用典，其實用典是唐代文人以

〔註45〕歐陽脩〈胡寅字序〉中云：「考古人之命字者，則似若有義，蓋將釋其名，曰其字若此而已。」頁960。

〔註46〕〈謝司理字序〉，《曾鞏集》卷14，頁226。

後命名取字的重要途徑之一，〔註47〕不過山谷更甚之，往往整篇數典用事，
如黃庭堅曾爲郭英發之三子命名兼取字，長子命名「基」，乃引用《老子》「累
土爲基」及《尚書》「厥父基，厥子乃弗肯堂」，字以「堂父」，勉其以忠信爲
事之基，濟以好問強學；次子名「亘」，運用史實中范蠡（陶朱公）斷疑獄之
事，以爲「物薄而可以曠日持久者，未之有也」，又引用孔子「躬自厚而薄責
於人」、孟子「仁，人之安宅也」，字以「宅父」；三子則名「辈」，化用愚公
移山，操蛇之神懼之以謁帝之故事，又引用《淮南字》「浮空一辈，體具眾微。
眾微從之，成一拳石。積此以往，巋然成山」，而字以「山父」。〔註48〕該文
至少累用七個典故，但非一味堆砌，仍反覆強調忠信、仁、學，以道義期勉
三子。又如前文提及黃庭堅爲「全璧」取字「天粹」，亦數典用事曰：

> 昔者舜在父子兄弟之間，遇人之不幸，而舜盡其心於孝友，使頑囂
> 誕傲蒸蒸而爲善，不至於姦。曾參之事親，盡力以養其志，此孝之
> 粹也。傅說之事君也，勸人君終始典於學；魏鄭公之事君也，造次
> 顛沛，責善責難，終其身而不倦，此忠之粹也。柳下惠與鄉人處，
> 國人不稱，天下樂之，此和之粹也。季子辭國而恤吳之社稷，子臧
> 辭國而與曹之存亡，此清之粹也。

文中運用虞舜、曾參之孝友事親，傅說、魏徵之勸諫君王，季札、曹子臧讓國，
柳下惠與鄉人相處和樂等七個典故，作爲孝、忠、和、清之典範，詮釋「天粹」
之內涵，以爲「惟天粹之質，可以琢磨而成器」，而璧者，乃成器之玉，「其溫
潤縝密，清明特達，天之粹美」，發明「璧」與「天粹」之間的義理。黃庭堅最
常引用、融化儒家經典，以闡揚倫理道德，但亦多次運用道家典籍，除了前述
〈文安國字序〉外，其他如〈趙安時字說〉，山谷爲「安時」取字「少莊」，全
文化用莊子一書「臃腫之樗」、「栗林之戮」、「莊周貸粟」、「輪扁斲輪」、「郢人
之斤」、「濠上之魚」、「庖丁解牛」、「干越之劍」等寓言典故，期勉安時明辨俗
學「窘束於名物，以域進退」之誤，而能「因莊生之所言，知其所未嘗言者」。

〔註47〕劉宗迪《姓氏名號面面觀》（濟南：齊魯書社，2000 年 11 月）一書中云：「用
　　　　典是文學修辭的常用手法，也是唐代以後人們取名的重要途徑，此種命名
　　　　方式尤其爲歷代文人所青睞，因爲這顯得他們有學問，是世代書香門第。」
　　　　頁 119；又古常宏《中國人的名字別號》（臺北：臺灣商務，1994 年 2 月）
　　　　指出「使典用事」的名字組合方式，「先秦沒有，兩漢也少見，唐宋才多起
　　　　來。它取材於史傳載記，諸子百家。有的如襲用經文，有的則多含故事情
　　　　節」，頁 36。
〔註48〕〈訓郭氏三子名字說〉，《正集》卷 24，頁 626。

又在〈才季弟諸子字說〉中，爲樞、窠、椅、栩四子分別取字環中、安上、爰伐、夢周，乃直接截取或提煉莊子書中的四個典故。〔註49〕

　　其次，山谷說「名」解「字」亦喜用引譬連類的手法，如〈張純字說〉以「白則成白」、「黑則成黑」、「青則成青」、「黃則成黃」、「赤則成赤」五色成文而不亂來比喻君子之道——「爲仁則成仁」、「爲義則成義」、「在家則成子」、「在國則成臣」。爲黃育取字「懋達」，則以「穀之育苗也，達於粢盛」，「水之育源也，達於海」比喻「君子之聞道也，達於天地之大」。〔訴50〕又山谷曾爲外甥洪朋、洪芻、洪炎、洪羽四子發明名之義蘊，分別取字龜父、駒父、玉父、鴻父，且說之曰：

> 夫士也，不能自智其靈龜，好賢樂善，以深其內，則十朋之龜何由至哉？故朋之字曰龜父。飛黃騄耳之駒，一秣千里，御良而志得，食居場苗。寒驥同軒，其在空谷，生芻一束，不知場穀之美也。能仕能止惟其才，可仕可止惟其時，何常之有哉？故芻之字曰駒父。火炎高丘，珉石共盡。和氏之璞，玉者之器，溫潤而澤，晏然於焚如之時。蓋火不炎無以知玉，事不難無以知君子。故炎之字曰玉父。鴻雲飛而野啄，去來不繆其時，非其意不自下，故其羽可用爲儀。非夫好高之士，操行潔於秋天，使貪夫清明、懦夫激昂者，何足以論鴻之志哉？故羽之字曰鴻父。〔註51〕

文中於使典用事中，以靈龜、良駒、璞玉、鴻鵠等四物象徵士人的德行、志節、進退，藉此訓誡四甥淬鍊德性，以不負祖母文城君「立洪氏門戶如士大夫」之期望。

　　至於〈田益字說〉乃運用排比、映襯的修辭技巧，田益原字「遷之」，山谷以爲「不足以配名」，而改字曰「友直」，於益者三友中獨取友直，且舉例說明擇直友猶有四種情況：

> 有直而終於直者，有直似於曲者，有曲而盜名直者，有曲而遂其直者。「邦有道如矢，邦無道如矢」，此直而終於直者也；「子爲父隱，父爲子隱」，此直而似於曲者也。「其父攘羊，而子證之」，此曲而盜名直者也；或「或乞醯焉，乞諸其鄰而與之」，此曲而遂其直者也。

〔註49〕以上兩篇字說，分別見於《正集》卷24、《別集》卷4，頁622、1529。
〔訴50〕見前註20，〈黃育字說〉。
〔註51〕〈洪氏四甥字說〉，《正集》卷24，頁616。

〔註52〕

舉孔子、孟子書中的四種人倫案例加以排比、映襯，教人分辨直、曲之間微妙的差異，以爲邦有道、無道皆如矢合於「有直而終於直者」，父子犯錯互掩爲「有直似於曲者」，此二者才爲直友，叮嚀田益若能得直友切磋琢磨，可「成子金石」，「使子日知不足」。其他如〈張說子難字說〉中引論語「君子易事而難說」，說曰「維君子於此道，飲則列於尊彝，食則形於籩豆；坐則伏於几，立則垂於紳；升車則鸞和與之言，張樂則鐘鼓爲之說，顛倒風雨而守此道者猶晏然」，〔註53〕點化、整鍊古籍中的語句，以排比、對仗手法爲之，使以議論爲主的「字說」一體不流於枯燥說理，而富有文采。至於〈子琇字說〉，黃庭堅取字「聰玉」，說之曰：

> 目者五色之主，於以觀先王之典禮：耳者五聲之主，於以聽先王之法言：心者萬物之主，於以度先王之德行。古者玉藻以蔽明，琇瑩以充耳，衡琚璜瑀以服其躬。故曰：內視之謂明，退聽之謂聰，克己之謂強。

出現三種排比句型，以目者、耳者、心者爲中心，分別配以玉藻、琇瑩、衡琚璜瑀等美玉，以整飭自己，最後得出內視、退聽、克己，一切反求諸己，以治心修身爲本。

　　此外，黃庭堅的「字說」相較與前人的書寫尚有特殊之處即反覆「設問」的手法，如〈楊概字說〉中山谷爲楊概取字「宰平」，先解釋名與字的關連，所謂「概，國器也，是宰天下之平」，逐漸引申曰「維概也，中立而無私，天下歸心焉，非以其無心故耶？」至此，楊概發問云「然則願聞性命之說」，山谷乃回答「今孺子總髮，而服大人之冠，執經談性命，猶河漢而無極也」，反對空談性命之學，訓勉楊子「自俎豆鐘鼓宮室而學之，灑掃應對進退而行之」；楊子又問「是可以學經乎？」山谷乃回答「強學力行，而考合先王之言」，告誡宰平勿落入後世說經「郢書燕說」之流弊。黃、楊二人先後問答兩次，山谷積極爲晚輩解惑，表現師友之間的切磋琢磨。至於〈覺民對問字說〉中黃庭堅爲弟仲堪取字「覺民」，兩人多次往返辯難，從篇名「對問」即可見之。山谷先以古人自任「吾天民之先覺者也，吾將以此道覺斯民也」來期勉其弟，覺民乃問之曰：「我始於何治，而可以比於先民之覺？」山谷並未立即回答，

〔註52〕《正集》卷24，頁627。
〔註53〕《別集》卷4，頁1533。

卻分別以善琴、善篆設譬，依次反問覺民「何自而手與弦俱和？」「何自而手與筆俱正？」覺民回應「心和而已」、「心正而已」，山谷又反問「然則求自比於先民之覺，獨不始於治心乎？」至此覺民似乎恍然大悟，另舉《詩經》云「思無邪，思馬斯徂」爲證，即無思，思慮不存於心，思馬而馬應，山谷所謂「治心」即保持吾心自性之虛靜清明，以應萬物。〔註54〕山谷可謂古代善教者「使人繼其志」，如〈學記〉所云「其言也約而達，微而臧，罕譬而喻」，〔註55〕頗具孔子、孟子與弟子、時人的對話意味。

　　另外值得一提的是黃庭堅嘗試以韻語作「字說」，頗具《儀禮》中「字辭」祝福期勉的味道，如〈江南祝林宗字說〉云「漢東國土，惟郭有道。尚友千載，雖遠可到。廓爾胸次，以觀群躁」，爲林宗取字「有道」，即以四言韻語釋之，不過該文僅有六句，其他如〈祝晁深道冠字詞〉有二十四句，〈祝徐氏二子冠字詞〉更是長達七十三句，〔註56〕二文可以說是以四言爲主體的雜言詩，表現山谷「以詩爲文」的特色，從前人「字序」、「字說」中，又創「字詞」作法。

　　雖然字說屬於應用性文體，社會功能較大，不過黃庭堅「字說」書寫運用許多文學修辭手法，古奧蘊藉，大大提昇字說一體的文學性，使人讀其字說後，有種恍然大悟之感，又不禁佩服取字者的博學與巧思，名與字的組合彷彿是一組字謎，而說「名」解「字」似乎具有解謎的趣味，提高可讀性。

五、結　論

　　字序、字說是宋人在古代命名取字的文化傳統上所創發的新體裁，由古文家柳開、穆修等人開啓書寫風氣，具古人「丁寧訓誡之義」。黃庭堅雖不以散文聞名，其「字說」卻多達五十餘篇，遠遠超過宋代古文家，於宋代新體的書寫不遺餘力，且頗具新意。山谷「字說」以「道」爲核心，而儒家倫理道德爲道的主要內涵，以治心養性爲根本，主張「內視反聽」、「盡己之學」，並吸取道釋思想，以爲心性雖空寂，卻能成就萬德。又強調積學之深厚、師友之琢磨，都是求道、踐道之重要途徑。命名取字往往受到時代的制約和影

〔註54〕「無心」可以說是蘇門文人重要的美學觀，其來自佛道思維，可參見筆者《蘇門與元祐文化》（臺大中文所博士論文，2002年6月）第二、四章中相關論述。

〔註55〕《禮記正義》卷36，頁1056。

〔註56〕以上三篇字說分別見於《別集》卷4、《正集》卷24，頁1533、634、635。

響，反映那一時代的世風及文化，黃庭堅「字說」的確較前人更集中體現宋文化中「道」的內涵，重視人格涵養，藉取字以切磋學問與琢磨德性。

其次，名與字的組合具有依附關係，宋人取字經過歷代相承與新創，名與字之間的更富變化。尤其文人學士命名取字往往展現個人的學問淵博、文化素養，黃庭堅向來以學問爲詩文，其說「名」解「字」數典用事更甚於前人，往往通篇鎔鑄數典，古奧蘊藉，且深化名字的意涵。又運用引譬連類、排比映襯的修辭手法，以提昇「字說」的文學性；至於反覆設問，與被取字者的往返問答，則具啓發性。另開發「字詞」寫法，以四言韻語爲之，具《儀禮》「字辭」祝福期勉之意。

綜合上述，可知黃庭堅的「字說」書寫在古代命名取字的文化傳統上，進一步表現宋文化的特質，在實用之餘外，又強化其文學性，使從古代「冠笄之禮中取字儀式」轉化的「字說」具有了文化新意。黃庭堅曾品評李公麟畫馬「領略古法生新奇」，〔註57〕其「字說」書寫亦當之無愧。

〔註57〕〈次韻子瞻和子由觀韓幹馬因論伯時畫天馬〉中云：「李侯一顧歎絕足，領略古法生新奇。一日眞龍入圖畫，在坰群雄望風雌。」《黃庭堅詩集注》（北京：中華書局，2003 年）卷 7，頁 255。

第五篇　黃庭堅「古文」的文體轉變
——以「雜著」爲中心之討論

一、前　言

　　唐代韓愈（768～824）、柳宗元（773～819）及宋代歐陽脩（1007～1072）、
蘇軾（1037～1101）等人所倡導的古文運動不僅是散文語言的革新，以散文代
替駢文的形式改革；更具有文體革新的意義，即大大豐富和發展了古代散文
的各種文體，打破傳統文體的窠臼，亦創造新體製，開拓了文體領域。〔註1〕
又宋代文學普遍具有辨體、破體現象，〔註2〕「古文」當然也不例外，黃庭堅
（1045～1105）即云「荊公評文章，常先體制而後工拙」，〔註3〕強調「辨體」
之重要性。至於宋代古文運動領袖歐陽脩、蘇軾乃以「雜文」稱呼韓、柳「古
文」，如下云：

〔註1〕　參見褚斌杰：《中國古代文體概論》（北京：北京大學出版社，1990 年），頁
　　　　11。另李珠海云：「古文家展開古文運動，其中重要一項，就是革新文體。所
　　　　謂的『革新』，有兩種含意：一、改變傳統文體之格式，突破陳陳相因之局面；
　　　　二、創造新文體，使文體領域更多彩多姿。」，《唐代古文家的文體革新研究》
　　　　（臺北：臺灣大學中文研究所博士論文，2001 年）緒論，頁 1。
〔註2〕　張高評以宋詩爲例，指出『宋人生唐後，開闢眞難爲』，但宋人絕處求生，
　　　　破體爲文，開拓了文體的表現對象與表現方法，拓展詩歌的表現功能」，〈參、
　　　　破體與宋詩特色之形成〉，《宋詩之新變與代雄》（臺北：洪葉文化公司，1995
　　　　年），頁 160。
〔註3〕　參見〔宋〕黃庭堅著，劉琳、李勇先、王蓉貴點校：〈書王元之竹樓記之後〉，
　　　　《黃庭堅全集・正集》（成都：四川大學出版社，2001 年，以下簡稱《正集》），
　　　　卷 26，頁 660。

天聖之間，予舉進士於有司，見時學者務以言語聲偶擿裂，號爲時文，以時誇尚。而子美獨與其兄才翁及穆參軍伯長，作爲古歌詩雜文，時人頗共非笑之，而子美不顧也。

所示書教及詩賦<u>雜文</u>，觀之熟矣。大略如行雲流水，初無定質，但常行於所當行，常止於所不可不止，文理自然，姿態橫生。〔註4〕

前者乃歐陽脩回憶天聖年間舉進士的文章風氣，當時蘇舜欽（1008～1049）兄弟與穆修（979～1032）習作「古歌詩雜文」，一反「言語聲偶擿裂」的時文；後者蘇軾則指出詩賦雜文「行雲流水」、「文理自然，姿態橫生」的境界。兩人皆將詩賦與雜文並舉，雜文當以散體爲主。又蘇門弟子秦觀（1049～1100）曾云：「賦中作用，與雜文不同，雜文則事詞在人意氣變化；若作賦，則貴鍊句之功，鬪難、鬪巧、鬪新。」〔註5〕亦以雜文與賦相比，賦重視「煉句」，雜文則重視個人「意氣」的表現，與韓愈所云「氣盛則言之短長與聲之高下者皆宜」，〔註6〕皆強調氣與言詞的關係，換言之，歐、蘇門文人所謂的「雜文」，乃承韓、柳以來的「古文」。然「雜文」一名早在文體自覺的六朝即已出現，爲少數不被傳統文體所包容的篇章，〔註7〕往往孕育新文體之產生。

黃庭堅爲蘇門大弟子，乃宋代一流詩人，其詩與蘇軾并稱「蘇黃」。〔註8〕

〔註4〕 〔宋〕歐陽脩著，李逸安點校：〈蘇氏文集序〉，《歐陽脩全集》（北京：中華書局，2001年），卷43，頁614。〔宋〕蘇軾著，孔凡禮點校：〈與謝民師推官書〉，《蘇軾文集》（北京：中華書局，1992年），卷49，頁1418。

〔註5〕 引自〔宋〕李廌：《師友談記》（北京：中華書局，2002年），文中尚云：「少游言賦家句脈，自與雜文不同，雜文語句，或長或短，一在於人，至於賦，則一言一字，必要聲律。」頁20。賦之句脈依賴外在聲律，而雜文句式長短，完全在於人之意氣。

〔註6〕 〔唐〕韓愈：〈答李翊書〉，《韓昌黎文集校注》（臺北：華正書局，1986年），卷3，頁99。

〔註7〕 郭英德指出中國古代的文類是通過「因文立體」的歸納法產生的，具有文體相似性的作品必須達到一定數量，才可能歸納爲一種文體類型，並爲人們所公認。當作品數量過少，或以單篇形式羅列，無法確定其文體類型：或者暫時依附於他類，難以獨立：或者混雜稱之爲「雜文」，不作細分。《中國古代文體學論稿》（北京：北京大學出版社，2005年），頁76。這些無法確認、難以獨立的篇章，未來有可能成爲新文體。

〔註8〕 如〔宋〕晁說之云：「元祐末，有『蘇黃』之稱。」〈題魯直嘗新柑帖〉，《嵩山文集》收入曾棗莊、劉琳主編：《全宋文》（上海：上海辭書出版社，合肥：安徽教育出版社，2006年），冊130，頁108。又如〔宋〕王稱云：「而庭堅於文章尤長於詩，獨江西君子以庭堅配軾，謂之「蘇黃」云。」〈文苑傳〉，《東都事略》（臺北：國立中央圖書館，1991年），冊4，頁1795～1796。另可參

山谷自云:「心醉於詩與楚詞,似若有得,然終在古人後。至於議論文字,今日乃當付之少游及晁、張、無己。」〔註9〕檢閱現存山谷文集,少見其議論文章,甚至未立「論」體,〔註10〕與一般宋人以「議論」見長,動輒長篇大論,的確有很大不同。然山谷又云「雜文,與無咎等耳」,〔註11〕當爲前文所提及「古文」,可見其對「古文」創作具有一定自覺,而現存黃庭堅散文多達兩千八百餘篇,體裁亦豐富,〔註12〕只是大半篇幅短小,南宋文人多批評規模不大;〔註13〕不過晚明文人頗推崇山谷小文章,甚至編選「蘇黃小品」,〔註14〕「蘇黃」并稱也從詩歌至散文「小品」。〔註15〕

　　從上文中,或可進一步推想從唐代「古文」、宋代「雜文」到晚明「小品」,他們之間應具有相承關係,並逐漸產生質變。本文擬從褒貶不一的黃庭堅「古文」爲出發點,〔註16〕且以山谷「雜著」爲討論中心,「雜著」雖是逸出各體

見劉昭明、黃子馨:〈蘇、黃訂交考〉,《文與哲》第 11 期(2007 年 12 月),頁 263～288。

〔註9〕　參見黃庭堅:〈與秦少章覯書〉,《正集》,卷 19,頁 483。

〔註10〕黃庭堅的外甥洪炎於南宋高宗建炎年間所編輯《豫章黃先生文集》(臺北:臺灣商務印書館,1965 年《四部叢刊》本)裡並未立「論」體。

〔註11〕黃庭堅:〈論作詩文〉:「予嘗對人言,作詩在東坡下,文潛、少游上;至於雜文,與無咎等耳。」《黃庭堅全集·別集》(以下簡稱《別集》),卷 11,頁 1686。

〔註12〕參考大陸學者楊慶存根據《黃庭堅全集》所做出的統計,他且指出「是其現存詩歌總量(1900 多首)的 1.5 倍,這個數字雖然比不上蘇軾傳世的散文總量(4349 篇),但卻比唐宋八大家的其他七家都多得多」;又體裁近 20 種。《黃庭堅與宋代文化》(開封:河南出版社,2002 年)第九章〈山谷散文及其人文精神〉,頁 240。

〔註13〕李淦論及山谷文章,以爲「愈小者愈工」,「但作長篇,苦於氣短,又且句句要用事,此其所以不能長江大河也」。〔元〕李淦:《文章精義》,第 82 條,收入王水照編:《歷代文話》(上海:復旦大學出版社,2007 年),第 2 冊,頁 1181～1182。

〔註14〕」〔明〕何良俊云:「山谷之文,只是蘊藉有理趣,但小文章甚佳。」《四友齋叢說》(臺北:藝文印書館,1965 年《百部叢書集成》影印明萬曆年間沈輯本),卷 23。〔明〕張有德亦云:「魯直文故稍遜子瞻,而清舉拔俗,亦自疊疊。書尺題贊,大言小語,韻致特超。」《宋黃太史公集選》(崔氏大梁刊本,明萬曆 27 年)序文,卷首。

〔註15〕〔明〕黃嘉惠編選《蘇黃小品》,於萬曆晚年刊,引自陳萬益〈蘇東坡與晚明小品——談「小品」詞語的衍生與流行〉,《晚明小品與明季文人生活》(臺北:大安出版社,1988 年),頁 8。且據楊慶存:《黃庭堅與宋代文化》一書的分類統計,山谷書簡 1202 篇、題跋 603 篇,這些小品文章即佔山谷散文三分之二以上。

〔註16〕前述晚明文人推崇黃庭堅小文章,南宋人則對山谷散文批評較多,如陳善〈辨

的文字，卻又與各體具有互涉的關係。本文從文體角度來探究黃庭堅「古文」創作在歐、蘇以後呈現何種面貌或新意，文中先論述雜文、雜著的源流及文體特徵，其次，說明山谷「雜著」文章與宋文大家之異同，最後再觀察山谷「雜著」與正規文體之互涉，進一步探討黃庭堅「古文」的文體轉變。

二、雜文、雜著的源流及文體特徵

　　「雜文」一詞較「雜著」早出，在南朝范曄《後漢書·文苑傳》就已出現，如記載趙壹著「賦、頌、箴、誄、書、論及雜文十六篇」，杜篤著「賦、誄、弔、書、讚、七言、女誡及雜文，凡十八篇」等等，〔註17〕將不容於傳統文體的、難以歸類的篇章，合稱「雜文」。〔註18〕而劉勰《文心雕龍》則有「雜文」專篇，起首即曰「智術之子，博雅之人，藻溢於辭，辭盈乎氣。苑囿文情，故日新殊致」，〔註19〕肯定「雜文」作者的學養才情；又特別留意三種創新的書寫形式：對問、七、連珠三體，以爲「文章之支派，暇豫之末造也」，乃作者閒適寄興之作，將「雜文」從應用性文章分離出來，強調其文學特質。〔註20〕又云「詳夫漢來雜文，名號多品。或典誥誓問，或覽略篇章，或曲操弄引，或吟諷謠詠，總括其名，並歸雜文之區」，至少列出

前輩論古今人文長短〉云「黃魯直短於散語」，〔宋〕陳善：《捫虱新話》（北京：中華書局，1985 年《叢書集成初編》影印儒學本），上集，頁 5。又如朱熹云「山谷好說文章，臨作文時，又氣餒了」，〔宋〕黎靖德編，王星賢點校：《朱子語類》（北京：中華書局，1986 年），第 8 冊，卷 140，頁 3334。另〔宋〕羅大經云：「山谷詩騷妙天下，而散文頗覺瑣碎侷促。」〈文章有體〉，《鶴林玉露》（臺北：正中書局，1969 年），人集，卷 14，頁 9。

〔註17〕王先謙：《後漢書集解》（北京：中華書局，1991 年），卷 110，頁 912 下、921 上。

〔註18〕參見前註 7，書中〈《後漢書》列傳著錄文體考述〉。

〔註19〕簡宗梧中認爲這段話說明「所謂雜文，乃指辭賦家或非辭賦家，寫作文章，濡染了寫作辭賦的習性與氣息，崇尚辭氣所以致之。換句話說，這是辭賦的習尚濡染了其他文章的寫作，於是產生新文體甚至新文類的現象。」指出辭賦與雜文的關係，尤其「在辭賦鼎盛的漢代文章，被後人歸爲雜文者，大多容納未以賦爲名的賦體文章」。劉勰在〈雜文〉中舉出對問、七、連珠，皆具有賦體性質。〈試論《文苑英華》的唐代賦體雜文〉，《長庚人文社會學報》，2008 年 10 月，頁 389～432。

〔註20〕參見莫順斌：〈略論古代"雜文"之名〉，《傳承》2007 年 2 期，頁 126～128；諶東颷：〈雜文文體古今傳承論略〉，《求索》，2007 年 11 月，頁 188～190。二文皆以范文瀾註釋引韋昭注云：「暇，閒也；豫，樂也」，論述雜文與當時應用文劃清界限，強調其文學特質。

十六種名號，文筆（韻散）兼有，可看出「雜文」內容與形式駁雜不一。雖然如此，這些「雜文」篇章亦可「甄別其義，各入討論之域」，〔註21〕根據文章性質、義理，分別歸入相關的各體討論，〔註 22〕可知雜文與其他體類具有互涉關係。〔註23〕

　　至於「雜著」一詞則盛行於唐代文集中，尤其大量出現在韓愈之後，可以說是韓愈「首倡古文」後的特殊現象，如唐人李漢編選《昌黎先生集》在賦、詩體之後，緊接「雜著六十五」篇，收錄原、說、讀某、解、傳、戒、箴、頌、記、論、議及策問等文，體製不一、內容駁雜，之後才是書啓序、哀辭祭文、碑誌、雜文、表狀，可見其對「雜著」之推重；只是李漢又設「雜文」，收錄〈毛穎傳〉、〈送窮文〉、〈鱷魚文〉等具戲謔性、詼諧之作，〔註24〕充滿新意，與「雜著」亦可相容。自韓愈以後的古文家，其文集編有「雜著」體者，蔚爲風氣，如李觀、歐陽詹、劉禹錫、皇甫湜、李翱、皮日休、陸龜蒙、司空圖等等，其中《司空表聖文集》十卷，「雜著」竟多達八卷。這些「雜著」篇章不爲傳統文體所包容，往往是古文家所新創的體製。〔註25〕

　　而宋初文人編選唐文總集，李昉《文苑英華》即比南朝《文選》多設立「雜文」類，且受到唐人影響，置於賦、詩體、歌行之後，收集「式微文類的零星作品、傳統文類之下的創新作品、以及各種文類交溶的作品，還有尚未可歸爲

〔註21〕范文瀾註解云「凡此十六名，雖總稱雜文，然典可入〈封禪篇〉，誥可入〈詔策篇〉，誓可入〈祝盟篇〉，問可入〈議對篇〉，曲操弄引吟諷謠詠可入〈樂府篇〉，章可入〈章表篇〉」。〈雜文〉，《文心雕龍注》（臺北：學海出版社，1991年），卷4，頁 326～357。

〔註22〕顏崑陽解釋劉勰〈雜文〉這段話云「漢代以來十六種『名號多品』之文，各有形構與樣態，雖總括爲『雜文』；然而，它們卻可因其『相似性』各歸入相關的『類聚』之域去討論」。〈論「文體」與「文類」的涵義及其關係〉，《清華中文學報》第1期（2007年9月），頁 1～67。

〔註23〕吳興人據范文瀾箋注：「凡此十六名，雖總稱雜文，然典可入封禪篇，誥可入詔策篇，誓可入祝盟篇，問可入議對篇，曲操弄引吟諷謠咏可入樂府篇，章可入表章篇」，以爲是指廣義的雜文，「兼容各種體裁、各種形式，寫法不拘一格」，《中國雜文史》（上海：人民出版社，2002年），頁 2。筆者認爲雜文原本就涵蓋各種少數體裁，這些體裁應是從常見文體中衍變而出，因此，個人不贊成用廣義雜文來解釋，暫用「互涉」一詞來表示雜文與其他體類的關係。

〔註24〕韓愈著：《韓昌黎文集校注》，卷8，頁 325～330。

〔註25〕兵界勇認爲「雜著」體類駁雜新穎與唐代「古文」有密切關係。〈論《唐文粹》「古文」類的文體性質與其代表意義〉，《中國文學研究》14期（2000年5月），頁 1～22。

一類之新文體」，〔註26〕立有問答、騷、帝道、明道、雜說、辯論、贈送、箴誡、記述、諷諭、論事、雜製作、征伐、識行、紀事等十餘種子目，其分類體例不一，漫無標準，卻也反映唐代古文家對散文之開拓與創新。不過最引人注目莫過於姚鉉《唐文粹》，其選文標準「止以古雅爲命，不以雕篆爲工」，〔註27〕雖未立有「雜文」或「雜著」類，卻赫然出現非文體名稱的「古文」類，且以韓愈爲首，共三十五人，一百八十九篇文章，並設立十七子目：五原、三原、五規、二惡（一以類從），言語對答、經旨、談、辯、解、說、評、符命（一以體分），論兵、析微、毀譽、時事、變化（一以內容爲別），〔註28〕置於論、議與碑、銘之間，引發今人爭議、討論。錢穆即以「古文」爲分界，之前「大體代表韓柳唱爲古文以前唐文之舊風格」，自「古文」以下，則大體代表「韓柳以下唐文之新體製」，〔註29〕標舉韓柳古文運動之影響。〔註30〕而兵界勇則進一步指出姚氏編選之「古文」，即是唐人所謂「雜著」，而「雜著」是在東漢文體觀念出現以前即已存在的文章形式，以爲姚氏稱之「古文」，實爲有見。也由此可見，韓愈創作「古文」，並非只是「以散代駢」，更有意在打破「從漢迄今用一律」的文體規範，乃靈活運用古代「雜著」體式。〔註31〕換言之，唐人「雜著」、

〔註26〕張蜀蕙論及《文苑英華》的「雜文」一類所收集作品有「式微文類的零星作品、傳統文類之下的創新作品、以及各種文類交溶的作品，還有尚未可歸爲一類之新文體」，但由於無法按照書中其他文類以作品內容的體裁來分類，使「雜文」類中再分類，游離於體類、風格、內容之間，沒有一定的標準。《文學觀念的因襲與轉變：從文苑英華到唐文粹》（臺北：花木蘭文化出版社，2007年）第三章，頁51。

〔註27〕見〔宋〕姚鉉：《唐文粹》，收入影印文淵閣《四庫全書》本（臺北：臺灣商務印書館，1983年）第1343冊，自序。

〔註28〕參見何沛雄：〈略論《唐文粹》的「古文」〉一文，收入香港浸會學院中國語文學會主編：《唐代文學研討會論文集》（臺北：文史哲出版社，1986年），頁171～184。

〔註29〕錢穆：〈讀姚炫唐文粹〉，《中國學術思想史論叢》（臺北：東大圖書公司，1978年），頁82～90。

〔註30〕衣若芬從「古文」類作品分析出韓柳以下至宋初的古文發展概況：韓門兩派，一傳其平易風格，強調以文載道者以李翱爲代表，唐末皮日休、陸龜蒙等人繼承之，融合白居易的寫實筆法而創作議論時事小品文，影響宋初柳開、穆修、王禹偁等人。另一派以皇甫湜爲代表，爲文奇崛而險怪，孫樵、劉蛻等人承繼此風，但姚鉉選文乃著重其說理精審之文字，「不以雕篆爲工」。〈試論《唐文粹》之編纂、體例及其「古文」類作品〉，《中國文學研究》1992年第6期，頁167～180。

〔註31〕同前註25。

「古文」皆具有文體革新的意義。

　　至宋代文集之編選，南宋呂祖謙《宋文鑑》中始立「雜著」一體，不同於《文苑英華》的「雜文」排序於用韻體裁如賦、詩體、歌行之後，而是置於正規文體、具「高文大冊」性質如奏議、箴銘、論說、記、序、書啓等之後，在駁雜、邊緣文體如對問、移文、連珠、上梁文、題跋等之前，於六十文體之中排列第四十三，〔註32〕從此成為選集中不可或缺的文體，之後《元文類》、《明文衡》、《文章辨體》、《文體明辨》等文選皆從之，確立「雜著」的定位，所謂「文之有體者，既各隨體裒集；其所錄弗盡者，則總歸之雜著也」，〔註33〕其介於古文的傳統正規與式微邊緣的文體之間，意味「雜著」篇章內容或形式打破主流文體的規範。

　　「雜著」在南宋以後為通用文體之名稱，至於「雜文」誠如前文所云為北宋歐陽脩、蘇門文人所引用，具「古文」之義，並非文體之名稱；但歐陽脩文集中仍立有「雜文」類，此待後文再探討之。至明代吳訥、徐師曾直接云「雜著」乃「輯諸儒先所著之雜文也」、「詞人所著之雜文也」，將雜著、雜文視為一體，並進一步確立「雜著」的文體性質：

> 文而謂之雜者何？或評議古今，或詳論政教，隨所著立名，而無一定之體也。……著隨雜，然必擇其理之弗雜者則錄焉，蓋作文必以理為之主也。

> 以其隨事命名，不落體格，故謂之雜著。然稱名雖雜，而其本乎義理，發乎性情，則自有致一之道焉。〔註34〕

吳、徐二人皆指出「雜著」設題、體式不一的共同特徵外，吳氏強調「以理為主」，且具體指出「評議古今」、「詳論政教」為雜著內容，以政教史事為主；至於徐氏則云「本乎義理，發乎性情」，雖然說得較籠統，卻更能包容「雜著」新穎駁雜的內容、體式，以儒家義理為根本，自由抒發作者的性情。

三、北宋古文大家與黃庭堅「雜著」（雜文）之異同

　　清人姚鼐《古文辭類纂》將古代文體化繁為簡成十三類，並取消了「雜著」

〔註32〕參見〔宋〕呂祖謙：《宋文鑑》（臺北：世界書局，1967年）目次。
〔註33〕〔明〕吳訥：《文章辨體序說》收入《文體序說三種》（臺北：大安出版社，1998年），頁57。
〔註34〕〔明〕徐師曾：《文體明辨序說》收入《文體序說三種》，頁93～94。

體類，可謂「甄別其義，各入討論之域」，雖然某些類別、名稱仍有所爭議性，不過卻解決文體龐雜、零散的問題，成為後人研究古代散文文體的重要依據。本文討論黃庭堅「雜著」，即以姚氏十三體為基準，為了避免以今律古，尚參酌宋代前後《文選》、《文苑英華》、《宋文鑑》等文選，觀察黃庭堅與北宋古文大家的「雜著」篇章異同，〔註35〕與他體之互涉，以窺其創新之處。

	歐陽脩	王安石	蘇　軾	蘇　轍	黃庭堅
名稱	雜文	雜著	雜著	雜文	雜著
論辨類	雜說三首	復讎解、孔子世家議、推命對、汴說、與妙應大師說、使醫	續養生論、若稽古說、八佾說、蠟說、尸說、鳥說、二魚說、梁賈說、梁工說、問養生		解疑、論書、論寫字法、論謝愔、論俗呼字、雜論、論鹿性、論詩帖、論作詩文、論作字、論子瞻書體、金巖石研說、瀘州桂林石研說、惠王子均研說、金崖研作覆斗說、金液珠說、筆說、莊子內篇論、論語斷篇、孟子斷篇、士大夫食時五觀、棋經訣
序跋類		先大夫集序、題王逢原書孟子後、許氏世譜、書瑞新道人壁、讀孟嘗君傳、讀柳宗元傳、書李公集後、書刺客傳後、題張忠定書、題燕華仙縛、書金剛經義贈吳珪、題旁詩		李簡夫少卿詩集引、王子立秀才文集引、子瞻和陶淵明詩集引、書孫朴學士書寫華嚴經後、書楞嚴經後、書金剛經後二首、書白樂天集後二首、書鮮于子駿父母贈告後	評李德叟詩、書倦殼軒詩後、雜書、試張耕老羊毛筆、書生以扇乞書、（書藥說遺族弟友）
書啓類			擬孫權答曹操書		

〔註35〕各家文集以今人點校本為主，各本的前言皆詳細說明版本的由來，採用古代最佳版本，加以校正。另補遺篇章為近人所輯佚，暫不討論。另青詞、上梁文、祈雨文、婚啓等民俗文，亦不列表中。

贈序類		同學一首別子固	明正送子伋失官東歸、太息一章送秦太章秀才、日喻	六孫名字說	勸學贈孟甥、墨說遺張雅、送徐德郊、晁深道祝詞、徐氏二子祝詞、覺民對問、全璧字說、侍其佗字說、李撝字說、字韓氏三子、蒲大防字元禮、張愨字士節、
傳狀類		先大夫述		巢谷傳	董隱子傳
詔令類					跋奚移文
碑志類				亡姊王夫人墓誌銘、龍井辯才法師塔碑、逍遙聰禪師塔碑、天竺海月法師塔碑	
雜記類		傷仲永、相鶴經	怪石供、後怪石供、東坡酒經	汝州龍興寺修吳畫殿記、汝州楊文公詩石記	書萍鄉縣廳壁、黔南道中行記、封植蘭蕙手約
箴銘類					坐右銘、子弟誡、戒讀書
頌贊類	會聖宮頌、州名急就章、魏國韓公國華眞贊、				
辭賦類	醉翁、山中之樂、啄木辭、			代侯公說項羽辭、罪言、藥誦	引連珠
哀祭類	贈太尉夏守諡議、哭女師				張翔父哀詞

　　「隨事命名」爲「雜著」最明顯的文體特徵，從上表可看出，相較於唐代，宋文大家的「隨事命名」文章不多，「雜著」（雜文）明顯減少，一方面經唐代古文家努力開拓文體領域後，至宋代可以說眾體兼備；另一方面宋人具有辨體、尊體的觀念，遵守各體制、特性來寫作。〔註36〕或許有人會質疑

〔註36〕參見王水照主編：「文體篇」，第三章〈尊體與破體〉，《宋代文學通論》（高雄：復文圖書出版，2000年），頁68～84。

「破體爲文」亦是宋代文學普遍現象，爲何宋代古文「雜著」數量會減少呢？由於中國古代文體分類是採「因文立體」的歸納法，當某一類文章數量多時，就可能別立一體，如題跋、字序等新體製在蘇軾、黃庭堅集中已獨立出來；另變體如宋人喜以論作「記」，仍置於「記」體。〔註37〕若歸入「雜著」類的篇章，或是零星、剩餘篇章，或是更加新穎、駁雜。

其次，各家或稱「雜文」、或云「雜著」，二者用法亦有所異同。如上表暫未列蘇洵作品，是因現存《嘉祐集》除了策、論、書（以上書爲主）、譜外，其他記、銘、贊、字說、贈序、題跋、祭文、狀、啓等二十篇總稱「雜文」者，〔註38〕與其二十餘首詩稱「雜詩」，有相似之處，這些詩文數量少，屬於私領域的短小篇章，其中字說、題跋則爲宋代新體。至於蘇轍親手編定的文集，其中《欒城集》未有「雜文」，〔註39〕《欒城三集》有「雜說」九首，最特殊的是《欒城後集》的卷五、二十一、二十四竟都列出「雜文」。卷五乃收錄五首詩、辭賦并引，及七首贊銘頌（其中五首并引），可知爲有韻之作，故緊接在「詩」之後。卷二十一則收有記、詩文集引、字說、題跋等混雜文章十三篇，在論、策、奏議、表疏、青詞、祝文、祭文等體之後；卷二十四有傳（狂士）、墓誌銘（亡姊）、塔碑（禪師）五篇，在墓誌銘（蘇軾）、神道碑（歐陽脩）之後。由上述可知蘇轍隱然將私領域「雜文」與公牘、民俗文區分開來，如同樣是墓誌銘，子由以史家筆法撰寫亡兄蘇軾，以入青史；至於亡姊則屬私家、家族之紀載，則歸入「雜文」。

而歐陽脩亦親自編定《居士集》五十卷，依循《文苑英華》體例，「雜文」在詩賦以後，很意外僅有〈醉翁〉、〈山中之樂〉、〈雜說〉三首，皆有序，前兩篇屬賦體雜文，而〈雜說〉三首明顯承襲韓愈而來，具諷諭性質。至於《居士外集》二十五卷，「雜文」依然在詩賦之後，收錄辭、頌、贊、急就章、謚議等七首，〔註40〕仍偏向用韻之作，爲文集中零星少數的篇章。另文集「雜題跋」

〔註37〕 吳訥：《文章辨體序說》的「記」體下云「敘事之後，略作議論以結之，此爲正體」，又云范仲淹〈嚴祠堂記〉、歐陽脩：〈晝錦堂記〉等，「雖專尚議論，然其言足以垂世而立教，弗害其爲體之變也」，《文體序說三種》，頁52。

〔註38〕 現存《嘉祐集》皆爲後人重編，本論文參考曾棗莊、金成禮箋注：《嘉祐集箋注》（上海：上海古籍出版社，1993年）應是目前最好的版本。

〔註39〕 《欒城集》除了詩賦外，散文各體分立，包括銘、頌、論、策問、書、記、墓表銘、敘（序）、祭文等等。參見《蘇轍集》（北京：中華書局，1999年），包括《欒城集》、《欒城後集》、《欒城三集》、《欒城應詔集》。

〔註40〕 《居士集》中有詩、賦、雜文、論、經旨、詔冊、碑銘、墓表、墓誌、行狀、

二十七首，其中四首在南宋陳亮編選《歐陽文粹》中放進「雜著」類，〔註41〕宋代題跋新體爲歐陽脩所開創，經蘇軾、黃庭堅拓展，確立體式。〔註42〕由上述得知，歐陽脩「雜文」具兩種意涵，前文提及「古歌詩雜文」，爲「古文」之義；而文集中「雜文」屬於文體性質，〔註43〕與「雜著」相通，篇章很少，看來歐陽脩、曾鞏多在古文既有體製中求新變。〔註44〕

　　現存王安石文集中有兩卷「雜著」，其中一卷標示「論議九、雜著一」，較前八卷「論議」文章的標題、內容駁雜，前八卷多半是史論、政論、理論、經論等爲主，其中還包括韓愈「雜著」類的原、議、疑、解、說等文章。至於與「雜著」混雜的文章，其中〈復讎解〉、〈議茶法〉、〈茶商十二說〉、〈乞制置三司條例〉、〈策問十一道〉屬政論性質，較適合歸於「論議」。其他十九篇「雜著」文章除了隨事命名者，尚有述、序、譜、贈別、題跋等文章，〔註45〕其中又以題跋文十一篇最多，而「題跋」至蘇軾、黃庭堅文集中才獨立成體。

　　而蘇軾在不同文集版本的「雜著」、「雜文」則有較大出入，南宋郎曄編註《經進東坡文集事略》有「雜著」、「雜說」兩類，〔註46〕前者除了〈問養生〉、〈前怪石供〉、〈後怪石供〉外，其餘都是以「書某某」的題跋文；至於「雜說」除了〈日喻〉、〈剛說〉、〈仁說〉外，多半是評論人物文章。目前通用的《蘇軾

記、序傳、上書、書、策問、祭文等體類，參見《歐陽脩全集》。

〔註41〕陳亮編：《歐陽文粹》（臺北：臺灣商務印書館，1976 年四庫全書珍本），卷16，頁1～17。該卷收錄〈書梅聖俞稿後〉、〈讀李翱文〉、〈書春秋繁露後〉、〈記舊本韓文後〉，及「集古錄跋尾」10 篇。

〔註42〕毛雪指出「北宋中期的歐陽修是將"題後"、"書後"、"評"、"題後"、"跋"等名稱合爲"題跋"一詞，而正式用於標明該體的第一人，也是大量寫作題跋文的始作俑者」，《蘇軾、黃庭堅題跋文研究》（鄭州大學碩士論文，2003 年），頁 10。

〔註43〕同前註22，顏崑陽尚云：「中國古代『文體』及『文類』具有『彼此限定』而又『相互依存』的關係。在這關係基礎上，詩、賦、頌讚、銘箴等詞彙，既是『文體』之名，也是『文類』之名。其涵義須隨上下文脈及相關語境而定。」「雜文」應當也如此。

〔註44〕曾鞏的《元豐類稿》無「雜文」，《南豐先生外集》未分體，而後人輯佚文章有「雜文」、「雜說」、「雜義」、「雜論」類，其中「雜文」收錄辨、論、題跋等七篇文章，因屬輯佚文章，暫不討論。參見曾鞏著，陳杏珍、晁繼周點校：《曾鞏集》（北京：中華書局，1998 年）

〔註45〕王安石撰、李之亮箋注：《王荊公文集箋注》（成都：巴蜀書社，2005 年）目次。

〔註46〕蘇軾著，郎曄注：《經進東坡文集事略》（臺北：世界書局，1960 年）目錄，卷60 標明「雜著」，頁 26。

文集》的「雜著」類，〔註47〕以明代茅維《東坡文集》爲主，「說」體獨立，不錄題跋文，除了贈別、雜說、上梁文，其他多半是隨事命名的文章。

至於黃庭堅「雜著」篇章數量不但較前人多，所涉及文體亦最多，包括論說、序跋、贈序（字說）、傳狀、詔令、雜記、箴銘、辭賦、哀祭等九種體類。值得注意的是宋人以策、論取士，政論、史論偏多，而山谷文集中無「論」體，以論設題的文章卻收在「雜著」中；而題跋、字序於宋代興起，在山谷文集中已獨立成類，但仍有性質相近篇章放置「雜著」裡。其次，「雜記」爲唐代新興文體，山谷〈書萍鄉縣廳壁〉設題雖似題跋，但鑴於官府廳壁，與唐代以來興起的廳壁記有相似之處；〈黔南道中行記〉看似遊記，山谷以「行記」命名，與傳統遊記亦有所差異。此外，「移」、「連珠」爲式微文體，古文大家幾乎未作，山谷乃嘗試翻新。至於「哀詞」在《文心雕龍‧哀弔》曾述及之，《文選》、《文苑英華》云「哀」或「哀冊」，至《宋文鑑》才立有「哀辭」一體，韓愈、柳宗元、曾鞏、蘇軾皆作之；山谷僅有一篇哀辭，歸入「雜著」。其它如「傳」、「誡」等文亦只有一、二篇，則收於「雜著」中，是否皆別於傳統體製呢？上述種種現象都必須繼續深究之。

四、山谷「雜著」與論說、序跋、記體之互涉

黃庭堅「雜著」篇章互涉的正規文體大致有九類，其中又以論辨類最多，序跋類、雜記類爲其次，箴銘類又其次，哀祭類、傳狀類、詔令類各一篇，透露黃庭堅「古文」創作的文體變化。以下先從山谷「雜著」與唐宋「古文」的重要文體如論說、序跋、記體之互涉，並考量宋人分體與清代《古文辭類纂》之差異，論述山谷「古文」的文體轉變。

（一）與論說體之互涉

先就論辨體類而言，包括論、說、辨、議、解、原等體，〔註48〕以「論」命名，興於漢代，源遠流長；六朝人則新創「說」體，具論辨性質，但較有文學趣味。至唐代韓愈致力發揚「說」體，其〈雜說〉四篇短文乃「因時因事，有所爲而作的雜文」，〔註49〕寓意深刻。錢穆曾指出「所謂說者，漢志九

〔註47〕《蘇軾文集》，卷64。

〔註48〕馮書耕、金仞千：《古文通論》（臺北：國立編譯館，1979年）第七章〈文體源流〉，頁637。

〔註49〕參見李珠海：《唐代古文家的文體革新》第五章〈韓柳的文體革新〉，頁201

流十家有小說家者流，其書雖不傳，然諸子之書尙多有之」，「雜說不當與論辨體相混」，「雜說」多以寓言手法爲之，〔註 50〕與一般論辨文不同，充滿文學趣味。至於辨、解等體，則爲韓愈所開創，明代吳訥云「解者，亦以講釋解剝爲義，其與說亦無大相異」，徐師曾亦云「以辯釋疑惑、解剝紛難爲主，與論、說、議、辯，蓋相通焉。其題曰解某，曰某解，則惟其人命之而已」，指出論、說、解等性質相通。〔註 51〕《文苑英華・雜文》、《唐文粹・古文》下皆收錄雜說、解、辨、對問等篇章，至《宋文鑑》「說」體始獨立出來。

　　黃庭堅以論、說設題的篇章最多，文集中卻未標出「論」、「說」二體，內容亦與前人頗大不同。宋人以論命名的「論」體篇章以政論、史論、理論等爲主，而蘇軾〈續養生論〉乃承嵇康〈養生論〉，大論北宋流行的內丹功法，與政論、史論等格格不入，乃放置「雜著」類。〔註 52〕至於山谷〈論謝憻〉與一般史論不同，文中雖慨嘆今人謝憻的際遇，又云「士生而三不遇，白髮蒼顏，亦可以安林泉」，不須背負「不仕無義」之罪，〔註53〕評論士人之進退出處。其他篇章大多論書法、讀書、作詩文等文章，缺少論辨性，多半具有品評性質，與題跋文幾乎無異，如〈論書〉品評當時士大夫學王安石、蘇軾、黃庭堅書法之得失外，提出「筆墨各繫人工拙，要須其韻勝耳」；又品第前人如王羲之、張旭、顏眞卿等書法，或云「不爲法度病其風神」，或曰「更無一點一畫俗氣」，可知韻、風神、超俗爲其賞鑒標準。〈論寫字法〉則評論己書，以禪喻書法，所謂「蓋字中無筆，如禪句中無眼」，批評「今人字自不按古體」，「悉無所法」，〔註 54〕須先學習法度，才能追求「無法」之境；〈論作字〉則以「隨人作計終後人，自成一家始逼眞」期許自我，獨創一格。〈論作詩文〉乃明示讀書作法之法，如云「讀書要精深，患在雜博」，「若能精一，遂可貫諸經矣」，強調學問精深的重要，又「當求明師益友以講習」，得師友以切磋；

〜202。

〔註 50〕錢穆云「所謂說者，漢志九流十家有小說家者流，其書雖不傳，然諸子之書尙多有之」，「當知雜記雜說，其體皆近小說，亦與辭賦相通」，「雜說不當與論辨體相混」，以爲雜說與一般論辨文不同。〈雜論唐代古文運動〉，《中國學術思想史論叢》，頁 50〜52。

〔註 51〕《文體序說三種》，頁 54、89。

〔註 52〕嵇康〈養生論〉在《文選》的「論」體，可以看出南朝、宋代對論體看法有所出入。

〔註 53〕《別集》，卷 11，頁 1682。

〔註 54〕以上兩篇見於《外集》，卷 24，頁 1428、1433。

至於學詩，剛開始「要須每作一篇，輒須立一大意，長篇須曲折三致焉，乃為成章耳」；熟讀杜甫詩三、五十遍，了解「字字有來處」之用意。〔註55〕至於〈雜論〉多為考辨、訓釋古文、俗字，如云「《左傳》子產曰寡君之二三臣札瘥夭昏，大死曰札，小疫曰瘥，短折曰夭，未名曰昏」，〔註56〕精細辨釋死亡字義。至於〈莊子內篇論〉則言「莊周內書七篇，法度甚嚴」，並逐篇明其要旨，文後慨歎「由莊周以來，未見賞音者。晚得向秀、郭象陷莊周為齊物之書，滑湣以至今」，儼然以莊周知音自居。〔註57〕該文如同一篇讀書心得。至於〈論鹿性〉題材較特殊，說明鹿性「驚烈清淨」，「凡餌藥者勿食鹿肉，服藥必不得方，以鹿常啗解毒之草，是故能制毒散諸藥也」，為一則服藥的飲食禁忌，宋人習醫風氣興盛，山谷對醫藥療疾、養生頗有鑽研，〔註58〕該文簡要說明「餌藥者勿食鹿肉」的原因，以提醒他人。〔註59〕以上這些以論立名之篇章，或品評、辨釋、闡述文章、人物及日常事物，離不開文人生活，且與講究文章開合、結構謹嚴之古文差異頗大，雖文詞精鍊工整，卻是隨筆雜錄的「筆記」性質。

唐宋古文家的雜說文章多半因時因事而發，託物寓意，如韓愈〈雜說〉四首以龍／雲、醫、鶴、馬／伯樂為比喻，寄託對人世種種思考、感慨。〔註60〕歐陽脩〈雜說〉言人生不朽價值之實踐，王安石〈汴說〉述相士之語及體悟，皆關乎士人的自我價值。〔註61〕而蘇軾的雜說篇章內容駁雜，〈若稽古說〉、〈八佾說〉考辨文字，〈尸說〉、〈蜡說〉闡述古人祭祀用尸、歲終聚戲之用意。〈二魚說〉、〈烏說〉則以豚魚、烏賊、烏鴉為喻，言士人處世之道。〈梁工說〉、〈梁賈說〉因人事而發，諷諭世人「交戰乎利害之場，而相勝於是非之境」、「欺其中者己窮，欺外者人窮」，可謂寓意深刻。然而黃庭

〔註55〕《別集》，卷11，頁1687、1683。
〔註56〕《別集》，卷11，頁1703。〈雜論〉有十六則，內容駁雜，皆考辨、訓釋古文、俗字。
〔註57〕《正集》，卷20，頁508。
〔註58〕黃庭堅常與人在書簡中分享醫藥療疾、養生心得，如〈與王立之承奉直方〉、〈答逢興文判官〉中言病疽的敷藥、針灸、清洗，治療癰腫，用犀牛角與痛疏利；若「頭痛恢熱，宜消風散」等等，詳細描寫藥材、製丸、服法，症狀變化，相當生活化，兼具醫理與療效。《黃庭堅全集·續集》（以下簡稱《續集》），卷1、3，頁1911、1975。
〔註59〕〈論鹿性〉，《黃庭堅全集·外集》（以下簡稱《外集》），卷24，頁1434。
〔註60〕《韓昌黎文集校注》，卷3，頁18～19。
〔註61〕《王荊公文集箋注》，卷33，頁1131。

堅以說設題的文章內容幾乎不具諷諭性質，與時政社會無關，亦以文人雅士生活爲主，如文房四友的筆說、墨說、研說等等，〈筆說〉云「研得一，可以了一生。墨得一，可以了一歲。紙則麻楮藤竹，隨其地產所宜，皆有良工。唯筆工最難，其擇毫如郭泰之論士，其頓心著副如輪扁之斷輪」，指出好硯、佳墨、佳紙容易具備，唯有筆工最須講究，擇毫作心，難度最高。因此，山谷藏筆多，審筆更精，另一篇〈筆說〉則述及呂道人作筆法、諸葛高的散卓筆，「大概筆長寸半，藏一寸於管中，出其半削管，洪纖於半寸相當。其撚心用栗鼠尾，不過三株耳，但要副毛得所，則剛柔隨人意，則最善筆也」，另述丁香筆、高麗猩猩毛筆，精細品評各種毛筆，教人辨識優劣。又有〈金巖石研說〉，提供自己作硯之成敗經驗，予人參考。〔註62〕山谷精審筆墨紙硯，流露文人雅士的閒適美學。另黃庭堅〈解疑〉一文與韓愈〈獲麟解〉、王安石〈復讎解〉等文亦大異其趣，韓、王以解設題的文章離不開士人的命運、處世；而山谷卻言待奴婢之道，對他人質疑其「御奴婢不用鞭撻，能慈而不能威」作出解釋，先「退自省，不肖之狀在予躬者甚多」，又云「臨人而有父母之心」，以人子善待奴婢，〔註63〕表現仁者慈愛寬厚的襟懷。

　　另唐代贈序文多半曰贈某某序，而韓愈〈愛直贈李君房別〉製題作法與一般不同，《文苑英華》放置雜文類下的「雜說」名目；宋代王安石作〈同學一首別子固〉、蘇軾〈明正送子伋失官東歸〉、〈太息一章送秦太章秀才〉，黃庭堅〈勸學贈孟甥〉、〈墨說遺張雅〉等篇，皆屬「雜著類」，可以說承韓愈而來。介甫之文以「中庸」之道與好友相警相勉，〔註64〕子瞻兩文皆慰勉仕途受挫的士人，云「樂其所以爲吾者存，是自知之深也」，「士如良金美玉，市有定價，豈可以憎口舌貴賤之歟」，〔註65〕肯定士人自我存在價值。至於山谷〈墨說〉、〈藥說遺族弟友諒〉與士人修身處世無關，前者爲蜀地墨工張雅所作，文中詳細解說曹魏時代大臣韋仲將做佳墨的膠法秘訣；後者則自述早年居江南甚貧，觀察市中人治藥之失，欲自營藥肆，「但取人間急難之疾二十許

〔註62〕兩篇筆說，分別見於《外集》，卷24，頁1430～1431；《別集》，卷11，頁1689。另〈金巖石研說〉云：「初，石工不善作墨池，內外壁立，出墨濇難，又常沮洳敗墨。元符三年二月，嘉州李堯辨爲予琢兩石，壁皆陵夷，乃便事。」《別集》，卷11，頁1690。

〔註63〕《正集》，卷29，頁783。

〔註64〕《王荊公文集箋注》同前註46，卷34，頁1178。

〔註65〕《蘇軾文集》，卷64，頁1978～1979。。

方，擇三四信行藥童，一用聖賢方論。時節州土，無不用其物宜；炮炙生熟，無不盡其材性。但取四方之息，百錢可以起一人之疾」，涵蓋藥方、藥童、方論、藥材、收費等等，構想完備，後因及第游宦而作罷。晚年在荊州得知族弟賣藥，作文告之，並提出「不多取贏則濟人博，不欺其劑則治疾良」原則，〔註66〕一文言作墨，一文述賣藥，以敘事筆法爲之，偏向生活經驗。至於〈勸學〉一文爲四言二十句的韻文，且連篇用典，彷彿一篇銘文。〔註67〕

至於黃庭堅隨事命名，具議論性質的篇章如〈論語斷篇〉云「論語，義理之會也」，以爲「至聖人之奧室，其塗雖長大，然亦不過事事反求諸己，忠信篤實，不敢自欺」，強調自省。另〈孟子斷篇〉只有300多字，以爲「由孔子以來，求其是非趨捨，與孔子合者，唯孟子一人」，言後人多不知孟子，山谷並舉「孔人去魯」一事，唯有孟子知其以「微罪」行，表現聖人性情之忠厚。又指出後人如荀子、揚雄、司馬遷三人，僅揚雄云「孟子勇於義，而果於德，知言之要，知德之奧」，〔註68〕最知孟子。這兩篇與前述〈莊子內篇論〉皆在強調讀書要掌握旨趣，必須「自得於心」，方能「講明養心治性之理」，山谷以個人讀書心得，冀與師友相切磋。另〈士大夫食時五觀〉乃結合儒家飲食之禮與佛家觀法，以實踐孔子所謂「君子無終食之間違仁」。文中云「一計功多少，量彼來處」；「二忖己德行，全缺應供」；「三防心離過，貪等爲宗」；「四正事良藥，爲療形苦」；「五爲成道業，故受此食，終食之思也」。山谷以爲「禮所教飲食之序，教之末也」，「食而作觀，教之本也」，乃作「食時五觀」，將其道理簡易化、箴銘化，使士大夫從日常飲食實踐先王之教。另〈棋經訣〉則述下棋的訣法，從初十子的「立理之道」、三十子以後「行用之時」、取捨之道、必敗之道、取局之道及棋之大要，又歸納下棋有三敗、六病，山谷仿古代經訣「簡易」、「立理」之原則撰此文，文後亦指出下棋境界在於「逍遙得極，高道自樂，終局雅淡」，〔註69〕透露文人高士醉於棋藝的澹泊意趣。

〔註66〕〈墨說遺張雅〉、〈藥說遺族弟友諒〉分別見於《別集》，卷11，頁1688；《正集》卷29，頁784。

〔註67〕〈勸學贈孟甥〉云：「軻闢楊墨，功愈於禹。伸子論詩，沇紹厥緒。喜鑿言易，亦自名家。一姓幾墜，光綿其瓜。嘉出江夏，處濁而清。河潤九里，外孫淵明。雲卿浩然，爰及郊簡。三詩連塞，尚書則顯。咨爾孟孫，望洋漢唐。其勤斯文，對前人光。」《豫章黃先生文集》，卷20，頁217。

〔註68〕《正集》，卷20，頁505～507。

〔註69〕以上二文見於《外集》、《別集》，卷24、11，頁1422、1693。

（二）與序跋體之互涉

　　序文、題跋在《古文辭類纂》之前是分立的，詩文集序成立於漢代，興盛於唐宋；〔註 70〕題跋在南宋呂祖謙《宋文鑑》始獨立，〔註 71〕成為宋代新興文體。歐陽脩「雜題跋」二十七首，可以說是首位標舉「題跋」者，開啟宋代題跋文的先河；而蘇洵、曾鞏、王安石、蘇轍等人零星題跋文多半歸入「雜著」、「雜文」類，至於蘇軾、黃庭堅因題跋文數量大，乃獨立成類，雖然如此，山谷仍有少數題跋文歸入「雜著」類，如〈書倦殼軒詩後〉非品評「倦殼軒詩」，而是藻鑒人物，言潘大臨（邠老）、二何、洪氏四甥、徐俯、潘子真「九人者，皆可望以名世，予猶能閱世二十年，嘗見服周穆之箱絕塵萬里矣」，〔註 72〕賞愛此九子為儁異之士，預見他們日後聞名於世。又題跋文為「簡編之後語」，即載體前後之文字，〔註 73〕然〈書生以扇乞書〉雖以「書某」製題，卻非品評文藝或人物的文字，而是寫下修身處世之格言贈送、期勉對方：

> 治心欲不欺而安靜，治身欲不污而方正。擇師而行其言，如聞父母
> 之命。擇勝己者友，而聞切磋琢磨。有兄之愛，有弟之敬。不能悅
> 親則無本，不求益友則無樂。常傲狠則無救，多眠則無覺。士而有
> 此四物，又焉用學。〔註 74〕

將治心修身、擇師求友、孝悌悅親，勿傲狠多眠的勸戒文字箴銘化、格言化，具警戒性質。又載體消失了，有學者則以為是題跋文的「**變體**」。〔註 75〕至於

〔註 70〕 李珠海指出「文集序的真正流行在於盛唐」，唐代「古文先驅們特別傾心於此體的寫作」，「闡述他們對文章與世教的看法」，《唐代古文家的文體革新研究》，頁 22～23、153。

〔註 71〕 呂祖謙：《宋文鑑》設「題跋」第五十，「雜著」第四十三。

〔註 72〕 《正集》，卷 27，頁 742。

〔註 73〕 徐師曾：〈文體明辨序說〉云：「按題跋者，簡編之後語也。凡經傳子史、詩文圖書之類，前有序引，後有後序，可謂盡矣。其後覽者，或因人之請求，或因感而有得，則復撰詞以綴於末簡，而總謂之題跋。至綜其實則有四焉：一曰題，二曰跋，三曰書某，四曰讀某。夫題者，締也，審締其義也。跋者，本也，因文而見其本也。讀者，因於讀也。題、讀始於唐；跋、書起於宋。曰題跋者，舉類以該之也。」《文體序說三種》，頁 92。

〔註 74〕 《外集》，卷 24，頁 1432。

〔註 75〕 參見朱迎平：〈宋代題跋文的勃興及其文化意蘊〉中云：「題跋文的正體應有原始載體，或書畫，或載籍，而其文題之於後，其變體則包括一些獨立撰寫的讀書短札」，《宋文論稿》（上海：財經大學出版社，2003 年），頁 4～5。

〈雜書〉四則內容駁雜，或云「人材風鑒」，或考辨訓釋，或品評書體等等，
[註76] 與前述〈雜論〉內容相近。題跋文原本就是從「雜文」中獨立出來的，
兩者界限在早期較難區分，但仍可以看出山谷對題跋文之開拓。

在序體下，唐人興起「贈序」文書寫，在韓愈、柳宗元手中極盡變化，
質量俱佳；宋人則在古代命名取字的文化傳統上開闢「字序」，[註77] 由古文
家柳開、穆修等人開啟書寫風氣，逐漸蔚為風潮。至清代姚鼐《古文辭類纂》
「贈序」才獨立成體，並將「字序」併入其下，以為兩者皆具「致敬愛、陳
忠告之誼」。[註78] 贈序文是從「詩序」演變而來，興起於唐代，姚鼐所以將
其標舉出來，以為具「君子贈人以言」之意，與序跋性質不同。北宋古文大
家贈序文銳減，[註79] 黃庭堅也不例外，在其內集中僅有〈送徐德郊〉一篇，
置於「雜著」類。該文以治政大要「簡靜平易」送行、勉勵游宦友人，符合
「贈序」原意；不過文後尚提及當地佳士崔彥直，建議德郊以公事拜訪之，
山谷幾乎可想見平日「不游諸公」的彥直「若知德郊自雙井來，當掃逕相迎」，
[註80] 熱情迎接之，流露士人輕權勢、重情義的一面，令人動容。

至於黃庭堅「字序」（字說）多達五十餘篇，[註81] 遠遠超過之前歐陽
脩等宋文六大家。[註82] 除了三蘇因避「蘇序」諱，稱「字說」，或歸於「雜
文」，或放置「說」體外，大多因篇數少置於「序」體下；而山谷「字序」

[註76] 《外集》，卷 24，頁 1429。
[註77] 葉國良：〈冠笄之禮的演變與字說興衰的關係——兼論文體興衰的原因〉一文
　　　指出宋人字說的書寫轉化、取代古代冠笄之禮的取字儀式。《臺大中文學報》
　　　第 12 期（2000 年 5 月），頁 1～22。
[註78] 見〔清〕姚鼐著，吳孟復、蔣立甫主編：《古文辭類纂評注》（合肥：安徽教
　　　育出版社，2004 年）序文。
[註79] 唐宋八大家現存贈序文篇數如下：韓愈 32 篇、柳宗元 47 篇、歐陽脩 16 篇、
　　　曾鞏 11 篇、王安石 7 篇、蘇軾 7 篇、蘇轍 0 篇。
[註80] 《外集》，卷 24，頁 1432。
[註81] 《豫章黃先生文集》叢刊本、嘉靖本皆作「字序」；今人劉琳、李勇先、王蓉
　　　貴校點《黃庭堅全集》則多作「字說」，亦有「字訓」、「字詞」等。
[註82] 歐陽脩有〈鄭荀改名序〉、〈章望之字序〉、〈張應之字序〉、〈尹源字子漸序〉、
　　　〈胡寅字序〉五篇，其中一篇是改名序。曾鞏〈王無咎字序〉、〈謝司理字
　　　序〉兩篇，王安石僅有一篇〈石仲卿字序〉。蘇洵有〈仲兄字文甫說〉、〈名
　　　二子說〉，其中一篇是名說，避父「蘇序」諱改稱說；蘇軾作〈講田友直字
　　　序〉（與黃庭堅重出，究竟誰作，待考）、〈江子靜字序〉、〈文與可字說〉、〈楊
　　　薦字說〉、〈文驥字說〉、〈張厚之忠甫字說〉、〈趙德麟字說〉七篇，蘇轍僅
　　　作〈六孫名字說〉。

數量多，文集中已單獨列出。但出現在「雜著」中仍有九篇，這九篇不以「字序」命名，有「字說」、「字詞」、「對問」等各種名稱，作法也有特殊之處。如〈李攄字說〉，山谷取字「安詩」，以釋經手法說「名」解「字」，闡釋《詩經・綠衣》四章之意旨；〈全璧字說〉中，山谷爲「全璧」取字曰「天粹」，以儒家「孝之粹」、「忠之粹」、「和之粹」、「清之粹」期許全璧「琢磨以成器」；〔註83〕文中竟連用虞舜、曾參之孝友事親，傅說、魏徵之勸諫君王，季札、曹子臧讓國，柳下惠與鄉人相處和樂等七個典故，作爲孝、忠、和、清之典範，以數典用事手法詮釋「天粹」之內涵。至於〈覺民對問〉乃融合設問體，黃庭堅爲弟仲堪取字「覺民」，兩人多次往返辯難，山谷先以古人自任「吾天民之先覺者也，吾將以此道覺斯民也」來期勉其弟，覺民乃問之曰：「我始於何治，而可以比於先民之覺？」山谷並未立即回答，卻分別以善琴、善篆設譬，依次反問覺民「何自而手與弦俱和？」「何自而手與筆俱正？」覺民回應「心和而已」、「心正而已」，山谷又反問「然則求自比於先民之覺，獨不始於治心乎？」至此覺民似乎恍然大悟，另舉《詩經》云「思無邪，思馬斯徂」爲證，即無思，思慮不存於心，思馬而馬應，〔註84〕山谷所謂「治心」即保持吾心自性之虛靜清明，以應萬物。其他有以「祝詞」爲名，可以說承《儀禮》中「字辭」祝福期勉之意而來，且以韻語爲之，如〈晁深道祝詞〉有二十四句，〈徐氏二子祝詞〉更是長達七十三句，〔註85〕彷彿一首雜言詩。由上述可知，山谷開闢宋代「字序」新穎書寫形式，更富有文學趣味。〔註86〕

（三）與記體之互涉

記體始成立於唐代，〔註87〕在韓、柳古文家手中成爲重要的文學體裁，

〔註83〕以上兩篇字說分別見於《外集》卷24、《正集》卷24，頁1424、633。

〔註84〕《正集》，卷24，頁632。

〔註85〕以上兩篇見於《正集》，卷24，頁634～635。

〔註86〕參見拙作：〈領略古法生新奇——黃庭堅「字說」書寫的文化新意〉，《國文學報》第10期（2009年6月），頁49～66。文中論述山谷字序、字說等篇章說「名」解「字」的各種修辭手法。

〔註87〕明人徐師曾考察記體的淵源流變：「〈禹貢〉、〈顧命〉，乃記之祖，而記之名，則昉於〈戴記〉、〈學記〉諸篇。厥後揚雄作〈蜀記〉，而《文選》不列其類，劉勰不著其說，則知漢、魏以前，作者尚少；其盛自唐始也。」《文體序説三種》，頁103。徐氏指出「記」體源於先秦的《尚書》、《禮記》，不過漢、魏以前作者甚少，南朝蕭統《文選》、劉勰《文心雕龍》中尚未立「記」體一類，

宋人更是極盡記體千變萬化的面貌。〔註88〕清人姚鼐《古文辭類纂》十三類文體，其中「雜記類」曰：「記所紀大小事殊，取義各異」，今人褚斌杰即云：「古人將以『記』名篇的文章稱為『雜記文』」，〔註89〕「雜記」一名呈顯古代記體內容的駁雜性。從上表中可知王安石、蘇軾具「記體」性質的「雜著」，以記人、記物為主，隨事命名，如王安石〈傷仲永〉具諷喻性質，強調後天學習，〈相鶴經〉言鶴具仙道之質；〔註90〕蘇軾中年以後鑽研養生、佛理頗有心得，其〈東坡酒經〉乃詳細紀錄釀酒過程，〈怪石供〉、〈後怪石供〉前言怪石，後述佛理。〔註91〕至於蘇轍以「記」為名的「雜文」，乃論畫、記詩與記人，與《欒城集》中標明「記」體的文章內容明顯不同。〔註92〕

　　至於黃庭堅〈書萍鄉縣廳壁〉，鑴於官府廳壁，但與唐代公領域的「廳壁記」頌美或官箴性質不同，〔註93〕乃具有濃厚的抒情性。文中先敘兄弟萬里離別之情，其次設對話，山谷入宜春之境，聞士大夫言其兄元明治政「慈仁太過，不用威猛耳」，元明自認如漢宣帝時循吏龔遂「不威不猛」，山谷頗認同，乃作此文，書於屏間，亦「以慰別後懷思」，雖言及治政，卻融合私人離情；又以「書某」製題，後人歸入「題跋」文。〔註94〕另〈黔南道中行記〉，山谷於貶謫途中，與親友尋三遊洞，文中詳細紀錄三天早晚的遊程，具有遊記性質。然不同於前人遊記或藉山水抒發憂憤，寄託深沉的身世之感；或理

自唐代開始大量創作記體文。

〔註88〕〔宋〕葉適云：「而『記』，雖（韓）愈與（柳）宗元，猶未能擅所長也：至歐、曾、王、蘇始盡其變態。」〈皇朝文鑑三〉，《習學記言序目》，收入王水照編：《歷代文話》，第 2 冊，頁 279。

〔註89〕姚鼐云：「雜記類者，亦碑文之屬。碑主於稱頌功德，記則所紀大小事殊，取義各異，故有作序與銘詩全用碑文體者，又有為紀事而不以刻石者。」《古文辭類纂評注》序文，頁 17。指出雜記與碑體之異同。至於褚斌杰則云「所謂雜記文，也包括著有些文章不易歸屬，不得已而獨成一類的意思」，「從現存的 "記" 文來看，有的記人，有的記事，有的記山水風景：有的尚敘述，有的尚議論，有的尚抒情，有的尚描寫，是非常複雜多樣的」，指出現存記體內容駁雜。《中國古代文體概論》第十一章第二節，頁 352～353。

〔註90〕《王荊公文集箋注》，頁 1144、1176。

〔註91〕《蘇軾文集》，卷 64，頁 1985～1987。

〔註92〕《欒城集》中收錄 18 篇記體文，以私人建物記、佛教祠宇記、廳壁記、學記等為主。

〔註93〕可參見何寄澎：〈唐文新變論稿（1）——記體的成立與開展〉，《臺大中文學報》第 28 期（2008 年 6 月）。文中對唐代公領域的廳壁記有深入論述。

〔註94〕《黃庭堅全集》，將該文置於「題跋類」，《正集》，卷 27，頁 745。

性觀照自然，大發議論，富有哲理。〔註95〕山谷游記則以「行記」名之，不雜議論，採用記體「敘事識物」手法，〔註96〕除了刻劃三游洞自然景觀外，更富有人文氣息，如記述與友人在黃牛峽附近同觀歐公、子瞻的詩文，於鹿角灘的亂石間飲酒、彈琴：

> 堯夫「坐石據琴」，其子大方侍側，蕭然在事物之外，元明呼酒酌，
> 堯夫隨槃石爲几案牀座。夜闌，乃見北斗在天中，堯夫爲《履霜》、
> 《烈女》之曲。已而風激濤波，灘聲洶湧，大方抱琴而歸。〔註97〕

同遊三山尉辛紘（堯夫）夜深彈琴，與風濤、灘聲相應，琴曲〈履霜〉、〈烈女〉透露名士的高節雅興；及文後試茶、煮茗及品茗，皆表現文人的閒情意趣。

而設題別有新意的〈封植蘭蕙手約〉則爲一篇記物之文，記述「清深軒」外清幽之景致：

> 東西窗外封植蘭蕙，西蕙而東蘭，名之曰清深軒。涉冬既寒，封塞
> 窗戶，久而自隙間視之，鬱鬱青青矣。乃知清潔邃深，自得於無人
> 之境，有幽人之操也。〔註98〕

其立意甚奇，取徑狹小，竟從寒冬封塞窗戶之間隙窺見窗外青翠的蘭、蕙，藉蘭蕙比喻士人高潔自得之節操，體現宋詩之特色。〔註99〕

綜合上述，可知山谷雜著篇章相對於論說、序跋、記體而言，多半以文人心性涵養、品味文藝、生活意趣爲主，雖甚少涉及時政，依然實踐人倫日用的儒道，體現唐宋「古文」的核心價值，〔註100〕但不講究文章布置，以隨

〔註95〕　參見梅新林、俞樟華：《中國游記文學史》（上海：學林出版社，2004 年）第三、四章提出唐代「詩人遊記」及宋代「哲人遊記」，頁 107～115，121～125。

〔註96〕　〔明〕陳懋仁云：「記者，所以敘事識物，以備不忘，非專尚議論者也。」《文章緣起注》，收入於《文體序說三種》，頁 22。

〔註97〕　《正集》，卷 16，頁 439。

〔註98〕　《別集》，卷 11，頁 1692。

〔註99〕　可參見繆鉞云：「宋詩以意勝，故精能，而貴深折透闢」，「宋詩運思造境，鍊句琢字，皆剝去數層，透過數層。貴『奇』，故凡落想落筆，爲人人意中所能有能到者，忌不用，必出人意表，崛峭破空，不從人間來。」指出宋詩長處及取徑，〈論宋詩〉，《詩詞散論》（臺北：臺灣開明書局，1966 年），頁 16～32。山谷〈封植蘭蕙手約〉可以說運用宋詩的寫作手法。

〔註100〕　柯慶明以韓愈〈原道〉、柳宗元〈封建論〉爲例，論述「唐代古文的基本美學風格：以百姓日用的經驗來闡發人倫心性的旨趣」。〈從韓柳文論唐代古文運動的美學意義〉，《中國文學的美感》（石家莊：河北教育出版社，2001 年），頁 312～335。

筆雜錄的筆記體、文字精煉的格言體為主。

五、山谷「雜著」與其他體類之互涉

　　山谷其他與傳、誡、銘、哀辭等互涉之「雜著」篇章，在現存山谷文集中，因銘文數量多，立有銘體，唯有座右銘置於「雜著」類；至於傳、誡、哀辭等文僅有一、兩篇，亦收錄在「雜著」類，本文一併探討之。首先，傳體文字在唐代韓、柳等古文家手上，得到高度發展，不但為小人物立傳，還為器物立傳，以批判社會，或寄託個人情志。宋代蘇軾更變本加厲，喜為植物、動物立傳，頗有遊戲筆墨之諧趣。〔註101〕而黃庭堅文集中的傳文僅有〈董隱子傳〉一篇，置於「雜著」類，記述奇人董隱子「狂而不悖」之行徑，可以說繼承二蘇而來，蘇軾〈牽子廉傳〉、蘇轍〈丐者趙生傳〉皆述奇人異事，塑造奇士脫略形跡、超逸不俗的形象，深知狂人奇士不能以常人視之，或身懷絕技，或是有道者，流露其對奇士之賞愛。〔註102〕又蘇轍〈巢谷傳〉娓娓道出狂者巢谷重道義輕勢利，不遠千里探視貶謫海南之蘇軾，高齡七十三的巢谷不幸死於途中，對朋友之情深義重，令人動容。〔註103〕至於山谷則以第三人稱敘述董子「隱於乞人」之中，「視眾人所嚴如涕唾，人以世俗所重利要之，不滿一笑也」，不屑世俗利益，一笑置之。唯有劉格（道純）知其不凡，乃以禮待之，董隱子為道純醫治癒疱瘡後，臨別贈言「冶金鑄銀，奔馬即死禍」，即不知去蹤，〔註104〕亦強調道純與董子的知交情義，與子由不同在於篇幅短小，不重章法結構，以第三人稱手法敘述，較像一則隨筆雜錄的筆記小說。

　　黃庭堅長於詩歌，用韻之古文如箴銘、贊頌、哀祭等，創作豐富。其中山谷銘文高達 106 篇，又以居室銘、器物銘（硯銘）最多，其內涵離不開心

〔註101〕參見何寄澎云：「就傳人一類而言，固法史遷而有歐陽沾溉，又承志怪、傳奇，特富神異迷離之趣；就傳物一類而言，悉效韓愈而變本加厲，亦可為極遊戲戲謔之能事。」指出蘇軾傳人與傳物文章之特色。〈風神、遊戲與傳奇──小論東坡的傳記文〉，《典範的遞承──中國古典詩文論叢》（臺北：文史哲出版社，2002 年），頁 166。

〔註102〕蘇軾云：「士中有所挾，雖小技，不輕出也，況至人乎！識至人者，豈易得哉！王公非得道，不能知寧牛之異也。」《蘇軾文集》，卷 13，頁 421～422。另蘇轍亦曰：「予聞有道者惡人知之，多以惡言穢行自晦，然亦不能盡掩，故德順時見於外。」以為狂人奇士或是有道者。《蘇轍集‧欒城集》，卷 25，頁 425～426。

〔註103〕《蘇轍集‧欒城後集》，卷 24，頁 1139～1140。

〔註104〕《正集》，卷 20，頁 518。

性涵養、修身處世之道，具「座右銘」警戒之意，由於多半爲他人題寫，當以師友切磋共勉爲目的，如〈李商老殖齋銘〉云：「以心爲田，我耒耕之。慈祥弟友，種而茂之。忠信不貪，苗而立之。敦厚敬恭，水而耰之。師友琢磨，籽而蓲之。」以心爲根本，培養「慈祥弟友」、「忠信不貪」、「敦厚敬恭」品德，再加以「師友琢磨」，向來爲山谷所主張修身之道。又如〈歐陽元老研銘〉亦云：「其堅也，似立義不易；其潤也，似飲人以德。」以硯之堅、潤比附君子義、德。〔註105〕唯一以「座右銘」命名篇章則置於「雜著」之中，蕭統《文選》錄東漢崔瑗〈座右銘〉，引起仿效之風，如云「無道人之短，無說己之長」，「愼言節飲食，知足勝不祥」；〔註106〕唐人白居易〈續座右銘〉亦以五言韻語，述修養處世之道，曰「修外以及內，靜養和與眞。養內不遺外，動率義與仁」，〔註107〕由崔氏二十句，鋪陳至三十句，文詞樸實無華。至於山谷〈坐右銘〉僅有四句：

　　臧否人物，不如默之知人也深。出門求益，不如窗下之學林。〔註108〕

凝鍊工整，彷彿一幅對聯，具修辭之美。另山谷「雜著」中尚有兩篇誡文，戒體起源甚早，如漢東方朔〈戒子〉，杜篤作〈女戒〉，後世因襲之，寫給子孫以警戒的文字逐漸流行起來。〔註109〕唐代柳宗元〈三戒〉，以寓言爲之，可謂戒之變體。〔註110〕山谷誡文一則散文體，即〈戒讀書〉云「四民皆當世業，士大夫家子弟能知忠信孝友斯可矣，然不可令讀書種子斷絕。有才氣者出，便當名世矣」，以家常口吻勸戒士子以「忠信孝友」爲根本及持之有恆的讀書習慣。一則韻文體，如〈子弟誡〉：「吉蠲筆墨，如澡身治德。揩拭几研，如改過遷善。敗筆浼墨，瘝子弟職。書几書研，自黥其面。惟弟惟子，臨深戰戰。」〔註111〕告誡子弟修養心性從最基本文房筆墨做起，運用譬喻、排比修辭，凝鍊工整，亦富有修辭之美。

　　至於哀辭，《文心雕龍·哀弔》曰「哀者，依也。悲實依心，故曰哀也。

〔註105〕以上二銘見於《正集》，卷21，頁533、553。
〔註106〕《文選》（臺北：藝文印書館，1989年），卷56，頁785。
〔註107〕白居易著，顧學頡校點：《白居易集》（北京：中華書局，1985年），卷39，頁879。
〔註108〕《外集》，卷24，頁1427。
〔註109〕李珠海：《唐代古文家的文體革新研究》第二章〈先秦兩漢文體之沿革〉，頁31。
〔註110〕這三戒分別是〈臨江之麋〉、〈黔之驢〉、〈永某氏之鼠〉，《柳宗元集》（臺北：華正書局，1990年），卷19，頁533～535。
〔註111〕以上兩篇戒文，分別見於《別集》、《外集》，卷11、24，頁1683、1431。

以辭遣哀，蓋不淚之悼，故不在黃髮，必施夭昏」，「苗而不秀，自古斯慟」，
〔註112〕哀辭原用於哀悼早夭的人，後亦用於成年人。唐宋古文家作「哀辭」，
除了韻語外，之前多半有序文，如韓愈〈歐陽詹哀辭〉除了敘述與自己相交
相知之情誼，且哀摯友「不得其位而死」，「又懼其泯滅於後也」，〔註113〕而在
文中詳述其生前為人、德行，欲藉此文使其不朽，其實韓愈哀悼摯友，亦表
現對自己目前的焦慮，憂心壯志未酬，序文本身即是一篇至情至性的古文。
曾鞏的三首哀辭亦有序文，其中兩首為早卒士人吳太初、王君俞所作，述其
為人及彼此交誼；另一首較特殊，為蘇軾、蘇轍兄弟悲父親蘇洵生前志向未
竟，請曾鞏作之，序文中彰顯蘇洵的文學成就及志向，如云「其指事析理，
引物託喻，侈能盡之約，遠能見之近，大能使之微，小能使之著，煩能不亂，
肆能不流」，「頗喜言兵，慨然有志於功名者也」，〔註114〕中肯指出大蘇文之特
色，足於垂世。至於蘇軾則有五篇「哀詞」，其中兩篇未有序文，〈李仲蒙哀
詞〉、〈鍾子翼哀詞〉則為先父之好友所作，述其為人及器識。而〈王大年哀
詞〉中道出知交大年「功成不居」的個性，又「博學精練，書無所不通」，當
先帝欲用之時，卻以病卒；文中尚提及大年啟發自己對佛書的喜愛，影響子
瞻一生甚深。〔註115〕從上述可知，唐宋古文家的「哀辭」（哀詞）表現自古以
來士不遇的共同慨歎。至於黃庭堅僅有一篇〈張翔父哀詞〉，在序文中交代與
隱士翔父相識結交的經過，山谷於元豐三年十月舟次泉下，兩人相識如故，「槃
礴泉上」，且命名「靈龜泉」，撰「銘」文刻於石上；山谷尚請人「蒔梅百本」，
流露二人共通的高潔心志。然兩年後，翔父竟過世，山谷乃作哀詞悼知己，
以楚辭體為之，彰顯翔父隱逸之志，所謂「白璧黃金」，「藝蘭九畹」，並交待
翔父之甥鑱「哀詞」於靈龜泉上，「以圖不朽」。〔註116〕與前人不同之處，在
於山谷並非悲士之不遇，反而更彰顯士人隱逸的人生價值。

　　此外，山谷〈跛奚移文〉頗為後人所稱揚，〔註117〕該文以「移」體為之，
《文心雕龍・檄移》：「移者，易也。移風易俗，令往而民隨者也」，〔註118〕

〔註112〕《文心雕龍注》，卷3，頁239。
〔註113〕《韓昌黎文集校注》，頁176。
〔註114〕《曾鞏集》，卷41，頁560～564。
〔註115〕《蘇軾文集》，卷63，頁1963～1966。
〔註116〕《正集》，卷24，頁1421。
〔註117〕李淦云「他文愈小者愈工，如《跛奚移文》之類」，《文章精義》，頁1181。
〔註118〕《文心雕龍注》，頁379。

原使用於公領域，而六朝孔稚圭〈北山移文〉乃「以風物刻畫之工，佐人事譏諷之切」，〔註119〕充滿文學趣味。不過唐宋古文大家鮮少作之，黃庭堅則藉移體諄諄教誨私人奴婢，「跛奚」爲山谷女婿家中的奴婢，因「主人不悅，廚人罵怒」，山谷乃作此文親自教導跛奚家務勞動，如曰「食了滌器，三正三反。扻拭蠲潔，寢匙覆垸」。〔註120〕該文以四言韻語爲主，夾雜散句，屬賦體雜文，亦莊亦諧，頗富文學趣味。而作者以仁心待奴婢，引起他人質疑，前述〈解疑〉即應答此篇之作。又擅長辭賦的黃庭堅嘗作「引連珠」一文，而「連珠」體，《文選》錄陸機〈演連珠〉五十首，劉勰則置於「雜文」篇討論，《文苑英華》、《宋文鑑》雖立「連珠」一體，然古文大家幾乎不作，元代以後文選亦少見該體，可見連珠體的式微。吳訥指出「連珠」體特徵在於「其辭麗，其言約，不直指事物，必假物陳義以達其旨，有合古詩風興之義」，以四六文爲之。〔註121〕山谷〈引連珠〉仿「臣聞…是以」句式，鋪排七首，以駢體爲主，但靈活自由，如第四首云：

> 臣聞人主治國，在制法，在擇相。法不法，在易相。相非人，下陵
> 上。是以仲尼用魯，不使飲羊以誣民；趙高事秦，至於指鹿而欺君。

言君主治國要道在於「制法」、「擇相」，其中穿插三言句，或以虛字斡旋，而無駢體板滯之弊。或善於巧喻如「臣聞千里運糧，非一牛之力；梓慶成鐻，非一削之功。是以賤能則智者困，欲速則巧者窮」，〔註122〕富人生哲理，令人深省。

　　以上雜著篇章除了銘文外，其他傳、戒、哀辭、移、連珠等皆是黃庭堅文集中少數體裁之文，山谷或於式微文體如移、連珠中翻新，或在唐宋古文家創新的傳文、哀辭，賦予某些新意，或以詩賦爲文，具修辭之美感，「蘊藉有理趣」。〔註123〕

六、結　論

　　本文從「雜著」來考察黃庭堅的「古文」創作，「雜著」名稱出現於唐代古文家文集裡，其往往突破文體窠臼，體現唐代古文運動的文體革新意義。「雜

〔註119〕錢鍾書：《管錐篇》（北京：中華書局，1986年），第4冊，頁1346。
〔註120〕《正集》，卷29，頁778。
〔註121〕《文體序說三種》，頁68。
〔註122〕《別集》，卷11，頁1680。
〔註123〕同前註14，引自明人何良俊之語。

著」至南宋呂祖謙《宋文鑑》獨立成體，從此歷代文選幾乎皆立之，收錄正規、主流文體外的文章，其中「隨事命名，不落體格」是「雜著」主要的文體特徵。至於「雜文」與「雜著」內涵相近，但「雜文」用法較廣泛，或具賦體性質，或指私領域的文章，或具議論性質的「雜說」篇章等等。

　　本文以《古文辭類纂》的體類爲基準，觀察北宋古文大家歐陽脩、王安石、蘇軾及蘇轍，和黃庭堅「雜著」（雜文）與相關體類的互涉，發現山谷「雜著」篇章不但較其他古文大家多，其內容與形式亦有所差異。山谷古文雖傳承歐陽脩、蘇軾「文與道俱」的創作理念，〔註124〕以儒家之道爲根本，實踐唐宋古文「道」在日用倫常間的核心價值；然而卻鮮少涉及時政社會，而以文人修身處世、生活意趣爲主要內容，不同於晚唐具諷諭性質、憤世刺世的雜文。〔註125〕其次，篇幅短小，不講究文章佈置，以隨筆雜錄的筆記體、凝煉工整的格言體爲主。筆記之體肇始於魏晉，宋明以後最爲繁富，宋代筆記文相當發達，應與古文運動對散文文體的解放有關，〔註126〕北宋古文大家歐陽脩撰有《歸田錄》，自序云「朝廷之遺事，史官之所不記，與夫士大夫笑談之餘而可錄者，錄之以備閒居之覽也」；〔註127〕蘇轍《龍坡略志》、《龍坡別志》亦自云晚年閑居追憶往昔之作，二書內容多涉及時政。〔註128〕然蘇軾《東坡志林》乃後人所輯，「或名臣勳業，或地里方域，或夢幻幽怪，或神仙伎術，片語單詞，諧謔縱浪，無不畢俱」，雖亦談及朝廷之事，更表現個人「自適其適」性情。〔註129〕山谷隨筆雜錄的篇章可以說承東坡筆記文而來，其以論、說設題，以記人、事、物爲主的雜文，多以筆記形式呈現，品評文藝、文房筆硯、考辨文字、奇人異事、彈琴品茗等等，內容廣泛，隨筆而書，流露文人的性情風度。

　　至於山谷格言體文章，可以說將修身處世心得箴銘化，其文辭精煉工整，

〔註124〕蘇軾云：「公曰子來，實獲我心。我所謂文，必與道俱。見利而遷，則非我徒。」〈祭歐陽文忠公夫人文〉，《蘇軾文集》，卷63，頁1956。元祐六年，子瞻在祭歐公夫人文中回憶往日與歐公「師友之義」、及「文與道俱」的理念。

〔註125〕參見呂武志：《唐末五代散文研究》（臺北：臺灣學生書局，1989年）第五章第三節〈作品諷諭精神之發揚〉，頁253～268。

〔註126〕參見褚彬杰：《中國古代文體概論》第十二章「筆記文」，頁462～467。

〔註127〕歐陽脩著，李偉國點校：《歸田錄》（北京：中華書局，1997年）自序，頁3。

〔註128〕蘇轍著，余宗憲點校：《龍坡別志、龍坡略志》（北京：中華書局，1997年）引文，頁3。

〔註129〕蘇軾著，王松齡點校：《東坡志林》（北京：中華書局，1997年），明人趙用賢〈刻東坡先生志林小序〉，頁1。

具修辭美感，爲詩化的語言，但又相當生活化，以提供世人參酌；山谷所開創此種「大言小語」風格，對晚明「清言小品」、「處世小品」應具有一定影響。〔註130〕總而言之，我們從山谷「雜著」篇章觀察到黃庭堅「古文」的文體轉變，可以說從高文大冊的「古文」走向小文小說的「小品」，〔註131〕明人將山谷與東坡小文章，併稱「蘇黃小品」，因此，我們可理解黃庭堅散文所以在南宋、晚明呈現褒貶不一的原因，〔註132〕但亦不能忽略山谷「古文」文體轉變的文學史意義。

〔註130〕 曹淑娟云「將處世心的轉化成原則性的條文，提供世人參酌，這類文字並無固定名稱，或稱清言，……」，「陳萬益、周志文總稱爲『清言』，鄭志明則稱爲『處世小品』。《晚明性靈小品研究》（臺北：文津出版社，1988 年）第五章第一節，頁 207。

〔註131〕 〔明〕袁中道云：「今東坡之可愛者，多其小文小說；其高文大冊，人固不深愛也。」將應制經濟的「高文大冊」與抒發性情「小文小說」相對。〈答蔡觀察元履〉，《珂雪齋前集》（臺北：偉文圖書出版社，1976 年），卷 23，頁 2297。葉適云「韓愈以來，相承以碑誌序記爲文章家大典冊」，同前註88。唐宋「古文」爲載道、明道之文，講求經世致用，具「高文大冊」性質。

〔註132〕 參見前註 13、14、15，山谷散文以「小品」見長，與一般宋人議論大文難以相提並論。

第六篇　黃山谷散文的「小品」特質
——兼論其文學史意義

一、前　言

　　黃庭堅（1045～1105）為宋代江西詩派的領袖，其散文成就向來為人所忽視，不過近年來已有學者開始留意，並統計山谷散文總篇章多達兩千八百篇左右，以為在宋人散文創作中，僅次於蘇軾（1037～1101）。〔註1〕就山谷散文體裁而言，有賦、序、記、書簡、論、表狀、傳、策、碑、銘、贊、頌、字說、題跋、雜著、祭文、墓表等近二十種，與蘇軾等宋人最大不同之處在於很少出現策論奏議等的廟堂文字，其中策問、論體各只有3篇；然書簡1200篇左右、題跋 600 餘篇，卻佔了三分之二；且又多半篇幅短小，可以說罕見「高文大冊」，多是「小文小說」。〔註2〕

　　山谷師友蘇軾、秦觀（1049～1100）、晁補之（1053～1110）等人對山谷詩文一并推崇，稱其「格韻高絕」、「文章高古」、「致思高遠」，〔註3〕不過後

〔註1〕　參考大陸學者楊慶存根據劉琳、李勇先、王蓉貴點校：《黃庭堅全集》（成都：四川大學出版社，2001 年）所做出的統計，他且指出「是其現存詩歌總量（1900多首）的 1.5 倍，這個數字雖然比不上蘇軾傳世的散文總量（4349 篇），但卻比唐宋八大家的其他七家都多得多」，《黃庭堅與宋代文化》（開封：河南出版社，2002 年）第九章〈山谷散文及其人文精神〉中，頁 240。
〔註2〕　袁中道〈答蔡觀察元履〉云：「今東坡之可愛者，多其小文小說：其高文大冊，人固不深愛也。」將應制經濟的「高文大冊」與抒發性情「小文小說」相對。《珂雪齋前集》（臺北：偉文圖書出版社，1976 年），卷 23，頁 2297。
〔註3〕　蘇軾〈書魯直詩後〉云：「魯直詩文如蟬蛻江瑤柱，格韻高絕，盤飧盡廢。」

人對黃庭堅散文卻評價兩極，如南宋人對山谷詩、文分論，陳善云「黃魯直短於散語」，朱熹曰「山谷好說文章，臨作文時，又氣餒了」，羅大經則言「山谷詩騷妙天下，而散文頗覺瑣碎侷促」；〔註4〕篇幅短小是山谷散文最明顯的特徵，且山谷自認「議論文字」不如秦觀、晁補之、張耒（1054～1114）及陳師道（1053～1102），〔註5〕的確山谷小文章與宋人議論大文難以相提並論，或許如此，而爲南宋文人所訾議。然明人如何良俊（1506～？）、張有德卻稱讚山谷之文「蘊藉有理趣」、「大言小語，韻致特超」等等；〔註6〕到了明朝萬曆（1573～1619）以後文學趣味發生變化，興起「獨抒性靈，不拘格套」的小品風氣，重視小文章，山谷散文也因此受到推崇。

　　由上述可知，山谷散文與晚明「小品」似乎具有某些相通之處，不過目前文學史（散文史）多半僅論及北宋蘇軾、南宋江湖文派爲晚明小品的先驅，〔註7〕鮮少提及黃庭堅散文「小品」的成就及影響。在宋代黃庭堅與蘇軾并稱「蘇黃」，但多以詩歌成就言之；〔註8〕明人合刻《蘇黃小品》、《蘇黃尺牘》

《蘇軾文集》（北京：中華書局，1992年），卷67，頁2122；秦觀〈與李德叟簡〉云：「文章高古，邈然有二漢之風，今時交游中以文墨自業者，未見其比。」《淮海集箋注》（上海：上海古籍出版社，2000年），卷30，頁1005。晁補之〈書魯直題高求父揚清亭詩後〉云：「魯直於治心養氣，能爲人所不爲，故用於讀書、爲文字，致思高遠，亦似其爲人。」見曾棗莊、劉琳主編：《全宋文》（上海：上海辭書出版社，2006年），卷2723，頁138。

〔註4〕 引自陳善：《捫虱新話》（臺北：藝文印書館，《百部叢書集成》），《朱子語類》（北京：中華書局，1988年），卷140，頁3334；羅大經：《鶴林玉露》（臺北：正中書局，1969年），卷14「文章有體」。

〔註5〕 〈與秦少章觀書〉：「庭堅心醉於詩與《楚詞》，似若有得，然終在古人後。至於議論文字，今日乃當付之少游及晁、張、無己。」《黃庭堅全集・正集》（以下簡稱《正集》，其他尚有《外集》、《別集》、《續集》、《補遺》，皆簡稱之），卷19，頁483。

〔註6〕 何良俊：《四友齋叢說》（臺北：藝文印書館，《百部叢書集成》），卷23：「山谷之文，只是蘊藉有理趣，但小文章甚佳。」頁8。張有德：〈宋黃太史公集選序〉：「魯直文故稍遜子瞻，而清舉拔俗，亦自疊疊。書尺題贊，大言小語，韻致特超。」《宋黃太史公集選》（明萬曆27年崔氏大梁刊本），卷首。

〔註7〕 如馬茂軍：《宋代散文史論》（北京：中華書局，2008年）第二章第二節中云：「蘇軾的遊記、書札、序跋和雜文，抒寫襟抱性情，充分體現了自由表達與自由抒寫的特點，是晚明小品文的先導。」頁56。又第四章第二節論及江湖小品云：「把廟堂體改造成江湖體，實現了散文從集體話語到個人話語，從理性之文到抒情之文的轉型，實爲晚明小品鼎盛之先驅。」頁247。書中完全未提及黃庭堅的散文成就。

〔註8〕 〔宋〕晁說之《嵩山文集・題魯直嘗新柑帖》中云：「元祐末，有『蘇黃』

等，〔註9〕則以散文爲主，透露山谷的小文章對晚明「小品」的影響。因此，本文嘗試以晚明「小品」特質來檢視黃庭堅散文，藉此重新觀照從唐宋「古文」到晚明「小品」，山谷散文的意義與地位。

二、體裁多樣化

晚明所謂「小品」乃與應制經濟的「大文」相對，以抒發性情爲原則，以追求趣韻爲目的，而不限制文類。〔註10〕曹淑娟進一步指出「晚明小品之文類是處在一種流動的狀態之中，在舊有的文類名目之下，作者可能嘗試新的形式與內容的結合，而產生相互包容、重疊的現象」，〔註11〕小品具有文類駁雜的特質，這些文類多半是既有的，彼此內容亦有相通、重疊之處。陳少棠亦認爲晚明小品「體裁多樣化」，並綜合各家說法提出遊記（附亭園記）、序跋、尺牘、日記、雜記、傳記及論說等爲「小品」常見的體裁，〔註12〕若以此檢視現存黃庭堅散文，除了傳記僅有一篇外，〔註13〕其他分別論述之。

（一）尺　牘

黃庭堅書牘約1200篇，幾乎佔了山谷散文數量的一半，其中大多是篇幅短小的尺牘。書牘一體源遠流長，從實用轉向文學創作，大致起自東漢建安時代，曹丕、曹植兄弟的書札「辭多嗟嘆，情等詠歌」，超越前人，之後逐漸沒落，直到唐代韓愈再創高峰，錢穆先生以爲「寫情說理，辨事論學，宏纖俱納，歌哭

之稱。」〔宋〕晁說之《嵩山文集・題魯直嘗新柑帖》，見曾棗莊、劉琳主
編：《全宋文》，冊130，頁108。〔宋〕王稱云：「而庭堅於文章尤長於詩，
獨江西君子以庭堅配軾，謂之「蘇黃」云。」《東都事略・文苑傳・黃庭堅》
（臺北：國立中央圖書館，1991年2月），冊4，頁1795～1796。可參見劉
昭明、黃子馨：〈蘇、黃訂交考〉，《文與哲》第11期（2007年12月），頁
263～288。

〔註9〕　《蘇黃小品》，黃嘉惠選，萬曆晚年刊，轉引自陳萬益〈蘇東坡與晚明小品——
　　　　談「小品」詞語的衍生與流行〉，《晚明小品與明季文人生活》（臺北：大安
　　　　出版社，1988年），頁8。《評註蘇黃尺牘合纂》（臺北：學海出版社，1980
　　　　年12月再版）引文：「《蘇黃尺牘》一書，舊題吳郡黃始靜御箋輯，黃氏行事
　　　　無考，觀其箋語，略與屠長卿同時，當爲明萬曆天啓時。」頁3。

〔註10〕　參見前註，陳萬益該文之論述，頁1～35。

〔註11〕　《晚明性靈小品研究》（臺北：文津出版社，1988年），第二章〈晚明人小品
　　　　觀念論析〉，頁43～44。

〔註12〕　《晚明小品論析》（臺北：源流出版社，1982年），第三章〈晚明「小品」的
　　　　類別〉頁22～25，第八章〈晚明「小品」的評價及其成就〉，頁150。

〔註13〕　即〈董隱子傳〉，《正集》，卷20，頁518。

兼存,而後人生之百端萬狀,怪奇尋常之體,盡可容入一短札中,而以隨意抒寫之筆調表出之」,書牘始成為短篇散文中的精妙之作品,雖是舊體亦可以新體視之。〔註14〕而書牘「隨意抒寫之筆調」最適合表達作者性情志趣,尤其尺牘形式更加靈活自由。宋代可以說是尺牘中興時期,名家輩出,〔註15〕如范仲淹、歐陽修、王安石、曾鞏、李之儀等人,其中蘇軾、黃庭堅為箇中翹楚,明人並刊刻《蘇黃尺牘》,文人名士爭讀流傳,且晚明「小品」大家莫不藉尺牘抒發性靈,〔註16〕尺牘可以說是「小品」不可或缺的體裁之一。

在宋代尺牘名家當中,南宋楊萬里卻特別推崇「小簡本朝惟山谷一人」,〔註17〕山谷尺牘多半相通於親友、師友之間,內容豐富,如治學修身、談文論藝、參禪學道、家居生活等等,流露山谷文藝觀、人格風度、生命體悟及生活情趣,文章雋永有味。又山谷喜以短小精煉語言概括士人治學作文、立身處世之道,尺牘中多「理致藥石有用之言」,甚至「箴言」、「格言」化,雋永有味。如云「要以經術為主。經術深邃,則觀史,易知人之賢不肖,遇事得失易以明矣」,指出讀書以經術為先,及觀史的目的,有「治經欲鈎其深,觀史欲融會其事理」兩句箴言。〔註18〕至於「忠信孝友,立則見其參於前,在輿則見其倚於衡」,彰顯忠信孝友為立身之本,如影隨形,讓人謹記在心。其他尚如「精於一則不凝滯於物,鞭其後則無內外之患,胸次寬則不為喜怒所遷,人未信則反聰明而自照」〔註19〕四句修身處世格言,句法整齊,容易記誦,頗適合作為人生之座右銘。

〔註14〕 參見錢穆:〈雜論唐代古文運動〉,《中國學術思想史論叢》(臺北:東大圖書,1978年),頁16～69。

〔註15〕 可參見金傳道:《北宋書信研究》(上海:復旦大學博士論文,2008年),對北宋書信結集做了較全面之考察。

〔註16〕 吳承學:《晚明小品研究》(南京:江蘇出版社,1998年)第九章〈尺牘隨筆〉:「中國古代的尺牘寫作有悠久的歷史,宋代的蘇、黃,更是把尺牘的藝術發展到極致,但到晚明時代卻是尺牘小品最為興盛的時代,除了當時一般的文集都收尺牘之後,晚明還出現大量專收前人或當代文人尺牘一體的文集。」而「晚明的小品作家,大多也都是尺牘作家」,頁303～314。

〔註17〕 引自陳模著、鄭必俊校注:《懷古錄校注》(北京:中華書局,1993)卷下尚云:「今觀《刀筆集》,不特是語言好,多是理致藥石有用之言,他人所以不及。」說明山谷尺牘的長處,頁90。

〔註18〕 《別集》,卷17,頁1832、1870。

〔註19〕 以上兩篇見於〈與洪駒父〉、〈與元勳不伐書〉,《外集》、《別集》卷21、19,頁1365、1898。

又如談文論藝，山谷尺牘、題跋雖然篇幅短小，卻以精煉語言道出影響宋人重大的文藝主張。如黃庭堅雖未像唐人常以書信長篇論文，而著名的點鐵成金、平淡文學觀皆出現在與人尺牘中，所謂「老杜作詩，退之作文，無一字無來處」，「古之能爲文章者，眞能陶冶萬物，雖取古人之陳言入於翰墨，如靈丹一粒。點鐵成金也」。〔註20〕〈與王觀復書〉中云「理得而辭順」，「不凡繩削而自合」，「簡易而大巧出焉，平淡而山高水長」，〔註21〕其他如「詩頌要得出塵拔俗，有遠韻而語平易」，〔註22〕皆道出理想之文境，爲宋人所遵循。

黃庭堅以隨興抒寫的尺牘啓發、引導後輩，或傳授個人經驗，往往因人而異，除了稱美對方優點，亦委婉點出其缺失，勉勵對方。其中治學修身、談文說藝、指導後進可以說是山谷尺牘中最具特色的重要內容。〔註23〕

（二）序　跋

黃庭堅序跋文六百餘篇，其中序文只有十九篇，嚴格說來，詩文集序、題跋應當分別論述，〔註24〕前者成立於漢代，興盛於唐宋；〔註25〕後者則爲宋代新興文體。雖然兩者性質有相似之處的，皆是「對某部著作或某一詩文進行說明的文字」，〔註26〕但其「體制殊別，各成一式」。〔註27〕尤其自歐陽脩《集古錄跋尾》四百餘首、「雜題跋」二十七首，開啓題跋文的先河後，蘇軾、黃庭堅大力開拓使之成熟，使題跋文由學術考辨轉變爲類似隨筆「小品」

〔註20〕　〈答洪駒父書〉，《正集》，卷18，頁475。

〔註21〕　〈與王觀復書〉云：「好作奇語自是文章病，但當以理爲主。理得而辭順，文章自然出群拔萃。觀子美到夔州詩，韓退之自潮州還朝以後文章，皆不凡繩削而自合矣。」《正集》，卷19，頁470～471。

〔註22〕　〈與党伯舟帖〉，《正集》，卷16，頁1805。

〔註23〕　參見前註1，楊慶存在〈山谷散文及其人文精神〉一文中，分類考察山谷的賦、序、書簡及題跋，其中有關書簡之論述。

〔註24〕　題跋一體正式出現於南宋呂祖謙《宋文鑒》（文津閣四庫全書，北京：商務印書館，2006年），爲宋代新興文體。至清人姚鼐《古文辭類纂》簡化文體爲十三類，方將題跋與序文合併爲序跋體。

〔註25〕　可參見李珠海，《唐代古文家的文體革新研究》（臺北：臺灣大學中國文學研究所博士論文，2001年），頁22～23、153。文中指出「文集序的眞正流行在於盛唐」，唐代「古文先驅們特別傾心於此體的寫作」，「闡述他們對文章與世教的看法」。

〔註26〕　褚斌杰：《中國古代文體概論》（北京：北京大學出版社，1990年），第十一章第三節，頁382。

〔註27〕　楊慶存，〈論宋代散文體裁樣式的開拓與創新〉，《宋代文學論稿》（上海：復旦文學出版，2007年），頁26～49。

的新體，〔註28〕明人毛晉即云「凡人物書畫，一經二老（蘇、黃）題跋，非雷非霆，而千載震驚，似乎莫可伯仲」，〔註29〕對蘇、黃的題跋文推崇甚高，題跋文也成為「小品」重要體裁之一。

　　詩文集序、題跋文以談文說藝為主，雖然後者信筆揮灑，缺少嚴謹的文章結構，卻是流露山谷晚年成熟的文藝觀，影響時人、後人甚鉅。如〈胡宗元詩集序〉從《詩經》的「興託高遠」、《楚辭》的「忿世疾邪」及末世詩人的「遇變而出奇，因難而見巧」來闡述「不怨之怨」的深刻內涵；〔註30〕而晚年責授涪州別駕期間所作題跋文〈書王知載朐山雜詠後〉中則進一步提出「吟詠情性」之說，〔註31〕廣為學者所徵引。我們可以發現山谷至始至終持有儒家道德操守，懷抱忠愛之情，即使遭遇重貶，仍體現「怨而不怒」、「溫柔敦厚」的詩觀，即文中所謂「忠信篤敬，抱道而居」，為儒家「志於道」的體現。又如提出「書畫當觀韻」，「與文章同一關紐」，「論人物要是韻勝為尤難得」〔註32〕等等，屢次以「韻」品評文藝、人物，標舉「韻」為文品、藝品、人品三者最高的審美理想，對宋代文藝理論作出鉅大貢獻，亦成為中國美學的重要範疇之一，此待後文再論述之。

　　其次，就內容而言，詩文集序不外乎談文、傳人，如山谷〈小山集序〉、〈王定國文集序〉及〈傷寒論序〉表現作者性情、志節；另五篇禪師語錄序，山谷則融入「語句斬絕」的文字禪，〔註33〕具有文人參禪之意趣。至於山谷題跋文內容包羅萬象，遠遠超過序文，可以說遍及文人生活的各個領域：「體道、治學、為人、制藝、鑑定、欣賞、參悟、懷舊……」，〔註34〕與尺牘內容

〔註28〕參見朱迎平，〈宋代題跋文的勃興及其文化意蘊〉，《宋文論稿》（上海財經大學出版社，2003），頁3～18。文中且指出以蘇、黃為代表的文藝性題跋的特徵主要表現在四方面：題材廣泛、表達豐富、體式靈活及趣味盎然。

〔註29〕引自《東坡題跋》（臺北：廣文書局，1971），卷6，後記，頁38～39。

〔註30〕〈胡宗元詩集序〉有「不怨之怨」之說，序中云：「其卒也，子弟門人次其詩為若干卷。宗元之子遵道嘗與予為僚，故持其詩來求序於篇首。」《正集》，卷15，頁410-411。據黃庭堅，〈胡宗元墓誌銘〉得知胡氏卒於元豐五年五月，山谷為序文，當作於該年左右，《正集》，卷31，頁840。

〔註31〕〈書王知載朐山雜詠後〉，《正集》卷25，頁666。

〔註32〕〈題摹燕郭尚父圖〉、〈題絳本法帖〉，《正集》卷27、28，頁729、750。

〔註33〕南宋僧人釋道融云：「本朝士大夫與當代尊宿撰語錄序，語句斬絕者，無出山谷（黃庭堅）、無為（楊傑）、無盡（張商英）三大老」，《禪宗全書叢林盛事》（臺北：文殊文化公司，1988），卷下，頁395。

〔註34〕賴琳：《黃庭堅題跋文研究》（蘭州大學碩士論文，2007年），頁21。

有「相互包容、重疊的現象」，共同展現文人士大夫私領域豐富的面貌。山谷尺牘中的處世格言富有「理致」，題跋文往往借「一人、一事、一物」表現「其胸中全副本領，全副精神」，〔註35〕兩者皆具有「大言小語」的特色。

（三）雜記、日記

記體始成立於唐代，〔註36〕在韓、柳古文家手中成為重要的文學體裁，宋人更是極盡記體千變萬化面貌，可以說是唐宋古文運動的傑出成果。〔註37〕清人姚鼐《古文辭類纂》的十三類文體中，「雜記類」曰：「記所紀大小事殊，取義各異」，〔註38〕今人褚斌杰即云：「古人將以『記』名篇的文章稱為『雜記文』」，並將古人繁雜記體名目簡化為四類：臺閣名勝記、山水遊記、書畫雜物記和人事雜記，〔註39〕其中又以亭園記、遊記的文學價值最高。〔註40〕

〔註35〕引自晚明鍾惺〈摘黃山谷題跋記語〉一文，且云：「題跋之文，今人但以游戲小語了之。不知古人文章無眾寡小大，有精神本領則一。故其一語可以為一篇，其一篇可為一部，山谷此種最可誦法。」《隱秀軒集》（上海古籍出版社，1992年），卷35，頁564～565。

〔註36〕明人徐師曾：《文體明辨序說》考察記體的淵源流變：「〈禹貢〉、〈顧命〉，乃記之祖，而記之名，則昉於〈戴記〉、〈學記〉諸篇。厥後揚雄作〈蜀記〉，而《文選》不列其類，劉勰不著其說，則知漢、魏以前，作者尚少：其盛自唐始也。」《文體序說三種》（臺北：大安出版社，1981年），頁103。徐氏指出「記」體源於先秦的《尚書》、《禮記》，不過漢、魏以前作者甚少，南朝蕭統《文選》、劉勰《文心雕龍》中尚未立「記」體一類，自唐代開始大量創作記體文。

〔註37〕南宋葉適：《習學記言序目・皇朝文鑑三》（《歷代文話》，上海：復旦大學出版社，2007年）云：「而『記』，雖（韓）愈與（柳）宗元，猶未能擅所長也：至歐、曾、王、蘇始盡其變態。」頁279。

〔註38〕見吳孟復、蔣立甫主編：《古文辭類纂評注》（合肥：安徽教育出版社，2004年），姚鼐原序云：「雜記類者，亦碑文之屬。碑主於稱頌功德，記則所紀大小事殊，取義各異，故有作序與銘詩全用碑文體者，又有為紀事而不以刻石者。」頁17。指出雜記與碑體之異同。

〔註39〕褚斌杰：《中國古代文體概論》云：「所謂雜記文，也包括著有些文章不易歸屬，不得已而獨成一類的意思」，「從現存的"記"文來看，有的記人，有的記事，有的記山水風景：有的尚敘述，有的尚議論，有的尚抒情，有的尚描寫，是非常複雜多樣的。」指出現存記體內容駁雜，並分為四類，見該書第十一章第二節，頁352～353。

〔註40〕王水照〈宋代散文的技巧和樣式的發展——宋代散文淺論之二〉云：「唐代韓、柳以後，"記"就突破了原來"敘事識物"的範圍，或借以議論感慨，或工於景物刻劃。到了宋代，進一步擴大了這種文體的社會內容，加強了它的文學因素，成為文學散文的一種重要形式。其中以亭樓臺院記和游記散文取得更大的成就。」收入《王水照自選集》（上海：上海教育出版社，2000），頁

目前黃庭堅雜記文將近七十篇，除了公領域的廳壁記、祠宇記二十餘篇外，以偏向私領域的亭堂記十餘篇，私人的游記、行記、題記（題名、壁記）三十餘篇，及歸入雜文的「日記」最具「小品」特色。

亭堂等建物記多半為私人燕息之所，文人常藉此空間書寫，寄託個人情志，具「小品」意趣，〔註41〕宋人亭堂記書寫蔚為風氣，幾乎每位文人皆作之，黃庭堅的十餘篇亭堂記，皆為他人所作，未像宋代士人喜為個人書齋、宴息之所作記，但其作法不取唐人述遊觀之美，而採宋人常用命名、釋名手法，主要藉記亭堂勉勵期許士人治學修身作文，依然離不開心性修養，如〈冀州養正堂記〉云「律民者在己，得己者在心」，「不以一日忘所以養源者」，〔註42〕在宴飲之樂外，更強調人格修為。又山谷且在建物記中寄託一段作文之理，藉不易磨滅的碑石，以啓示後代讀者。如「盡書杜子美兩川夔峽諸詩」刻石藏於蜀人楊素翁家，命名「大雅堂」，且作記曰：

> 子美妙處，乃在無意於文。夫無意而意已至，非廣之以〈國風〉、〈雅〉、
> 〈頌〉，深之以〈離騷〉、〈九歌〉，安能咀嚼其意味，闖然入其門邪！
> 〔註43〕

說明杜甫晚年的夔州詩具「無意於文」之妙，內涵深厚，意味無窮，其實正是山谷創作所追求的理想文境。

文人登覽山水是「小品」常見的題材，而山谷游記、行記、題記幾乎皆作於晚年貶謫期間，〔註44〕但不同於前人遊記或藉山水抒發憂憤，寄託深沉的身世之感；或理性觀照自然，大發議論，富有哲理；黃庭堅游記又以「行記」名之，不雜議論，採用記體「敘事識物」手法，〔註45〕除了記述游程，描寫景物外，尚描述文人活動如彈琴、品茗，流露文人的意態雅趣，或記載當地風土物產，內容較傳統遊記駁雜，具隨筆雜錄性質。體制短小的行記、題名（記）、壁記、題（書）壁等等，亦為記游、寫景文章，文字簡淨，具脫

421-431。

〔註41〕褚斌杰云：「從其性質上講，實際上是些文學小品，它常常以議論風發，寫物狀景形象生動，情味雋永，深厚取勝」，同前註37。

〔註42〕《正集》，卷16，頁426。

〔註43〕《正集》，卷16，頁437。

〔註44〕可參見陳善巧：《黃庭堅入蜀及蜀中創作研究》（四川師範大學碩士論文，2007年）第三節，頁87～89。

〔註45〕明人陳懋仁：《文章緣起注》云：「記者，所以敘事識物，以備不忘，非專尚議論者也。」收錄於《文體序說三種》，頁22。

俗之美。〔註46〕

　　此外，黃庭堅《乙酉宜州家乘》可以說是古代第一部成熟、定型的私人日記，〔註47〕日記與尺牘一樣，是可以自由表現作者志趣情操的文學體式。〔註48〕山谷效法春秋晉國以「乘」名史的方法，命名「家乘」，採用史書「實錄」手法記私人事情，眞實紀錄崇寧四年正旦至八月二十九日的日常生活點滴，而山谷即卒於是年九月三十日，可知爲其臨終之文。山谷紀錄每日晴雨變化，飲食起居與朋友交游等等，〔註49〕完全不涉及時政，無怨懟、憤慨之情，表現個人自得心境。

（三）論　說

　　黃庭堅的論說文章不像歐陽脩、蘇軾等宋人以政論、史論爲主，現存山谷文集中眞正收錄在「論」體只有三篇，除了〈莊子內篇論〉，其他兩篇〈論語斷篇〉、〈孟子斷篇〉，甚至不以論爲名，且此三篇篇幅皆不長，其中〈孟子斷篇〉只有 300 多字。這三篇主要說明《論語》、《孟子》、《莊子·內篇》旨趣，以「自得於心」與諸生講學共勉，或「求養心寡過之術」，或「講明養心治性之理」；至於《莊子》則言「莊周內書七篇，法度甚嚴」，並逐篇明其要旨，文後乃慨歎「由莊周以來，未見賞音者。晚得向秀、郭象陷莊周爲齊物之書，滃滃以至今」，儼然以莊周知音自居。〔註50〕換言之，此三篇可以說是黃庭堅以個人讀書心得與師友相切磋。

　　至於山谷其他以論、說爲名的散文，多半出現在「雜著」類，偏向「雜說」文字。雜說在唐宋古文家手上喜以寓言手法呈現，〔註51〕往往具有政治

〔註46〕參見後文「性情風度與理致意趣」相關論述。
〔註47〕參見楊慶存：《黃庭堅與宋代文化》第九章第五節，論及《乙酉宜州家乘》「自創格範，垂式千秋」，具固定格式，每則先記日期、次記天氣，後述事實，成爲後世日記的通式，並考察日記淵源流變，頁 272～274。
〔註48〕參見陳少棠之論述，同前註 12，頁 32～34。又周作人〈甲行日注〉一文中指出明末遺民的日記《甲行日注》可與黃山谷《宜州家乘》相比，《周作人全集·夜讀抄》（臺北：里仁書局，1982 年 5 月），頁 177～183。
〔註49〕可參見黃啓方〈黃庭堅《乙酉宜州家乘》疏證〉一文，《黃庭堅與江西詩派論集》（臺北：國家出版社，2006 年），頁 142～181。文中云：「此二百三十日所記先生之生活狀況雖極瑣細，然無一語及於政事或個人恩怨」，且以「書藥花棋樂餘生」。
〔註50〕以上三篇，在《正集》，卷 20，頁 505～508。
〔註51〕錢穆〈雜論唐代古文運動〉一文中指出「所謂說者，漢志九流十家有小說家者流，其書雖不傳，然諸子之書尚多有之」，「當知雜記雜說，其體皆近小說，亦

意涵；黃庭堅則以隨筆雜錄居多，長短不拘。如〈論楊椿〉乃記北魏太保侍中楊椿誡子孫之長篇話語，云立身之大病「見貴勝則敬重之，見貧賤則慢侮之」，「知天下滿足之義，爲一門法」，山谷書楊椿之事交付兒子收藏，誠「孝弟忠信」之意，與另一篇〈家誡〉同具「家訓」性質，〔註52〕不同於一般史論寄寓「經世資鑑」的政治教訓。〈論作詩文〉則強調學問之重要，或明示作詩文之法，並嘉勉他人「漏屋飯蔬而有自得之色」，〔註53〕與尺牘、題跋談治學作文有相互包容之處。至於〈論鹿性〉一文竟是一篇日常生活中服藥禁忌。〔註54〕而有關文房器物的雜說文字，後文將論及之。

此外，尚有以「解」爲名的雜說文字，如山谷〈解疑〉一文亦以家庭爲主，乃針對舊作〈跋奚移文〉，「因人有疑而解釋之」。〔註55〕「跋奚」爲山谷女婿家中的奴婢，因「主人不悅，廚人罵怒」，山谷乃諄諄教誨跋奚家務勞動，因此有人質疑「御奴婢不用鞭撻，能慈而不能威」，於是山谷作〈解疑〉來「辯釋疑惑」，云「臨人而有父母之」，以人子善遇之，流露長者寬厚風度。

由上述可知，山谷論說文章很少議論文字，多屬隨筆雜錄性質的「雜說」，乃以士人讀書作文、家居生活爲主，正如今人謝楚發所指出說體文與論辯文不同之處，在於「題材多集中在與修身、治學等有關的問題上，至於政治、軍事，以及國家大事較少涉及」，〔註56〕可知雜說內容以「小我」爲主。且形式自由，褚彬杰即認爲「說的內容、寫法和風格較爲靈活多樣」，〔註57〕因此，我們可以說山谷論說文字無論內容、形式與唐宋古文的政論、史論及雜說等已有所不同，反而較接近「小品」特色。

綜合上述，山谷散文具「小品」文類駁雜的特質，往往具有「相互包容、重疊的現象」，無論論說、雜記、序跋及尺牘幾乎不涉及國家、政治，而以文

與辭賦相通」，「雜說不當與論辨體相混」，以爲雜說與一般論辨文不同。該文收錄於氏著《中國學術思想史論叢》（臺北：東大圖書，1978年），頁50～52。

〔註52〕 該文先述衣冠世族之盛衰成敗，以作吾族前車之鑑，後半文乃援古喻今，偏舉歷代著名家族，告誡族人「吾族敦睦當自吾子起」。《補遺》，卷10，2315～2317。

〔註53〕 《別集》卷11，頁1684。

〔註54〕 文中云：「凡餌藥者勿食鹿肉，服藥必不得力，以鹿常啖解毒之草，是故能制毒散諸藥也。」《外集》，卷24，頁1434。

〔註55〕 《正集》，卷29，頁778、783。

〔註56〕 參見謝氏：《散文》（北京：人民出版社，1994年）第三章第五節〈說與解〉，頁115～119。

〔註57〕 見褚書第十一章第一節論述，頁344。

人生活、風度爲主，如治學修身、談文論藝、品評人物、參禪學道、登覽山水、及品味生活等等，展現宋代文人士大夫私領域的多重面相，藉自由的文學體式，抒發性情志趣。

三、性情風度與理致意趣

　　小品以抒發性情爲主，「記存作者處於人世環境中，因自然景物或人事事件興發應感的經驗」，〔註58〕黃庭堅散文主要訴求對象是親友、師友，與人分享治學作文、立身處世、登覽山水、家常起居等等的心得與經驗，往往流露文人的性情風度、理致意趣。陳少棠指出「小品」具有「情」、「趣」、「韻」三要素，所謂「情」就是個性，「趣」者乃「性情見諸言行舉止」，「韻」大致指「趣」的幽超者，三者相互交融，難以分離。〔註 59〕不過「韻」在宋代被推尊爲最高的審美理想，人生與藝術的極致，當特別論述之，此處則著重在性情、意趣的表現。

　　尚眞好奇爲晚明小品普遍的傾向，〔註60〕小品講求性情之「眞」，特別欣賞奇人異士之風采，黃庭堅散文品評人物即有如此傾向。如在〈小山集序〉中反覆慨歎晏幾道性格上的癡絕：「不能一傍貴人之門」、「不肯一作新進士語」、「家人寒饑，而面有孺子之色」、「人百負之而不恨」，致使終生仕宦連蹇，淪落不偶，透露其對小山性情純眞之賞愛。又如〈跋東坡字後〉更是寫人傳神：

> 東坡居士極不惜書，然不可乞。有乞書者，正色詰責之，或終不與一字。元祐中，鎖試禮部，每來見過，案上紙不擇精粗，書徧乃已。
> 性喜酒，然不能四五龠已爛醉，不辭謝而就臥，鼻酣如雷。少焉蘇醒，落筆如風雨，雖謔弄皆有義味，眞神仙中人。〔註61〕

從東坡詰責他人乞書，酒醉就地而臥，酒醒恣意揮灑，表現東坡眞率、放曠之性情。〈董隱子傳〉則述奇人董隱子「狂而不悖」之行徑，其「隱於乞人」，「視眾人所嚴如涕唾，人以世俗所重利要之，不滿一笑也」，唯劉格（道純）

〔註58〕參見曹書第五章〈性靈小品反映的處世模式〉同前註11，頁251。
〔註59〕同前註12，頁16～17。
〔註60〕參見曹書第五章，文中且指「人物言行之奇因緣於眞而被重視」，同前註11，頁243。
〔註61〕〈跋子瞻送二姪歸眉詩〉，《正集》，卷25，頁659；〈跋東坡字後〉，《正集》，卷28，頁771。

知董隱子之不俗，以禮待之；而董隱子爲道純治病外，臨別又警語戒之，即不見行蹤。〔註62〕又如爲龐安常《傷寒論》作序，以志人手法爲之，敘述安常的傳奇人生，從年少「爲氣任俠」，豪縱事無所不爲；中年「屏絕戲弄，閉戶讀書」，遍讀醫書，無不貫穿；至對待病人「不擇貴賤貧富」，「愛其老而慈其幼，如痛在己也」的仁醫，愛重之情溢於言表。

　　除了尚眞好奇外，山谷亦喜品評文人士大夫的人格風度，推崇高尚不俗之人品。如品題李公麟「王荊公騎驢圖」，文中敘述王安石門生俞清老抱《字說》一路追隨退隱山林的荊公，兩人「逍遙游亭之上」，公麟畫圖以爲「此勝事，不可以無傳也」，〔註63〕山谷在題跋文中推重君子的重道義、輕勢利。至於〈跋子瞻送二姪歸眉詩〉云「觀東坡二丈詩，想見風骨巉整，而接人仁氣粹溫也；觀黃門詩，頎然峻整，獨立不倚，在人眼前」，從子瞻、子由詩歌遙想兩人人格風度；且山谷賞鑒人物超越政黨之爭，如〈跋王荊公禪簡〉尊崇王安石「視富貴如浮雲，不溺於財利酒色，一世之偉人也」，具有高尚的人格。其他或品評大臣風範，如司馬光「左準繩，右規矩，聲爲律，身爲度者也」；富弼「臨大節而不可奪者也」，韓琦「以身當宗社存亡」等等，皆可謂士大夫的典範。或文人寒士之節義，如〈王定國文集序〉述友人王鞏生長富貴之家，後「流落嶺南」，卻「更折節，自刻苦」，以「罪大責輕，未有以報君」，流露對君王忠愛之情，未有自憐之語，其志節令人敬重。舅父李公擇「冰清玉潔，視金珠如糞土」；歐陽元老「好學幾於智，篤行幾於仁」；王觀復「窮而不違仁，達而不病義」；楊明叔「不病陋巷而樂其義，不卑小官而盡其心」，〔註64〕稱美仁人志士持守儒家節操。〈跋歐陽文忠公廬山高詩〉云「劉公中剛而外和，忍窮如鐵石，其所不顧，萬夫不能回其首也。家居四十年，不談時事，賓客造門，必置酒終日」，欣賞劉公剛毅豪宕之個性。〔註65〕除了傳統士人外，山谷亦賞愛方外之士的意態舉止，如爲僧人惠言之亭堂命名「自然」，以惠言安

〔註62〕　《正集》，卷20，頁518。
〔註63〕　〈書贈俞清老〉云「清老性耿介，不能容俗人，間輒使酒嫚罵，以是俗子多謗譏，清老自若也，以故善人君子終愛之」，《正集》，卷25，頁653。〈跋俞秀老清老詩頌〉云「清老往與予共學於漣水，其傲睨萬物，滑稽以玩世，白首不衰。荊公之門蓋晚多佳士云」，《正集》，卷27，頁722。〈書王荊公騎驢圖〉，《正集》，卷27，頁733。
〔註64〕　〈跋司馬溫公與潞公書〉，《外集》，卷23，頁1413；〈跋李公擇書〉，《別集》，卷6，頁1564；〈跋歐陽元老王觀復楊明叔簡後〉，《正集》，卷26，697～698。
〔註65〕　〈跋歐陽文忠公廬山高詩〉，《正集》，卷26，頁696。

時處順、「頹然自得」為「自然」之義，〔註66〕體現佛、道家的人格境界。

「小品」往往反映作者的處世觀念，有些文人「更進而將處世心得轉化成原則性的條文，提供世人參酌」，〔註67〕文章富有理致。黃庭堅散文無論尺牘、題跋、雜記、論說等體裁中，常可見其治學作文、立身處世的經驗與心得。如〈論作詩文〉云「讀書要精深，患在雜博」，「若能精一，遂可貫諸經矣」，強調學問精深的重要。又如〈書贈韓瓊秀才〉云「治經之法，不獨玩其文章，談說義理而已，一言一句，皆以治心養性」，〔註68〕心性涵養與讀書治經不可分離。山谷且與人分享「尺璧之陰，常以三分之一治公家，以其一讀書，以其一為棋酒」，〔註69〕吏事、讀書、棋酒三者兼顧，表現士大夫的風流雅致。又〈與聲叔六侄書〉云：「日月易失，官職自有命。但使腹中有數百卷書，略識古人義味，便不為俗士矣。」〔註70〕光陰倏忽即逝，唯有用心學問，方能從俗務中超拔出來。晚年山谷謫居期間，與人小簡中娓娓道出「萬里憶想，江山渺然，人生惟有忠信孝悌長久事耳，餘不足復道」，〔註71〕歷經人生磨難後，仍堅信「忠信孝悌」是士人安身立命之道，誠懇口吻、真誠態度，比起長篇大論更令人感到平易親切。又如為仕宦受挫的北都留守賈春卿「賢樂堂」作記，以「待外物而適者」與「自適其適者」作對比，前者「未得之，憂人之先之也；既得之，憂人之奪之也」，後者則「無累於物，物之去來，未嘗不樂也」，〔註72〕以超然物外之理慰勉賈君。至於〈松菊亭記〉即使為蜀地富商韓漸所作，山谷仍以「期於名者入朝，期於利者適市，期於道者何之哉？反諸身而已」之理期勉韓子「歌舞就閑之日，以休研桑之心，反身以期於道」，並學習孟獻子「以百乘之家，有友五人」，如此「聽隱者之松風，裹淵明之菊露，可以無愧矣」，〔註73〕暗示韓子欲效法隱者名士流連「松菊亭」雅致，須先以心性修養為根本。

廣博學養、豐富閱歷及坎坷人生，使山谷對得失順逆有深刻體認，與人分

〔註66〕二記分別見於《正集》，卷17，頁456；《別集》，卷2，頁1493。「動作寢休，頹然於自得之場，其行也不以為人，其止也不以畏人，時損時益，處順而不逆，此吾所謂自然也」

〔註67〕同前註11，頁207。

〔註68〕《正集》，卷25，頁655。

〔註69〕〈與洪氏四甥書〉，《別集》，卷18，頁1869。

〔註70〕《別集》，卷18，頁1875。

〔註71〕〈答李郎〉，《黃庭堅全集・續集》卷5，頁2024。

〔註72〕〈北京通判廳賢樂堂記〉，《正集》卷16，頁428～429。

〔註73〕《正集》卷16，頁438。

享個人的生命體悟，充滿人生哲理。如云「仕宦如農夫之耕，得而道在深耕而熟耰之，歲事之成，則有命焉」；「人生與憂患俱生，仕宦則與勞苦同處。事固多藏於隱伏，實無可避」；「世間逆順境界，如寒暑晝夜，必至之理」，〔註 74〕以農夫之耕收比喻仕宦得失，只問耕耘與否；認為人生的逆順得失就像寒暑晝夜的更替，若「得之則喜，失之則悲，是為喜晝而悲夜也」，〔註 75〕反而違反自然之道。在〈題彭景山傳神〉一文對景山「年四十四，不幸而喪明，家居十五餘年，目不可治。如老驥伏櫪，志未嘗不在千里」，山谷乃云「以道觀之，物無幸不幸」，「然人有德慧術智者，嘗存乎災疾，惟深也能披剝萬象而見己」，就萬物本質而言，無幸與不幸，且災疾往往使人洞察事理，反觀自我。又〈跋元聖庚清水巖記〉云「險易之實在人心，不在山川」，「奇與常相倚也，險與易相乘也」，〔註 76〕其實人生禍福得失相倚，幸或不幸存乎己心，如此方能超越世俗煩惱，自得其樂。

又黃庭堅參禪學道甚用功，為禪師語錄作序、記亭堂，喜融入文字禪，如〈幽芳亭記〉中云：

> 蘭生深林，不以無人而不芳；道人住山，不以無人而不禪。蘭雖有香，不遇清風不發；棒雖有眼，不是本色人不打。……若是非蘭非風非鼻，唯心所現。

充滿禪語機鋒，表達一切萬象皆心源所現。山谷尚為禪師撰語錄序，融入「文字禪」，如〈翠巖悅禪師語錄後序〉中云「翠巖悅禪師者，青山白雲，開遮自在；碧潭明月，撈漉方知。鐵石雙崖，強弓劈箭」，〔註 77〕其中化用《古尊宿語錄》「鐵石崩崖，霜弓劈箭」，於「語句斬絕」中流露參禪之意趣。〔註 78〕另外山谷與師友書簡中亦表達學佛心得，對人生煩惱、生死之超越，如〈答廖宣叔〉乃云「利衰毀譽稱譏苦樂，此八物無明種子也，人從無明種子中生，連皮帶骨豈有可逃之地，但以百年觀之，則人與我及彼八物，皆成一空」，〔註 79〕人難以逃脫「利衰毀譽稱譏苦樂」，唯有了悟一切皆空，才能解脫自在。且體認出人生如

〔註 74〕 以上各句分別見〈與洪駒父〉、〈與明叔少府書〉、〈與益修四弟強宗帖〉，《外集》卷 21，頁 1365；《別集》卷 16、18，頁 1819、1877。

〔註 75〕 〈與潘邠老〉，《正集》，卷 19，頁 488。

〔註 76〕 以上兩篇題跋文分別見於《外集》，卷 23，頁 1400；《正集》，卷 27，頁 724。

〔註 77〕 《正集》，卷 15，頁 419。

〔註 78〕 另可參見周裕鍇：《文字禪與宋代詩學》（北京：高等教育出版，1998 年 11 月）第四章〈語言藝術：禪語機鋒與詩歌句法〉，頁 148～239。

〔註 79〕 《別集》，卷 19，頁 1882。

夢幻，〈與純禪師〉書簡云：「楚人不別和氏之璧，想如夢中逆境，鏡裡煙塵也，已忘之矣。」〔註80〕世間萬事如幻如影，不須掛念心頭。因此山谷對人生空幻本質有清醒且深刻的認識，嘗云：「某數年在山中究尋移處，忽然照破心是幻法，萬事休歇。」〔註81〕進而深求禪悅，期能超越生死，〈與胡少汲書〉曰「治病之方，當深求禪悅，照破生死之根，則憂畏淫怒，無處安腳，病既無根，枝葉安能為害」，〔註82〕禪宗「照破生死之根」，即生死「無所住心」，不以或生、或死為輕重。

　　前述遊覽山水是「小品」常見的內容，山谷記游文字幾乎皆作於晚年謫居期間，卻無怨懟憂憤之情，寫景之外，記述與友人尋幽訪勝的經歷，並著重文人活動，如〈黔南道中行記〉，山谷於貶謫途中，與親友尋三遊洞，文中詳細紀錄三天旅程，找尋三游洞的驚險行程「一徑棧閣繞山腹，下視深谿悚人；一徑穿山腹，黮暗，出洞乃明」；並摹寫蝦蟆碚洞中的奇石、泉聲及泉味：「石氣清寒，流泉激激，泉中出石，腰骨若虬龍糾結之狀」，「泉味亦不極甘，但冷熨人齒〔註83〕」。文中又特別記載與友人於黃牛峽附近同觀歐公、子瞻的詩文，在鹿角灘的亂石間飲酒、彈琴：

　　　　堯夫「坐石據琴」，其子大方侍側，蕭然在事物之外，元明呼酒酌，
　　　　堯夫隨槃石為几案牀座。夜闌，乃見北斗在天中，堯夫為《履霜》、
　　　　《烈女》之曲。已而風激濤波，灘聲洶湧，大方抱琴而歸。

同遊三山尉辛紘（堯夫）夜深彈琴，與風濤、灘聲相應，琴曲《履霜》、《烈女》透露名士的高節雅興；及文後試茶、煮茗及品茗，皆表現文人的閒情意趣。又如〈游龍水城南帖〉記述三人同遊龍隱洞，「初至，震雷欲雨，既而晴朗。燒燭入洞中，石壁皆霑濕，道崖險路絕，相扶將上下」，描述雨後攀登艱難驚險之狀；又出洞「佃夫抱琴作賀，若有清風發於土囊，音韻激越」，又與彥明「棋賭大白」，道出文人之間彈琴、弈棋及飲酒的雅趣。〔註84〕至於〈游中巖行記〉小文中未記述遊歷、景物，卻寫一群文人邀山谷「攜茗來煮玉泉」，從往日舊游「常苦晦冥」，至「是日天地開廓，極目千里」的開闊氣象，〔註85〕以主觀寫意手法表現

〔註80〕《續集》，卷6，頁2046。
〔註81〕〈與覺海和尚〉，《續集》，卷2，頁1960。
〔註82〕《正集》，卷18，頁477。
〔註83〕《正集》，卷16，頁439。
〔註84〕《別集》，卷2，頁1494～1495。
〔註85〕《別集》，卷2，頁1499。

文人登臨山水的意趣。其他尚如記開先禪院的週遭景觀：

> 山悠而水遠，能陰而晴，升南山而望之，如李成、范寬得意圖畫。……
> 其東則謝康樂繙經臺，其西則石壁精舍，見於康樂之詩。石壁之灣
> 洄，古木怪石，又陶桓公之釣臺也。野老巖之下，盤折隈隩，其土
> 泉甘而繁松竹。〔註86〕

以人文意象比喻自然山水，如南朝謝靈運巧構形似的山水詩，宋人李成、范寬
山水畫，又自述與清隱師「賞風月而同歸」，使嚴肅佛教祠宇記充滿文學意趣。

　　另有「文房清賞載錄」小品文字，〔註87〕表現文人生活之雅趣。如〈筆
說〉云「研得一，可以了一生。墨得一，可以了一歲。紙則麻楮藤竹，隨其
地產所宜，皆有良工。唯筆工最難，其擇毫如郭泰之論士，其頓心著副如輪
扁之斲輪」，山谷以爲好硯可以用一生，佳墨至少能用一年，紙的材質則隨其
產地而制，常有佳紙，唯有筆工最講究，擇毫作心，難度最高。又山谷藏筆
多，審筆更精，另一篇〈筆說〉則述及呂道人作筆法、諸葛高的散卓筆，「大
概筆長寸半，藏一寸於管中，出其半削管，洪纖於半寸相當。其撚心用栗鼠
尾，不過三株耳，但要副毛得所，則剛柔隨人意，則最善筆也」，另述丁香筆、
高麗猩猩毛筆，品評各種毛筆之優劣。又有〈金巖石研說〉，記親自制硯石的
成敗經驗，供人參考。〔註88〕〈棋經訣〉述棋有三敗、六病，棋之大要，及
下棋之長在於「逍遙得極，高道自樂，終局雅淡」，〔註89〕流露文人高士逍遙
自樂的澹泊意趣。

　　此外，在日常生活中飲食、品酒及養生亦意趣盎然，雋永有味。如山谷
謫居戎州，〈答王觀復〉書簡曰：

> 今年戎州荔子歲登，一種柘枝頭出於過臘平，大如雞卵，味極美，
> 每斤才八錢。日飲此品，凡一月，此行又似不虛來。恨公不同此味，
> 又念公無罪耳，一笑一笑。〔註90〕

提及戎州今年荔枝豐收，尤其來自過臘的「柘枝頭」品種，大如雞蛋，且物美

〔註86〕〈南康軍開先禪院修造記〉，《正集》，卷17，頁442。
〔註87〕同前註58，頁238。
〔註88〕兩篇筆說，分別見於《外集》，卷24，頁1430～1431；《別集》，卷11，頁1689。
　　　　另〈金巖石研說〉云：「初，石工不善作墨池，內外壁立，出墨濇難，又常沮
　　　　洳敗墨。元符三年二月，嘉州李堯辨爲予琢兩石，壁皆陵夷，乃便事。」《別
　　　　集》，卷11，頁1690。
〔註89〕《別集》，卷11，頁1693。
〔註90〕《正集》，卷18，頁473。

價廉，山谷日日食之，連續一個月，還不忘自我調侃「不虛此行」，充滿諧趣，
與蘇軾謫居儋州時，嘗云「日啖荔枝三百顆，不辭長作嶺南人」，〔註91〕有異曲
同工之妙。〈書安樂泉酒頌後〉則品評公酒「錦江春」與士大夫「菉豆麴酒」之
色味，前者「如蜀中之小蜂蜜，和蔗漿飲之，使人淡悶」；後者「幾與冰甆同色，
然使人飲之，心與轟轟，害人食眠」，〔註92〕又云二者相互截長補短，則為佳醞，
文中對釀酒方式、酒味色澤，描述生動，趣味盎然。宋代文人習醫養生風氣興
盛，〔註93〕山谷除了「時覽經方，盡衛生之理」外，〔註94〕亦以親身體驗與人
分享醫藥偏方，如病疽的敷藥、針灸、清洗，治療癭腫，用犀牛角與痛疏利；
若「頭痛愀熱，宜消風散」等等，〔註95〕詳細描寫藥材、製丸、服法，症狀變
化，相當生活化，兼具醫理與療效，流露文人養生之意趣。〔註96〕

四、「平淡」之境——「韻」的體現

　　相對於唐宋正統「古文」載道經世之議論「大文」，黃庭堅散文雖以道為
核心，治學修身為本，卻不講求文章布置，而採用隨筆雜錄、信筆揮灑手法
去呈現文人私領域的豐富面向，流露性情風度及理致意趣，這是山谷散文「小
品」的特質。前文曾提及晚明「小品」中「韻」的要素，在明人〈媚幽閣文
娛序〉中云「尺短神遙，味希而旨永，法外法、味外味、韻外韻」，〔註97〕是
一種僅能意會，難以言傳的美感。陳少棠認為「韻」可以說是「趣」的淨化，
許多時候只存在理想的境界裡，當中有道家的自然、佛家禪宗的頓悟、士大

〔註91〕〈食荔枝〉二首之二，《蘇軾詩集》（北京：中華書局，1999 年 10 月），卷 40，
　　　　頁 2192。

〔註92〕〈跋老杜病後遇王倚飲贈歌〉，《別集》，卷 8，頁 1637；〈書安樂泉酒頌後〉，
　　　　《別集》，卷 8，頁 1647。

〔註93〕謝利恆在《中國醫學源流論》中指出：「自宋以來，醫乃一變為士大夫之業。」
　　　　陳元朋則分析其中原因：「宋代士人之所以能夠藉『自學』的方式修習醫學，
　　　　當日官方校印醫書的頻繁，以及民間印書、鬻書業的發達，都是其間的重要
　　　　因素。」參見陳元朋《兩宋的「尚醫士人」與「儒醫」》（臺灣大學文史叢刊，
　　　　1997 年）〈結論〉，頁 62、303。謝氏說法亦自該書引用，頁 24。

〔註94〕〈與王瀘州書〉，《別集》，卷 16，頁 1795。

〔註95〕〈與王立之承奉直方〉、〈答逢興文判官〉，《續集》，卷 1、3，頁 1911、1975。

〔註96〕蘇軾積極養生，有許多醫藥、養生雜說，筆者〈論蘇軾形神養生〉一文中從
　　　　「養神存性」、「服食療疾」、「行氣長生」來論述蘇軾的養生方式，充滿文人
　　　　習醫養生之意趣。《高醫通識教育學報》創刊號（2006 年 7 月），頁 49～62。

〔註97〕明人鄭元勳輯《媚幽閣文娛》序文（明崇禎刊本，四庫禁燬書叢刊，北京市：
　　　　北京出版社，2000 年），集 172，頁 2。

夫的閒雅，「恐怕就是藝術的人生觀」，〔註98〕雖然陳氏說得模糊曖昧，卻也點出「韻」的某些特質。

「韻」的審美內涵在中國古代演變相當複雜，從詩歌講求押韻，追求聲調的和諧美，至六朝人物品藻之風盛行，以韻品人爲當時風尚，並進而引入繪畫領域，追求「氣韻生動」；〔註99〕唐人司空圖主張作詩要追求韻外之致，至宋代「韻」的內涵有所拓展與改變，並推尊爲最高審美理想，北宋蘇門文人可以說是重要推手，除了蘇軾相關論述外，尤其黃庭堅多次以「韻」品評文藝、人物，標舉「韻」爲文品、藝品、人品三者的審美理想，爲重要關鍵，之後其學生范溫一篇長達千餘言，有系統論述的韻論，可以說總結蘇門的文藝觀，確立「韻」的審美內涵及理想。〔註100〕范溫首先爲韻下了簡單的定義：「有餘意」，說明韻如何「生於有餘」，無論「備眾善」或精於「一長」，皆必須「行於簡易閑澹之中，而有深遠無窮之味」；〔註101〕與黃庭堅〈與王觀復書〉云「簡易而大巧出焉，平淡而山高水長」同樣具有相反相成的思維，形成「有餘意」之韻，展現「平淡」的境界。在宋人眼中，「韻」、「平淡」皆是最高審美理想。〔註102〕

又韻遠之作要「曲盡法度，妙在法度之外」，也與黃庭堅從重視法度如「點鐵成金」，「無一字無來處」，至晚年超越法度，言「無法」，「但觀世間萬緣如蚊蚋聚散，未嘗一事橫於胸中，故不擇筆墨，遇紙輒書，紙盡則已，亦不計較工拙與人之品藻譏彈」，〔註103〕無法之關鍵即在於「未嘗一事橫於胸中」，

〔註98〕 見前註12。
〔註99〕 陳良運指出：「晉代的葛洪，首將音樂之韻向人的品貌轉借。」如《抱朴子·刺驕》中曰：「若夫偉人巨器，量逸韻遠，高蹈獨往，蕭然自得。」見氏著：〈論"韻"的美學內涵〉(《人文雜誌》，1996年3月)。至於將韻最早引入繪畫領域則是南朝謝赫的《圖畫六法》中的第一大法即「氣韻，生動是也」。
〔註100〕 可參見筆者：《蘇門與元祐文化》(台大中文所博士論文，2002年)第二章第四節說明范溫如何吸取蘇門文藝觀做出有系統論「韻」。另杜磊：《古代文論"韻"範疇研究》(上海：復旦大學博士論文，2005年)上編第三章〈"韻"範疇之美學成熟——宋金元〉中亦以蘇門等文人論「韻」爲中心來探討，頁44～60。
〔註101〕 范溫論韻一文，收錄在郭紹虞：《宋詩話輯佚》(臺北：華正書局，1981年)，頁372～375。
〔註102〕 張海鷗：《兩宋雅韻》(臺北：雲龍出版社，1996年)中云：「就藝術風格而言，平淡是洗卻鉛華之後所達到的老成境界，就人生品格而言，平淡是看輕了功名富貴，超越了榮辱窮達之後才能達到的自由精神境界。」可謂藝術與人生之極境。頁33。
〔註103〕 〈書家弟幼安作草後〉，《正集》，卷26，頁687。

故能擺落物累、形跡，達到隨心所欲的自由境界。山谷〈大雅堂記〉中論及「無意於文」、「夫無意而意已至」與「無法」卻不失法度其實是相通的，「無意於文」即上述胸中蕩然，心無罣礙，可謂美感心靈的自由展現。如此通脫的心靈來自於學問涵養，如〈答人求學書〉云「古之人學問高明，胸中如日月，然後能似土木，與世浮沉，無死地以受眾人之彈射」，〔註104〕可知胸懷光明磊落，不受世俗左右；另道家「安時處順」、「心主虛靜」，佛法「心源所現」、「緣起性空」，皆是臻於無意於文、無法之境的重要途徑。

明人往往將蘇軾、黃庭堅並稱《蘇黃小品》、《蘇黃尺牘》，可知二人散文「小品」具有共通之處。蘇軾曾以千變萬化的「水」自喻己文，「與山石曲折，隨物賦形，而不可知也。所可知者，常行於所當行，常止於不可不止」，〔註105〕達到自由抒寫的境地，所謂「出新意於法度之中」，〔註106〕超越法度，卻又不失法度，山谷「無意而意已至」、「無法」，與東坡「隨物賦形」可以說皆是達到一種隨心所欲的自由境界，〔註107〕即前所述美感心靈的自由展現，而能盡情抒寫襟抱性情，這也是「小品」的重要特質，不像傳統古文講求文章布置，而是「精短揮灑」，語言簡潔精鍊，態度從容自得。〔註108〕

在黃庭堅最後近十年謫居、閑居生活，儘管貧病交迫，生計艱困，卻能超越人生的苦難，依然安貧樂道，超然自得，淡泊的人生自有咀嚼不盡的意味，從日常生活中達到「平淡」的境界，人生境界即是審美境界，可謂藝術人生觀，實踐「韻」的審美理想。如貶謫戎州之際，為張仲吉所作〈綠陰堂記〉，即是一篇優美的小品，全文以敘事為主，不雜議論，云：

> 其子寬夫又從予學，故予數將諸生過其家。近市而有山林趣，花竹成陰，嘵鳥鳴蛙，常與人意相值。或時把酒至夜，漏下二十刻，雲陰雷風，與諸生衝雨踏泥而歸。諸生從予，未嘗有厭倦焉，則仲吉父子好士喜賓客可知也。〔註109〕

山谷時攜諸生前往張家「綠陰堂」宴飲，把酒至夜晚，在「雲陰雷風」惡劣天氣中，大家竟「衝雨踏泥而歸」，表現師生相從「游息之樂」，瀟灑自在，

〔註104〕《別集》，卷18，頁1856。
〔註105〕〈自評文〉，《蘇軾文集》，卷66，頁2069。
〔註106〕蘇軾〈書吳道子畫後〉，《蘇軾文集》，卷70，頁2210～2211。
〔註107〕同前註7。
〔註108〕見前註12，頁147。
〔註109〕《別集》，卷2，頁1494。

平淡有味。另山谷在黔州〈答李材書〉中云：

> 閒居多病，人事廢絕。遇風日晴暖，從門生、兒姪，扶杖逍遙林麓
> 水泉之間，忽不知日月之成歲。〔註110〕

即使疾病纏身，在「風日晴暖」時節，山谷與晚輩仍時時逍遙山水之間，流露孔門「風于舞雩」灑脫自得之境。

至於與人登覽山水，其記景文字簡淨，且以主觀寫意的手法爲之，看似平淡無奇，卻「韻致特超」，如〈石門寺題名記〉云：

> 晚到石門，秋氣正肅。斜日在青苔上，冷光翻衣袂。此地憶康樂「迴
> 溪淺瀨，茂林修竹」語，使人意遠。〔註111〕

渲染石門寺秋日黃昏之蕭瑟，流露簡遠之趣。又如〈題太平州後園石室壁〉記述「與友人同酌桂漿，楊姝彈〈風入松〉、〈醉翁吟〉，有林下之意。琴罷，寶薰郁郁，似非人間」，有出世之趣。〔註112〕〈題太平觀壁〉、〈題西林寺壁〉云「觀四山急雨，草木皆成聲」、「愛碧甃流泉，凌厲暑氣，徘徊不能去」之句，充滿詩意。〔註113〕又如〈吳叔元亭壁記〉，「晚登秀江亭，澄波古木，使人得意於塵垢之外，蓋人閑、景幽，兩奇絕耳」，具超逸脫俗之美。這些行記、題記及壁記表現作者澄明心境，遇境而生，彷彿是一首首散文詩。

山谷與人書簡言「人生夢中事耳，畢竟無得失是非，但要心常閒曠耳」，〔註114〕心中不存世俗利害得失，而能「仰觀青天行白雲，萬事不置」，〔註115〕胸中蕩然，擺脫物累，故能以審美態度經營日常生活，耳目所接，無事不樂，如所謂「春谿茗荈日佳，想甚助吟諷之味」、「想山中閑寂，極得讀書之味」，且「以杜門守四壁爲樂」，〔註116〕時時流露自足的心境。物資缺乏的生活裡，黃庭堅自有其安樂秘訣，並與友人分享「作一杯虀，不和油醬。熱煮菜以侑飯，此安樂法也」，〔註117〕粗食淡飯，自有一番滋味。又如〈與宋子茂書〉曰：

〔註110〕《別集》卷 14，頁 1739～1740。
〔註111〕〈海昏題名記〉、〈石門寺題名記〉見於《別集》卷 2、《補遺》卷 10，頁 1495、2319。
〔註112〕《補遺》卷 10，頁 2326。
〔註113〕以上兩篇見於《別集》卷 7，頁 1599～1600。
〔註114〕《補遺》卷 7，頁 2255。
〔註115〕〈與明叔少府書〉，《別集》卷 16，頁 1821。
〔註116〕見於〈答夢得承制書〉、〈與趙申錫判官〉，《別集》卷 17、《續集》卷 5，頁 1848、2018。
〔註117〕《續集》卷 8，頁 2082。

　　某寓舍已漸完，使令者但擇三四人差謹廉者耳。既不出謁，所與遊
　　者亦不多，山花野草，微風動搖，以此終日。衣食所資，隨緣厚薄，
　　更不勞治也。此方米麵既勝黔中，飽飯摩腹，婆娑以卒歲耳。〔註118〕

在他人眼中看似平淡無味的生活，「山花野草，微風動搖」，「飽飯摩腹」，山
谷卻能以此終日，優遊以卒歲。與人小簡云「買地畦荄，開軒藝竹，水濱林
下，萬事忘矣」，「僦居城南，雖小屋而完潔，舍後亦有三二畝閒地，畦蔬植
果，亦有飯後逍遙之地」，〔註119〕在謫居、閒居生活裡，山谷買地躬耕以自養，
內心無所牽掛，活在當下，真正領略到陶淵明「園日涉以成趣，門雖設而常
關者」隱居的田園情趣，不問世事得失，「但老農漁父山川田里間言語耳」，「杖
藜草履，林下與老農漁父游矣」，〔註120〕與鄉里老農漁父話敘家常，融入平淡
的田園生活。

　　此外，山谷臨終前半年《乙酉宜州家乘》中紀錄日常生活點滴，或與親
友繞城漫步、月下小酌，友人寄送蔬果、酒等，或與百姓話農耕，心無所累，
生活平淡有味。〔註121〕至於〈題自書卷後〉一文亦作於山谷辭世前一年，謫
居宜州半年：

　　雖上雨傍風，無有蓋障，市聲喧憒，人以為不堪其憂，余以為家本
　　農耕，使不從進士，則田中廬舍如是，又可不堪其憂耶？既設臥榻，
　　焚香而坐，與西鄰屠牛之机相直，為資深書此卷，實用三錢買雞毛
　　筆書。〔註122〕

其居處可謂簡陋極至，上下四周了無屏障，吹風淋雨，山谷竟視為家鄉田中
的廬舍，處之泰然。焚香而坐，旁鄰竟是屠牛之舍，以廉價粗陋的雞毛筆寫
字，與往日清賞文房雅趣，或不可同日一語，然而卻更表現其超然自得之心
境、平淡的人生境界。

〔註118〕《別集》卷15，頁1789。
〔註119〕〈答宋子茂〉、〈與中玉知縣書〉，《續集》、《別集》卷3、卷15，頁1983～1984、
　　　　1767。
〔註120〕〈答李德素〉、〈答味道明府簡〉，《續集》、《補遺》卷5、卷4，頁2022、2191。
〔註121〕如（正月）十日己卯：「晴。步至三角市。食罷，從元明步自小南門，繞城觀
　　　　四面皆山，而無林木。歷西門、北門、東門、正南門，復由舊路而還。得曹
　　　　醇老書，寄二酒、乾筍菌、生熟栗、黃甘、山藊。」「（四月）二十三日庚寅，
　　　　晴。自丙子至庚寅，晝夜或急雨，簷溜溝水，行輒霑，問民間，未可以立苗
　　　　也。食新蓮實。」《補遺》，卷11，頁2331～2348。
〔註122〕《正集》，卷25，頁645。

五、結　論——山谷散文的文學史意義

　　綜合上述，黃庭堅散文具有體裁多樣化的「小品」特色，且多半是唐宋古文家經常運用的書牘、序跋、雜記及論說等文體，然唐宋古文的論說文章以政論、史論為主；至於序、記，南宋葉適指出「韓愈以來，相承以碑、誌、序、記為文章大典冊」；〔註123〕而山谷乃放棄「高文大冊」的傳統作法，採用「小文小說」的隨筆雜錄，以雜說、尺牘、題跋文、行記、題記等為主，使「載道」古文更加個性化、生活化，其實這也體現唐宋古文運動的美學意義。〔註124〕山谷散文內容幾乎不涉及政治國事，而以文人生活、風度為主，如治學修身、談文論藝、品評人物、參禪學道、登覽山水、及品味生活等等，展現宋代文人士大夫私領域的豐富面貌；並流露文人的性情風度，富有理致意趣。又形式靈活自由，隨筆雜錄；或隨物賦形、超越法度，達到無法、平淡之境，實踐「韻」的審美理想。總之，山谷散文具「小品」文類駁雜、抒發性情及追求趣韻等特色。

　　晚明「小品」源流可上溯至先秦散文，至魏晉六朝已普遍出現，且其意趣與風神頗接近晚明；宋朝則以蘇軾、黃庭堅最引人矚目，近現代散文大家周作人即云「由板橋、冬心溯而上之這班明朝文人，再上連東坡、山谷等，似可編出一本文選，即為散文小品的源流材料」，〔註125〕指出從清代鄭燮、金農可上溯至晚明文人及宋代蘇軾、黃庭堅等人。蘇軾散文兼有高文大冊與小文小說，而黃庭堅則自評「雜文，與無咎等耳」，〔註126〕山谷所謂「雜文」應

〔註123〕見前註 38。

〔註124〕錢穆：〈雜論唐代古文運動〉首先就純文學立場考察唐代古文運動，以為韓愈、柳宗元乃「融化詩賦的風神情趣於短篇散文中」，即後來所謂的「唐宋古文」。葛曉音：〈論唐代的古文革新與儒道演變的關係〉中云韓、柳二公「將詩賦緣情述懷的功能移入向來專職論理記事的散文，使散文從應用性轉向文學性」，並稱之「新古文」，《漢唐文學的嬗變》（北京大學出版社，1990），頁 157～179。何寄澎：〈論韓愈之「以詩為文」——兼論韓文寫作策略之形成及影響〉，則指出唐宋「新古文」與詩歌相同——「感激而發」、「有個性」，《典範的遞承——中國古典詩文論叢》（臺北：文史哲出版社，2002），頁 83～125。柯慶明：〈從韓柳文論唐代古文運動的美學意義〉中揭示「唐代古文的基本的美學風格：以百姓日用的經驗來闡發人倫心性的旨趣」，《中國文學的美感》（河北：教育出版社，2001 年），頁 315。以上學者們皆指出唐宋古文運動的美學意義。

〔註125〕引自周作人〈與俞平伯君書〉一文，文中尚云「現在的小文與宋明諸人之作在文字上固然有點不同，但風致實是一致……」。《周作人先生文集・周作人書信》（臺北：里仁書局，1982 年），頁 161～162。

〔註126〕〈論作詩文〉：「予嘗對人言，作詩在東坡下，文潛、少游上；至於雜文，與

從蘇軾而來：

　　　所示書教及詩賦雜文，觀之熟矣。大略如行雲流水，初無定質，但
　　常行於所當行，常止於所不可不止，文理自然，姿態橫生。〔註127〕

這段話與東坡自評文相似，追求「文理自然，姿態橫生」之境。從上述可知山
谷散文「小品」的確體現「雜文」特色，為其自覺所追求的理想文境。在唐宋
「古文」載道經世的傳統下，黃庭堅自知不長於議論大文，卻承其師蘇軾致力
開闢小文小說之寫作，呈現「大言小語」、「韻致特超」的「小品」風格。可惜
山谷散文成就不但為其詩名所掩，亦在蘇軾的萬丈光芒下，難以彰顯其價值，
其實從唐宋「古文」至晚明「小品」，山谷散文乃具有承上啟下的意義。

　　此外，山谷散文「小品」的「大言小語」與晚明「小品」的確有境界高低
差別，後者往往為人詬病，流於狹隘、庸俗，在於格調不高，境界不深。〔註128〕
錢穆在〈中國文學中的散文小品〉一文中云：

　　　所謂小品文者，乃指其非大篇文章，亦可說其不成文體，只是一段
　　一節的隨筆之類。但這些小品，卻在中國散文中有甚大價值，亦可
　　說中國散文之文學價值，主要正在其小品。

指出「小品」雖然是隨筆之類，卻具有大價值，甚至以為中國散文的文學價值
即在於「小品」。不過錢氏亦云「小品在文學中有其極高境界，但不應有意專要
寫小品」，並指出晚明「鍾、袁諸人只因有意要寫小品」，反而寫不好。〔註129〕
然山谷散文以「治心養氣」為本，無論為人、讀書、作文皆「致思高遠」，造就
其詩文「格韻高絕」。〔註130〕總而言之，黃庭堅散文「小品」成就及地位實不
容忽視。

　　　無咎等耳。」《別集》，卷11，頁1686。
〔註127〕〈與謝民師推官書〉，《蘇軾文集》，卷49，頁1418。
〔註128〕可參見陳少棠論及「晚明『小品』的評價與其成就」，同前註12，頁155～156。
　　　　及何寄澎〈對晚明小品的幾點反思〉中相關論述，《典範的遞承——中國古典
　　　　詩文論叢》，頁223～231。
〔註129〕該文收錄於氏著：《中國文學論叢》（臺北：東大圖書，2001年，2版），頁
　　　　80～96。
〔註130〕參見前註3。

附錄一 傷逝、追憶與不朽──蘇軾、黃庭堅題跋文的時間意識 [註1]

一、前 言

　　在宋代散文中,「題跋」可以說是最駁雜、新穎的文體,其源於書畫跋尾和讀書札記,前者逐漸由晉代書畫作品擴大至金石碑帖、詩文作品、文集著述,至於後者為唐代古文家開創的一類標為題後、書後、讀某的雜文。 [註2] 南宋呂祖謙(1137～1181)《宋文鑑》始立「題跋」一體,之後《元文類》、《明文衡》、《文體明辨》等文選皆立之, [註3] 其中明代徐師曾(1517～1580)乃云「其詞考古證今,釋疑訂謬,褒善貶惡,立法垂戒,各有所為,而專以簡勁為主,故與序引不同」, [註4] 指出題跋與序文之差異。但至清代姚鼐(1731

[註1] 本文曾於《唐宋散文學術研討會》(2008 年 10 月)上宣讀,感謝會中陳憲仁助理教授、葉國良教授的講評與建議。

[註2] 參見朱迎平:〈宋代題跋文的勃興及其文化意蘊〉,《宋文論稿》(上海財經大學出版社,2003 年),頁 3～18。

[註3] 參見元朝蘇天爵編:《元文類》(臺北:世界書局,1962 年);明朝程敏政編:《皇明文衡》(臺北:臺灣商務,1967 年);明人吳訥:《文章辨體》(臺北市:國立中央圖書館縮影室,1985 年。);明人徐師曾,《文體明辨》(上海市:復旦大學出版社,2007 年 11 月)。

[註4] 徐師曾〈文體明辨序〉云:「按題跋者,簡編之後語也。凡經傳子史、詩文圖書之類,前有序引,後有後序,可謂盡矣。其後覽者,或因人之請求,或因感而有得,則復撰詞以綴於末簡,而總謂之題跋。至綜其實則有四焉:一曰題,二曰跋,三曰書某,四曰讀某。夫題者,締也,審締其義也。跋者,本也,因文而見其本也。讀者,因於讀也。題、讀始於唐:跋、書起於宋。曰題跋者,舉類以該之也。其詞考古證今,釋疑訂謬,褒善貶惡,立法垂戒,各有所為,而專以簡勁為主,故與序引不同。」《文體序說三種》,頁 92。

～1815）《古文辭類纂》簡化文體爲十三類，以爲兩者同具「推論本原，廣大其義」的性質，故合稱「序跋」。〔註5〕

今人褚斌杰《中國古代文體概論》一書中雖遵循姚鼐的分類，主張「序和跋的性質是相似的，它們都是對某部著作或某一詩文進行說明的文字」，不過值得注意的是他將題跋文大致分成兩類：一類是「學術性」的，如讀後感和考訂書、文、畫、金石碑文的源流、眞僞等短文；另一類是「文學性」的，乃優秀的散文小品。〔註6〕其實，早在明代毛晉（1599～1659）即道出「題跋似屬小品，非具翻海才射雕手，莫敢道只字」，〔註7〕換言之，文學性「小品」特質使「題跋」成爲可以獨立玩味的文學體裁。另楊慶存〈論宋代散文體裁樣式的開拓與創新〉一文中則指出「前人常將序、跋并論，僅就其客體對象而言（如爲一書寫的序、跋），實有共同點，然其體製殊別，各成一式」，認爲序文、題跋雖有某些共通之處，其實後者題材廣泛、體式多樣。〔註8〕

北宋中期的歐陽脩（1007～1072）可以說是第一位標舉「題跋」者，〔註9〕其文集中有「雜題跋」一卷，收文 27 篇；又集錄自古以來的金石文字編爲《集古錄》，撰成《集古錄跋尾》10 卷 400 餘篇。朱迎平以爲前者屬於「文學類題跋」，乃「一種新的隨筆小品文體」；後者則爲「學術性題跋」，「載錄、考訂、議論三者」爲基本體式。〔註10〕之後蘇軾（1037～1101）、黃庭堅（1045～1105）大力開拓「文學類題跋」，促使該體之成熟。蘇軾、黃庭堅題跋的文學價值甚高，早爲世人所肯定，如明人毛晉即云「凡人物書畫，一經二老（蘇、黃）題跋，非雷非霆，而千載震驚，似乎莫可伯仲」，〔註11〕對蘇、黃的題跋文推崇甚高。

〔註5〕姚鼐著、吳孟復等主編：《古文辭類纂評注》（合肥：安徽教育出版社，2004年）原序，頁 15。

〔註6〕《中國古代文體概論》（北京大學出版社，1990 年）第十一章「序跋文」，頁 382。

〔註7〕引自毛晉輯：《容齋題跋》（臺北：廣文書局，1971 年），卷 2，頁 21。

〔註8〕楊慶存：《宋代文學論稿》（上海：復旦文學出版，2007 年），頁 26～49。

〔註9〕毛雪：《蘇軾、黃庭堅題跋文研究》（鄭州大學碩士論文，2003 年）中指出「北宋中期的歐陽修是將"題後"、"書後"、"評"、"題後"、"跋"等名稱合爲"題跋"一詞，而正式用於標明該體的第一人，也是大量寫作題跋文的始作俑者」，頁 10。

〔註10〕同前註1。

〔註11〕引自《東坡題跋》（臺北：廣文書局，1971 年），卷 6，後記，頁 38～39。又毛晉引黃庭堅〈書家弟幼安作草後〉云「老夫之書本無法也，但觀世間萬緣如蚊蚋聚散，未嘗一事橫於胸中，故不擇筆墨，遇紙輒書，紙盡則已，亦不計較工拙與人之品藻譏彈」，以爲「此數語即可跋山谷題跋矣」，《山谷題跋》

蘇、黃題跋並稱，山谷可以說承東坡題跋創作，兩人題跋文皆多達數百首，其題材廣泛、表達豐富、體式靈活、趣味盎然為共同特徵，〔註12〕然因兩人性格差異，亦表現不同的風格。〔註13〕

　　蘇軾、黃庭堅題跋文內容包羅萬象，〔註14〕可以說遍及文人生活各個領域，以性情、意趣見長。題跋乃「簡編之後語」，〔註15〕簡編包括詩文書畫等等，即所謂「載體」，題跋即載體後之文字，〔註16〕兩者撰作時間往往有所差距，而敏銳的作者從其中產生對時間的自覺。而「時間意識」又是中國文學常見主題之一，早在先秦散文《論語》中，孔子即慨歎云「逝者如斯夫，不舍晝夜」，時間如河水般流逝，一去不返；屈原〈離騷〉云「時繽紛其變易兮，又何可以淹流」，亦對時間推移感到無限悵惘；中國文人對時間的感知，往往以一種存在的悲感來示現，傷春悲秋也成為中國文學抒情傳統的重要內涵。雖然如此，對生命有限的超越，亦從先秦《左傳》就提出「死而不朽」，所謂「立德、立功、立言」，追求精神之不朽；〔註17〕之後曹丕更肯定「蓋文章，

（臺北：廣文書局，1971 年），卷 9 後記，頁 24～25。

〔註12〕同前註1。

〔註13〕參見毛雪：《蘇軾、黃庭堅題跋文研究》第三章第四節云：「蘇軾在他的題跋文中突現的是一個歷經磨難而曠放闊達、富有生活情趣的心靈，是他性格的昇華、思想的結晶。」至於黃庭堅「著重內省、以養心治性為本。這種生活態度反映了黃庭堅追求潔身獨善的人格，也決定了他的題跋必然呈現出含蓄、典正的風格」，頁 42。又賴琳：《黃庭堅題跋文研究》（蘭州大學碩士論文，2007 年）第四章第二節〈蘇黃題跋的同異〉中論述蘇、黃題跋的藝術個性上同中有異：「蘇東坡活潑痛快，黃庭堅行文典正靖深」、「東坡題跋以達觀為宗趣，山谷題跋以道德為旨歸」。頁 54～55。

〔註14〕見前註賴琳論文中第三章第一節云：「山谷題跋的內容更是遍及文人生活的各個領域──體道、治學、為人、制藝、鑒定、欣賞、參悟、懷舊……可謂包羅萬象，都是一心一意地探求人生真諦、藝術奧妙和處世姿態。」頁 21；又第四章第一節中指出「從整體上說蘇黃題跋都遍及生活和文化的各門各類，體現了作家橫溢的才華，豐富的閱歷，高尚的情操，精深的哲悟。」頁 49。

〔註15〕同前註3。

〔註16〕朱迎平云：「題跋文的正體應有原始載體，或書畫，或載籍，而其文題之於後，其變體則包括一些獨立撰寫的讀書短札」，同前註1，頁4～5。又朱先生指出「後人輯錄題跋，往往將諸如"書事"的記人敘事的短文，題寫於山川名勝、器物玩好之上的"題詞"等都歸於其中，雖形制略同，但體裁有別」，以為可視之「廣義的題跋文或題跋的變體」。

〔註17〕《春秋左傳正義》（北京大學出版社，1999 年）魯襄公二十四年紀載范宣子問穆叔「古人有言曰『死而不朽』，何謂也？」穆叔未對：叔孫豹則曰：「大上有立德，其次有立功，其次有立言，雖久不廢，此之謂不朽」，卷 35，頁 1001

經國之大業，不朽之盛事」，〔註18〕中國歷代文人莫不積極著作，以抗拒生命之消亡。而題跋的作者品評他人或自己過去的「作品」當下，凝視光陰流逝，面對時間洪流，往往流露濃厚抒情性，或表達傷逝、相知之情，或抒發文人的性情懷抱。因此本文欲從「時間」角度切入，抉發蘇軾、黃庭堅題跋文所呈現的抒情面向之一。〔註19〕

二、傷逝悼懷

多數題跋文與「載體」本身存在時間的差距，當「載體」的主角或作者已逝，「載體」則形同遺物，而人們面對死生大限難以逾越所湧生的悲情，使此類題跋文往往成為傷逝悼懷之作。如蘇軾〈記黃州對月詩〉中，以往昔在徐州與友人「飲酒杏花下」對照今日「張師厚久已死，今年子立復為古人，哀哉」，眼見昔日故友一一作古，不禁哀歎生命之短促、無常。又如〈題顏長道書〉記述「故人楊元素、顏長道、孫莘老，皆工文而拙書，或不可識」，「三人相見，輒以此為歎。今皆為陳跡，使人哽噎」，亦是昔今對照，死生乖隔；〈書黃州詩記劉原父語〉文後云「原父既沒久矣，尚有貢父在。每與語，強人意，今復死矣。何時復見此俊傑人乎？悲夫」，〔註20〕子瞻面對原父、貢父兄弟相繼離世，除了表達失去摯交之慟外，亦悲歎人才之殞落。

至於黃庭堅則有不少悼念亡弟知命的文章，其嘗與人小簡云「自家弟知命棄去，每遇舊遊故人，未嘗不泫然也」，〔註21〕失去手足至親，令人哀痛難抑。山谷〈書自作小楷後〉云：

> 知命無恙時，曰少年以此軸來乞書，余即為書數紙。既而多事，此書沉沒亂書中不復見。今日在福溪道中偶尋得，對之淒然，因為書徹。〔註22〕

偶然尋獲昔日知命為他人向己所乞之字紙，死生乖隔的淒惻，僅能藉「書徹」

～1004。

〔註18〕魏朝曹丕：《典論・論文》（北京：中華書局，1985年），頁1。

〔註19〕題跋文中的時間感並非始於蘇軾、黃庭堅，因兩人題跋文數量多，不似前人偶而為之，較具代表性。

〔註20〕以上三文分別見於《蘇軾文集》（北京：中華書局，1992年）卷68、69，頁2166～2167、2194。

〔註21〕見〈與味道通判簡〉，《黃庭堅全集・補遺》（成都：四川大學出版社，2001年），卷4，頁2190。

〔註22〕《黃庭堅全集・補遺》，卷9，頁2292。

撫慰永訣的傷痛。又見知命摹寫魯公東西林碑陰字,「殊有一種風氣,恨未遒耳,年不五十,遽成丘山。觀其平時規摹,不自謂止此。今日見此書,心欲落也」,〔註23〕見知命的遺墨,惋惜筆力未遒外,更表達對知命早逝之不捨與心痛。另山谷〈跋李公擇書〉道出與舅父李常生前超出舅甥關係的「相知之鑒」,今日「惜乎冢木拱矣,觀此遺墨,為之霣涕」,不禁潸然淚下。至於〈書平原公簡記後〉則敘述「在雙井永思堂檢舊書,見元祐初簡記,如接笑語。軍山之木拱矣,眼中無復斯人,使人惘然竟日」,〔註24〕故人笑語猶在耳畔,卻永遠無法再見此人形貌,如真似幻,恍若隔世,令人悵惘不已。

　　時間必然流逝,生命必然死亡,此乃人類共同哀感,歷史學者李紀祥先生即指出「生命的有限是弔的根源,也是哀情之源,這是一種『傷逝』」,「不唯是傷『逝』,也是『傷』逝」。〔註25〕蘇軾〈題劉景文所收歐公書〉中述及元祐五年(1090)「偶與楊次公同過劉景文,景文出此書,僕與次公,皆文忠客也」,而次公乃効歐公「抵掌談笑」,〔註26〕緬懷歐公,令人感嘆萬分。然七年後,即紹聖四年(1097)景文亦作古,子瞻讀其詩憑弔景文云:

> 景文有英偉氣,如三國時士陳元龍之流。讀此詩,可以想見。其人以中壽沒於隰州,哀哉!哀哉!曇秀,學道離愛人也,然常出示其詩,與余相對泣下。

懷想景文生前英偉之風采,連俗緣淡薄的方外之士曇秀見景文遺墨仍不禁與子瞻相對而泣。又蘇軾言景文「死之日,家無一錢,但有書三萬軸,畫數百幅耳」,〔註27〕可想見景文之風雅不俗;黃庭堅〈書劉景文詩後〉亦云景文「胸中有萬卷書,筆下無一點俗氣」,但今日卻見「其身後圖書漂散」,而「余亦鬚髮盡白」,人去物散之淒涼,相對自己衰老,不禁「令人氣塞」,〔註28〕對歲月流逝之深深無奈。另山谷〈書東坡與蔡子華詩後〉一文,蘇軾〈寄蔡子華〉原詩作於元祐五年,詩云「霜髯三老如霜檜,舊交零落今誰輩」,三老為蔡子華、王慶源與楊君素,元符三年,山谷題跋此文云「余來青衣,當東坡詩後十一年,三老人悉

〔註23〕〈跋知命弟與鄭幾道駐泊簡〉,《黃庭堅全集・別集》,卷8,頁1635。
〔註24〕〈跋李公擇書〉、〈書平原公簡記後〉,《黃庭堅全集・別集》,卷6、8,頁1564、1630。
〔註25〕引自李紀祥,〈歷史與不朽——在時間中的「在」與「逝」〉,《時間・歷史・敘事》(臺北:麥田出版,2001年),頁305。
〔註26〕《蘇軾文集》卷69,頁2197。
〔註27〕〈書劉景文詩後〉、〈記劉景文詩〉,《蘇軾文集》卷68,頁2153~2154。
〔註28〕《黃庭堅全集・正集》,卷25,頁662。

已下世，或見其兒孫甥姪耳」，〔註29〕詩中三老全已作古，而此時東坡則謫居偏遠嶺南，十一年前「舊交零落今誰輩」之詩句，亦是此時此景之寫照，更使人拊卷太息，文後書以「天少晴又欲雨」透露示內心沉重之複雜情思。

　　凝視時間之流逝，最令人怵目驚心的是題跋文中時間數字的頻繁出現，其標誌生命之流失，流露濃厚的遷逝感。如〈書諸公送鼌緯先生詩後〉一文，自述「鼌緯先生既歿三十餘年，軾始從其子復游，雖不識其人，而得其為人」，子瞻所以在鼌緯先生離世三十餘年後，始與其子游，其實有段因緣，蘇軾曾作〈鼌緯先生詩集敘〉提及先父游京師返鄉後，嘗以魯人鼌緯先生之詩文十餘篇示己云「小人識之。後數十年，天下無復為斯文也」，「其後二十餘年，先君既沒，而其言存」，蘇軾乃「懷先君之遺訓」，網羅鼌緯先生之遺文。至於題跋文則著重於「諸公送鼌緯先生詩」，敘述「先生為閬中主簿，以詩餞行者凡二十餘人，皆一時豪傑名勝之流。自景祐至今，凡四十餘年，而凋喪殆盡，獨張居宗益在耳」，近半世紀後，二十餘位諸賢竟僅存一人，時光匆匆流逝，生命必然死亡，不禁興起「悼歲月之不居，感人事之屢變」悲歎。〔註30〕又如〈跋蔡君謨書海會寺記〉云：

> 君謨寫此時，年二十八。其後三十二年，當熙寧甲寅，軾自杭來臨安借觀，而君謨之沒已六年矣。……竹林橋上，暮山依然，有足感嘆者。

蔡襄〈海會寺記〉云「竹林最得山水佳趣」，三十二年後，景物依舊，君謨卻已作古，當年明師亦老去，蘇軾憑藉該文遙想三十二年前情景，流露物是人非的滄桑感。另〈題蔡君謨帖〉云：

> 慈雅游北方十七年而歸，退老於孤山下，蓋十八年矣。平生所與往還，略無在者。偶出蔡公書簡觀之，反覆悲歎。耆老凋喪，舉世所惜，慈雅之歎，蓋有以也。〔註31〕

慈雅游北方「十七年」、退隱孤山「十八年」，在時間流逝中，耆老一一凋零，物存人逝，連方外人士亦止不住悲情，感慨十分深沉。

三、撫今追昔

　　題跋文中的「載體」多半是片斷的文章、零星的記憶等等，銜接了過去

〔註29〕分別見於《蘇軾詩集》卷31，頁1665；《黃庭堅全集・補遺》，卷9，頁2306。
〔註30〕二文分別見於《蘇軾文集》卷68、10，頁2128、313。
〔註31〕品題蔡襄二文，見於《蘇軾文集》卷69，頁2180～2181。

與現在，往往成爲情感觸媒，召喚昔日記憶；〔註32〕追憶即是往事的再現，但因載體「斷片」的限制，所召喚的往事多爲吉光片羽，卻也是難以磨滅的記憶，藉此表達文人相知相勉之情誼，或寄託個人情志。如前文述及蘇軾〈記黃州對月詩〉：

> 僕在徐州，王子立、子敏皆館於官舍。而蜀人張師厚來過。二王方年少，吹洞簫，飲酒杏花下。明年，余謫居黃州，對月獨飲，嘗有詩云：「去年花落在徐州，對月酣歌美清夜。今年黃州見花發，小院閉門風露下。」蓋憶與二王飲時也。

子瞻面對舊詩〈黃州對月詩〉中「對月酣歌美清夜」，想起謫居黃州期間回憶在徐州與三位友人「飲酒杏花下」之美景，徐州歡飲與黃州孤寂之對照，如今摯友雖一一作古，子瞻仍惓惓不忘彼此相契之情。至於〈題張安道詩後〉記述元祐六年張方平「薨於南都」，彌留之際，有人問其後事，「但言伸意子瞻兄弟」，方平竟將後事完全託付子瞻兄弟，他人想必相當訝異，蘇軾乃追憶元豐三年，其弟子由原跟隨方平作州學教授，後受自己牽累貶謫筠州，臨別前方平「口占此詩爲別，已而涕下」，詩云「因嗟萍梗才名客，自嘆匏瓜老病身。一榻從茲還倚壁，不知重掃待何人」，表達文人失志共同命運，更言及「安道平生未嘗出涕向人也」，於是特錄此詩於舉哀的「薦福院中」，〔註33〕蘇軾藉題方平臨別的口占詩，道出他與蘇氏兄弟深厚的忘年之交。

　　蘇軾〈跋文忠公送惠勤詩後〉歐公原詩作於慶曆六年（1046），題跋作於熙寧六年（1073），惠勤出示該詩時，歐公已離世一年，兩者相差二十八年。蘇軾回憶初見此詩時，尚未識歐公，之後多次從歐公口中得知惠勤爲人，「然猶未識勤也」，直到熙寧四年，蘇軾通判杭州，途中見歐公，「屢屬余致謝勤」，終於「見勤於孤山下」，然次年歐公辭世，「而勤亦退老於孤山下，不復出游矣」，蘇軾以第三者追憶與歐公、惠勤的相識，見證兩人相知交契之情誼。又如〈跋先君書送吳職方引〉，蘇洵該文約作於至和二年（1055），蘇軾題跋作於元豐七年（1084），此時蘇洵、歐陽脩早已辭世，文中追憶「始先君家居，

〔註32〕　參見美國漢學家宇文所安著、鄭學勤譯：《追憶：中國古典文學中的往事再現》
　　　　（臺北：聯經出版，2006 年）中的〈斷片〉一文云：「在我們與過去相逢時，
　　　　通常有某些斷片存在於其間，它們是過去與現在之間的媒介，……這些斷片
　　　　以多種形式出現：片斷的文章、零星的記憶、某些殘存於世的人工製品的碎
　　　　片。」作者在該文中建構了斷片的美學，頁 93-113。
〔註33〕　《蘇軾文集》卷 38，頁 2138。

人罕知之。公攜其文至京師，歐陽文忠公始見而知之。公與文忠謫夷陵時，贈公詩有『落筆妙天下』之語」，〔註34〕感激歐公與先父之知遇，使蘇洵之文名不致埋沒不彰。至於〈書聖俞贈歐陽閥詩後〉，憶起往昔梅公與先父交游時，「余與子由年甚少，世未有知者，聖俞極稱之」，且有詩云「蘇子居其間，飲水樂未央」，「歲月不知老，家有雛鳳凰」，極力稱讚蘇軾、蘇轍兄弟。然如今梅公辭世四十年，蘇軾卻貶謫嶺南，文中云：

> 南遷過合浦，見其門人歐陽晦夫，出所爲送行詩。晦夫年六十六，
> 予尚少一歲，鬚鬢皆浩然，固窮亦略相似。於是執手大笑，曰：「聖
> 俞之所謂鳳者，例皆如是哉！」天下皆言聖俞以詩窮，吾二人者又
> 窮於聖俞，可不大笑乎？〔註35〕

子瞻在途中遇見梅公門生歐陽晦夫，兩人年紀相仿、「固窮」相似，子瞻以自嘲口吻道出千古詩人共同命運，「執手大笑」中其實透露深沉的身世感慨。

黃庭堅與俞清老少年共學於淮南，其〈書贈俞清老〉中言及當年「嘗作七言長韻贈清老」，「清老至今班班能誦之。邇來相見，各白髮矣。余又以病，屏酒不舉肉多年。清老相過，特蔬飯茗飲，道舊終日爾」，如今兩人垂垂老矣，聚首話舊憶往，終日不倦。至於〈書贈宗室景道〉則追憶「曩時與宣州院公壽、景珍嘗共文酒之樂，此時景道已能著帽在傍」，而「今日相見，景道頎然立於朝班，予則將老矣」，山谷自書「忠信孝友之說」贈之，〔註36〕以期勉景道不負先人之遺訓。又如〈書張仲謀詩集後〉一文憶及年輕時與仲謀同在葉縣爲官，兩人「相樂如弟兄」，「仲謀刻意學作詩」，三十年間，「每相見，仲謀詩句必進」，晚年山谷「竄逐蠻夷」，「而仲謀來守施州」，乃調侃彼此「齟齬同游蓬藋柱宇」，〔註37〕仲謀寄詩請山谷評之，「以此自成一家，可傳也」，相契相勉之情溢於言表。

蘇軾、蘇轍兄弟手足情深，傳爲文壇佳話，從進士及第始，無論游宦、貶謫，朝廷居官，無不同進同退，其詩文往往流露共通情志，如蘇軾〈題別子由詩後〉，因友人歸洛，而憶起兩年前「自黃遷汝，往別子由於筠」，作詩留別，其中云「先君昔愛洛城居，我今亦過嵩山麓」，「想見茅簷照水開，兩

〔註34〕以上兩文見於《蘇軾文集》卷68，頁2127、2192。

〔註35〕《蘇軾文集》卷68，頁2158。

〔註36〕以上二文分別見於《黃庭堅全集・正集》，卷25，頁652、654。

〔註37〕《黃庭堅全集・外集》，卷23，頁1409。

翁相對清如鵠」，兩人相約卜築洛城；如今「雖不過洛，而此意未忘」，此時子瞻已在京師，仍不忘與子由歸隱之約。又如〈書出局詩〉云：

> 忽記十年前在彭城時，王定國來相過，留十餘日，還南都。時子由為宋幕，定國臨去，求家書，僕醉不能作，獨以一絕與之。……今日情味雖差勝彭城，然不若同歸林下，夜雨對床，乃為樂耳。

該文作於元祐三年，子瞻、子由兄弟皆居京師要職，子瞻因局中早出，作詩云「傾杯不能飲，待得卯君（子由）來」，因而回憶十年前的彭城往事，以一絕作家書，最後云「淚濕粉牋書不得，憑君送與卯君看」，流露相思之情；至今仍期待「同歸林下，夜雨對床」。至於〈書彭城觀月詩〉云：〔註38〕

> 「暮雲收盡溢清寒，銀漢無聲轉玉盤。此生此夜不長好，明月明年何處看。」余十八年前中秋夜，與子由觀月彭城，作此詩，以《陽關》歌之。今復此夜於贛上，方遷嶺表，獨歌此曲，聊復書之，以識一時之事，殊未覺有今夕之悲，懸知有他日之喜也。

十八年前與子由共賞中秋月圓，即有深沉之身世感慨，晚年謫居惠州，獨歌此曲，卻能更坦然面對人生之悲喜。至於黃庭堅〈跋行書〉：

> 王略澤辭乞書，會予新病癰瘍，不可多作，漫書數紙，臂指皆乏，都不成字。若持到淮南，見余故舊，可示之，何如？元祐中黃魯直書也。建中靖國元年五月乙亥，荊州沙尾水漲一丈，堤上泥深一尺，山谷老人病起書也，須髮盡白。〔註39〕

晚年謫居荊州，回憶元祐期間居京師，有人向山谷乞書，山谷希望對方若至家鄉淮南，能將此書示故舊，思鄉之情溢在言表；如今白髮謫居僻地，品題昔日舊書，京師繁華歲月已逝去，唯有思鄉之情不變，但又多了一分失志的惆悵，文中「水漲一丈，泥深一尺」似乎暗示其沉鬱心境。

四、不朽意識

當你追憶某人種種時，某人對你而言，其實已具有永恆的意義，不過宋人對士人在歷史長河的意義更加自覺，對永恆不朽具有更強烈的想望與追尋。如歐陽脩嘗云：

> 人之死，骨肉臭腐，螻蟻之食爾。其貴乎萬物者，亦精氣也。其精

〔註38〕《蘇軾文集》卷68，頁2135、2142、2150。
〔註39〕《黃庭堅全集‧補遺》，卷9，頁2311。

氣不奪于物，則蘊而爲思慮，發而爲事業，著而爲文章，昭乎百世
之上，而仰乎百世之下，非如星之精氣，隨其斃而滅也，可不貴哉！
〔註40〕

人所以爲萬物之靈在於「精氣」，發爲「事業」、「文章」，則具有永恆的生命，
歐公認爲「享於身者有時而止，施於後者其耀無窮」，〔註41〕勉勵士人在有限
的生命中實現最大的價值，追求人生至高無上的榮耀。而蘇軾曾引歐陽脩所
云：「文章如精金美玉，市有定價，非人所能以口舌定貴賤也。」〔註42〕亦重
視文章的永恆意義與價值，甚至直接將「士」比喻爲「良金美玉」，「決不碌
碌與草木同腐也」，〔註43〕充分肯定文人在歷史上的地位。

　　蘇軾、黃庭堅品題早逝的雋異士人的遺文，於悲痛惋惜之餘外，並賦予
士人不朽價值。〔註44〕如蘇軾〈書黃道輔品茶要錄後〉論及黃道輔《品茶要
錄》十篇「委曲微妙，皆陸鴻漸以來論茶者所未及」，「今道輔無所發其辯，
而寓之於茶，爲世外淡泊之好，此以高韻輔精理者，予悲其不幸早亡，獨此
書傳于世」，且以張機「有精理而韻不能高，故卒爲名醫」，反襯道輔文章「高
韻輔精理」，〔註45〕必可傳於後世。又如蘇軾、黃庭堅皆題跋早卒邢敦夫〈南
征賦〉，子瞻云「一日不見，遂與草木俱盡，故魯直、無咎等諸人哭之，皆過
時而哀。今觀此文，亦足少慰」，意味敦夫以文章不與「草木俱盡」，山谷「今
觀邢惇夫詩賦，筆墨山立，自爲一家，甚似吾師復也」，更以映襯手法提及未
滿二十而卒的謝師復，並以堅定口吻云「吾惇夫亦足以不朽矣」。〔註46〕

　　除了文章，士人出仕，實現抱負，從政愛民，長於吏事，豎立「爲政以德」

〔註40〕〈雜說〉三首之一，歐陽脩著、李逸安點校：《歐陽脩全集》（北京：中華書
　　　　局，2001 年）卷 15，頁 263。

〔註41〕〈袁州宜春縣令贈太師中書令兼尚書令冀國公程公神道碑銘〉，《歐陽脩全集》
　　　　卷 21，頁 341。

〔註42〕〈與謝民師推官書〉，文集卷 49，頁 1418～1419。

〔註43〕〈答黃魯直〉曰：「此人如精金美玉，不卽人而人卽之，將逃名而不可得，何
　　　　以我稱揚爲？」文集卷 52，頁 1532。〈答李方叔書〉，《蘇軾文集》，卷 53，頁
　　　　1581。

〔註44〕〈書邢居實南征賦後〉云：「今觀邢惇夫詩賦，筆墨山立，自爲一家，甚似吾師
　　　　復也。」《黃庭堅・正集》，卷 25，頁 667；〈書范子政文集後〉云：「子政以歲饑，
　　　　獨捨單父民賦十九。雖蚤世，可以不朽矣。」《黃庭堅・別集》，卷 6，頁 1564。

〔註45〕《蘇軾文集》，卷 66，頁 2067。

〔註46〕〈跋邢敦夫南征賦〉，《蘇軾文集》，卷 66，頁 2069；〈書邢居實南征賦後〉，《黃
　　　　庭堅全集・正集》，卷 25，頁 667。

典範，如蘇軾〈題鮮于子駿八詠後〉云「自朝廷更法以來，奉法之吏，尤難其人」，子駿除了面臨「刻急則傷民，寬厚則廢法」兩難外，又因「親族故人，散處所部」，尚有一難「以親則害法，以法則傷恩」，子駿雖面臨三難，爲政九年，而能「其聲藹然，聞之四方。上不害法，下不傷民，中不廢親，自講義措置至於立法定制，皆成於手」，子瞻題子駿八詠詩後，「以遺益昌之人，使刻於石，以無忘子駿之德」，鐫於石上，其實不僅贈當地居民，更值得士大夫效法。至於黃庭堅〈書范子政文集後〉開首即云「士之學，期於沒而不朽。君子之道，百世以俟聖人。故壽夭之際，未嘗置言」，士人追求君子之道，超越壽命長短，只是「中道而悔」，「豈能使人無憾於心」。山谷聞他人云子政「年三十試吏單父，方使者剝膚椎髓取於民以自爲功，子政以歲饑，獨捨單父民賦十九。雖蚤世，可以不朽矣」，〔註47〕相對於使者剝削人民，年僅三十的子政卻獨自減稅，表現愛民之情，即使早逝，亦足於在歷史上留下良吏之典範。

　　除了品評他人文章之不朽，黃庭堅對自己的藝文觀及創作亦胸有成竹，如〈題北齊校書圖後〉：

> 往時在都下，駙馬都尉王晉卿時時送書畫來作題品，輒貶剝令一錢不直，晉卿以爲過。某曰：書畫以韻爲主，足下囊中物，無不以千金購取，所病者韻耳。收書畫觀予此語，三十年後當識書畫矣。

黃庭堅回憶昔日在京師品評王詵蒐藏的書畫作品一文不值，山谷頗自信三十年後，「書畫以韻爲主」，果然「韻」成爲宋人最高的審美理想，山谷之後，論「韻」者甚眾。〔註48〕又其〈戲草秦少游好事近因跋之〉山谷自評「三十年作草，今日乃造微入妙」，以爲「此書當與與可老竹枯木並行也」，〔註49〕文同墨竹畫千古流傳，山谷自負表示其三十年行草必不朽於世，今日山谷書法確爲北宋四大家之一。

　　至於蘇軾〈書魯直浴室題名後〉則是一篇較特殊之作，該題跋先附黃庭堅題名原作，敘述京師浴室院有蜀僧令宗之壁畫，其「人物皆絕妙」，又令宗有懷道之容，「未易爲俗人言也」，然此壁雖在「冠蓋之區，而湮伏不聞者數十年」，直到蘇軾發掘其高妙之處。又言及寺中「井泉甘寒」，汶師碾建溪茶

〔註47〕以上二文見於《蘇軾文集》，卷68，頁2127；《黃庭堅全集・別集》，卷6，頁1564。

〔註48〕參見杜磊：《古代文論“韻”範疇研究》（上海：復旦大學博士論文，2005年）上編第三章〈“韻”範疇之美學成熟——宋金元〉頁44～60。

〔註49〕《黃庭堅全集・別集》，卷6、7，頁1581、1613。

「常不落第二」,「故人陳季常,林下士,寓棋簟於此」,蘇軾與范子功、黃庭堅在京師期間多次前往浴室院。東坡則題跋於後云:

> 後五百歲浴室丘墟,六祖變滅,蘇、范、黃、陳盡爲鬼錄,而此書獨存,當有來者會予此心,拊掌一笑。〔註50〕

竟想像五百年後灰飛湮滅,浴室院已成廢墟,五百年前過浴室院的人也作古,而山谷題名提供後人憑此文傾遙想當年蘇軾等人心境,文人觀畫、品茗、奕棋,流露文人的風流雅致,千古映照。黃庭堅〈跋自書玉京軒詩〉即云:

> 歲行一周,道純已凋落,爲之隕涕,故書遺超上人,可刻石於吾二人醉處,它日有與予友及道純好事者尚徘徊碑側。

十二年前的〈玉京軒詩〉中云「上有千年來歸之白鶴,下有萬歲不凋之瑤草。野僧雲臥對開軒,一鉢安巢若飛鳥」,「箇中即是地行仙,但使心閑自難老」,〔註51〕可想見當年山谷與道純「適性逍遙」之心境。如今山谷「臨文嗟悼」道純,且特書此詩,請人刻石於昔日二人醉倒之處,讓日後認識山谷與道純的人亦「有感於斯文」,正如王羲之〈蘭亭集序〉所云「後之視今,亦猶今之視昔」,個人生命雖不免殞落,但透過古往今來人類「集體存在、同情共感的信念,投入整體的歷史生命中,則個體之湮沒,雖死猶存,人類代代相交相感,亦自成一永恆持續之生命」。〔註52〕換言之,在歷史長河中人們憑藉「同情共感」促成生命之永恆。此外,黃庭堅〈書王荊公騎驢圖〉云:

> 金華俞紫琳清老,嘗冠秀巾,衣掃塔服,抱《字說》,追逐荊公之驢,往來法雲、定林,過八功德水,逍遙游亭之上。龍眠李伯時曰:「此勝事,不可以無傳也。」〔註53〕

俞清老爲王安石的門生,「性耿介」、「滑稽以玩世」,文中敘述清老捧著其師所著《字說》一路追隨已卸下宰相職位的荊公,兩人逍遙亭上,傳爲一時佳話,當時畫師李公麟特繪此圖,以流傳後世,山谷且品題之,強調君子不論

〔註50〕《蘇軾文集》,卷70,頁2262。

〔註51〕黃庭堅〈玉京軒詩〉,《黃庭堅詩集注·外集》,卷9,頁1047。

〔註52〕張淑香:〈抒情傳統的本體意識——從理論的「演出」解讀「蘭亭集序」〉,《抒情傳統的省思與探索》(臺北:大安出版社,1992年)

〔註53〕〈書贈俞清老〉云「清老性耿介,不能容俗人,間輒使酒嫚罵,以是俗子多謗譏,清老自若也,以故善人君子終愛之」,《黃庭堅·正集》,卷25,頁653。〈跋俞秀老清老詩頌〉云「清老往與予共學於漣水,其傲睨萬物,滑稽以玩世,白首不衰。荊公之門蓋晚多佳士云」,《正集》,卷27,頁722。〈書王荊公騎驢圖〉,《黃庭堅全集·正集》,卷27,頁733。

勢利，重道義的人品，塑造君子之交的典範。

五、結　論

　　歎逝、追憶與不朽爲中國古典文學中常見的主題，由上述可知蘇軾、黃庭堅某些題跋文具有濃厚的時間感，無論死生大限的哀感、文人相知期勉之情及不朽的追求，在在體現令人低迴不已的抒情境界。題跋文以人文載體爲主，與詩歌相比，少見比興寄託的手法、情景交融之境，卻以抒情口吻、素樸語言訴說對命運的觀照與沉思，道出深沉的人生感慨、生命之永恆。

　　錢穆曾就純文學立場考察唐代古文運動，以爲韓愈、柳宗元乃融化詩賦的風神情趣於短篇散文中，即後來所謂的「唐宋古文」；何寄澎師以爲唐宋「新古文」與詩歌相同——「感激而發」、「有個性」。〔註54〕蘇軾、黃庭堅的文學性題跋多半出自一時心靈陶寫，表現個人性情懷抱，也可以說是唐宋古文運動的優秀成果之一。不過正如錢穆先生所云「東坡爲文，多仗才氣，蓋短篇散文至於東坡之手，而得大解放，恣意所至，筆亦隨之」，即蘇軾〈自評文〉云「當行於所當行，常止於不可不止」，〔註55〕隨物賦形，不拘一體，卻創立題跋文的獨特體式。〔註56〕蘇軾、黃庭堅詩歌相庭抗禮，題跋文亦並稱「蘇、黃」，帶領題跋文的創作風潮，直至南宋依然興盛未衰。

〔註54〕　參見錢穆：〈雜論唐代古文運動〉，《中國學術思想史論叢》（臺北：東大圖書，1978 年），頁 16～69。
　　　　　何寄澎：〈論韓愈之「以詩爲文」——兼論韓文寫作策略之形成及影響〉，《典範的遞承——中國古典詩文論叢》（臺北：文史哲出版社，2002 年），頁 113。
〔註55〕　《蘇軾文集》，卷 66，頁 2065。
〔註56〕　題跋文不像正統「古文」講求文章布置，即使與其他體裁的文章具有相近內容，亦呈現不同風味，如黃庭堅〈題校書圖〉，《黃庭堅全集·正集》，卷 27，頁 725。描摹畫面細緻，人物神情姿態唯妙唯肖，尤其描寫士大夫讀書、寫字各種情態如在眼前，具韓愈〈畫記〉狀物之工的特徵，然韓文結構完整、嚴謹，而山谷題跋文則信筆揮灑，不拘一格，具靈動之美。南宋葉適《習學記言序目》（《中國子學名著集成》影印《萃古齋精鈔本》，臺北市：中國子學名著集成編印基金會，1978 年）卷四十九指出「韓愈以來，相承以碑、誌、序、記爲文章大典冊」，頁 1542，相較於「文章大典冊」，題跋文則屬於「小文小說」，具「小品」意趣。

附錄二　蘇門文人私人建物記之美學意涵

一、前　言

　　記體散文可以說是唐宋古文新興的文體，明人徐師曾考察「記」體的淵源流變云：

　　　　〈禹貢〉、〈顧命〉，乃記之祖，而記之名，則昉於〈戴記〉、〈學記〉
　　　　諸篇。厥後揚雄作〈蜀記〉，而《文選》不列其類，劉勰不著其說，
　　　　則知漢、魏以前，作者尚少：其盛自唐始也。〔註1〕

徐氏指出「記」體源於先秦的《尚書》、《禮記》，不過漢、魏以前作者甚少，
南朝蕭統《文選》、劉勰《文心雕龍》中尚未立「記」體一類，自唐代開始
大量創作「記」體文。宋人姚鉉主編的《唐文粹》即收錄八十七篇，根據其
題材尚小立十七名目：古跡、陵廟、水石巖穴、外物、府署、堂樓亭閣、興
利、卜勝、館舍、橋樑、井、浮圖、災沴，讌會、讌犒、書畫琴故物、種殖，
〔註2〕可知「記」體內容之駁雜。清人姚鼐的《古文辭類纂》裡，分文體為

〔註1〕〔明〕徐師曾，《文體明辨序說》，收入《文體序說三種》（臺北：大安出版社，
　　　　1998）一書，頁103。
〔註2〕〔宋〕姚鉉，《唐文粹》（臺北：世界書局，1972）卷71～77。而〔宋〕李
　　　　昉主編的《文苑英華》（臺北：大化書局，1985）中記體則分為宮殿、廳壁、
　　　　公署、館驛、樓閣、城、城門（水門、橋、井）、河渠、祠廟（祈禱）、學
　　　　校（文章）、釋氏、觀（院、尊像、童子）、宴遊、紀事、刻候、歌樂、圖
　　　　畫、災祥、質疑、寓言、雜記等，名目瑣碎，且歸納分類的標準似乎不一。

十三類，姚氏將古代「記」體文稱作「雜記類」，所謂「記所紀大小事殊，取義各異」，〔註3〕今人褚斌杰云：「古人將以『記』名篇的文章稱爲『雜記文』」。〔註4〕

在雜記各類題材裡，最常見莫過於亭臺堂閣等建物記，尤其至宋代，出現許多優秀作品。錢穆曾指出唐人韓愈的〈燕喜亭記〉、〈新修滕王閣記〉之類，「已開宋詩境界矣」，且云：「宋人記亭閣，記齋居，皆摩空寄興，不爲題材所限，尚有運詩入文之遺意，而宋人亦不自知也。」〔註5〕錢氏以爲韓愈、宋人的亭閣記以詩爲文，具宋詩境界。〔註6〕又王水照先生云：

> 唐代韓、柳以後，"記"就突破了原來"敍事識物"的範圍，或借
> 以議論感慨，或工於景物刻劃。到了宋代，進一步擴大了這種文體
> 的社會內容，加強了它的文學因素，成爲文學散文的一種重要形式。
> 其中以亭樓臺院記和游記散文取得更大的成就。〔註7〕

記體原本「以善敍事爲主」，「蓋所以備不忘」，〔註8〕如建物記往往以「建物」本身的興建過程及相關人事爲主要內容，具應用價值；到了中唐韓愈、柳宗元手上，突破原有的限制，雜以議論、寄託感慨、描寫景物等等；而宋人又進一步拓展記體，使其不僅是純粹實際用途，更具有文學性，其中又以「亭樓臺院」等建物記和游記的成就最大。

本文將以北宋蘇門文人的「亭臺堂齋軒」記作爲考察對象，文中所謂「蘇門」是指以蘇軾爲首及其所領導的師友團體，包括蘇軾（1036～1101）、蘇轍（1039～1112）、黃庭堅（1045～1105）、秦觀（1049～1100）、晁補之（1053

〔註3〕 〔清〕姚鼐，《古文辭類纂注》（臺北：世界書局，1972）目錄，頁19。

〔註4〕 褚斌杰，《中國古代文體概論》（北京：北京大學出版社，1990），第十一章第二節，頁352。

〔註5〕 錢穆，〈雜論唐代古文運動〉一文收入羅聯添編《中國文學史論文選集（三）》（臺北：臺灣學生書局，1979），頁993～1038。

〔註6〕 可參見許銘全〈「變」「正」之間——試論韓愈到歐陽修亭臺樓閣記之體式規律與美感歸趨〉一文，文中析論韓愈至歐陽修古文家之亭臺樓閣記，以明清文體論者正/變說來論述錢穆所謂「運詩入文」、「開宋詩境界」，指出韓愈在亭臺樓閣記的突破，「正是將所謂純文學中的抒情主體帶進原來主實用用途的文體書寫之中」，使空間書寫等於自我書寫。《中國文學研究》19（2004年12月）：。25～66。

〔註7〕 參見王水照，〈宋代散文的技巧和樣式的發展——宋代散文淺論之二〉，收入《王水照自選集》（上海：上海教育出版社，2000年5月），頁421～431。

〔註8〕 〔明〕吳訥，《文章辨體序說》，收入《文體序說三種》，頁52。

～1110）、張耒（1054～1114）等六人，〔註9〕爲宋哲宗元祐（1086～1093）前後重要的文學團體。〔註10〕宋神宗（1068～1085）熙寧五年，歐陽修（1007～1072）辭世，蘇軾繼承歐公所託付「文與道俱」的文學使命，〔註11〕成爲北宋中後期文壇的盟主，自此開啓「蘇門」的時代。蘇門文人一生相聚時間不長，卻以文章相知，以道義相期，成爲終生的師友。被列名蘇門六君子之一的陳師道（1053～1102）曾云：「退之作記，記其事耳；今之記，乃論也。」〔註12〕道出記體的「正」、「變」，由「善敍事」轉爲「專尙議論」，後山未明說始自何時、何人，不過藉由探討同時期的蘇門文人「亭臺堂齋軒」建物記的群體特色，進一步抉發其中可能蘊含的美學意義，或許由此可窺見宋代「記體」變異後所呈現的另一種風貌。

二、精神空間的表徵

「亭臺堂齋軒」等建物記的寫作大致興起於中唐，〔註13〕逐漸成爲「記」體文中最常見的題材，誠如姜濤所說：「古人在建造或修葺亭臺樓閣，以及觀覽名勝古蹟時所寫的記」，「在六朝以前比較少見，至唐宋才作者漸多，作品日盛」。〔註14〕由於「亭臺堂齋軒」多半爲私人燕息之所，文人常藉此空

〔註9〕　蘇氏兄弟與黃、秦、晁、張四學士具有共通性情、志趣及類似的文藝理念、思想內涵、政治命運等，爲蘇門的核心成員，可參見筆者博士論文「蘇門與元祐文化」（臺北：臺大中文所博士論文，2002）第一章。

〔註10〕　〔宋〕汪藻，《浮溪集》（臺北：臺灣商務印書館，1979，四部叢刊正編本），卷17〈呻吟集序〉曰：「元祐初，異人輩出，蓋本朝文物全盛之時也。」、〈柯山張文潛集書後〉云：「元祐中，兩蘇公以文倡天下，從之游者，公（張文潛）與黃魯直、秦少游、晁無咎號四學士」，頁133、135。〔宋〕釋惠洪《石門文字禪》（臺北：臺灣商務印書館，1967，四部叢刊初編縮本）亦曰：「秦少游、張文潛、晁無咎，元祐間俱在館中，與黃魯直居四學士，而東坡方爲翰林，一時文物之盛，自漢唐以來未有也。」卷27，頁306。兩人皆推舉元祐文學、文化爲入宋以來的高峰，其中代表作家即是蘇門文人。

〔註11〕　〔宋〕蘇軾，《蘇軾文集》（北京：中華書局，1986），卷63〈祭歐陽文忠公夫人文〉云：「公曰子來，實獲我心。我所謂文，必與道俱。見利而遷，則非我徒。」頁1956。

〔註12〕　〔宋〕陳師道《後山詩話》，收入《歷代詩話》（臺北：藝文印書館，1991）

〔註13〕　檢索〔清〕董誥等編，《全唐文》（上海：上海古籍出版社，1990）目錄，發現較早的私人亭臺記，有卷368，賈至（718～772）〈秋興亭記〉，卷382，元結（723～772）〈茅閣記〉、〈殊亭記〉、〈寒亭記〉、〈廣宴亭記〉等，頁120。

〔註14〕　姜濤，《古代散文文體概論》（太原：山西人民出版社，1990）中將雜記文分成六類：「人事雜記」、「名勝營造記」、「山水遊記」、「書畫器物記」、「托物寓

間書寫，寄託個人情志，其文學性往往超過實用性，褚斌杰在「臺閣名勝記」中指出這類記文，一般是刻石的，與古代碑文有源流關係，不過紀事頌功不是它的重點，「從其性質上講，實際上是些文學小品，它常常以議論風發，寫物狀景形象、生動，情味雋永，深厚取勝」，〔註15〕說明了這類記文濃厚的文學性。

　　亭、臺、堂、齋、軒等建物就其建築特質及用途大致可分爲二：亭、臺在室外，用以登臨宴飲；堂、齋、軒多爲室內，可「宴賓客、閱圖書」，〔註16〕藏文人所蓄的書畫古物等等。蘇軾在〈雪堂記〉中云：「以臺觀堂，則堂爲靜。靜則得，動則失。」以臺、堂相對，一動一靜；又云：

> 游以適意也，望以寓情也。意適於游，情寓於望，則意暢情出，而忘其本也。雖有良貴，豈得而寶哉。是以不免有遺珠之失也。雖然，意不久留，情不再至，必復其初而已矣，是又驚其遺而索之也。余之此堂，追其遠者近之，收其近者內之，求之眉睫之間，是有八荒之趣。〔註17〕

子瞻認爲登亭臺以游望，可「適意」、「寓情」，但「意暢情出」，卻「忘其本（心）」，所謂「動則失」；而堂可「安其居、樂其身」，〔註18〕收其遠近於心內，可得「八荒之趣」。前文提及錢穆所云「記亭閣」、「記齋居」，似乎已區分二者的差異。總之，亭、臺等建物一般興建在室外空曠的高處，可供人登臨游覽；至於堂、齋、軒雖然也多半建築於清幽之處，乃爲日常起居場所之一，且建物的重心在室內空間，可放置圖書文物，文人置身其中，讀書齋居、觀玩古物、彈琴飲酒等等，或許無法享有登臨的游觀之美，〔註19〕卻可「舒心而養神」、「俯仰終宇宙」等等，更多了一份優游自在的風雅情趣。

　　我們可將蘇軾、蘇轍兄弟及其弟子黃庭堅、秦觀、晁補之、張耒的「亭臺堂齋軒」記作一統計，如下：

　　　　意記」、「日記」等，頁226。建物記屬「名勝營造記」。
〔註15〕同註4，頁353。
〔註16〕〔宋〕張耒，《張耒集》（北京：中華書局，1990），卷50〈雙槐堂記〉，頁772。
〔註17〕同註11，卷12，頁410～412。
〔註18〕同註16。
〔註19〕可參見柯慶明，〈從「亭」、「臺」、「樓」、「閣」說起──論一種另類的游觀美學與生命省察〉一文中云：「山水人文的勝景，不但提供了當下即是的美感之樂，而且提供了生命思索的環境與解決」，收入氏著《中國文學的美感》（臺北：麥田出版社，2000），頁279～283。

建　物	蘇　軾	蘇　轍	黃庭堅	秦　觀	晁補之	張　耒
亭	6	2	4	0	1	1
臺	2	0	0	0	0	0
堂	10	3	8	0	6	3
齋	1	1	0	1	2	1
軒	0	2	0	1	0	1
合計	19	8	12	2	9	6

　　這六位文人的「亭臺樓堂齋」記總計五十六篇，供登臨游觀的亭、臺記僅有十六篇，而讀書燕居的堂、齋、軒記則多達四十篇。後者明顯多過前者篇數，而在蘇門文人之前的歐陽修是九篇亭臺記、六篇堂齋記，曾鞏則有六篇亭臺記、三篇堂軒記，這二者比例的改變，頗令人玩味。亭、臺（樓閣）記多半體現登臨的游觀之美，而文人安居堂、齋、軒裡可收視返聽，凝神諦觀，或靜思坐禪，或閱圖書、觀文物，在記文中所反映文人的精神意趣絕不亞於游觀所得的自然美感。

　　其次，亭臺堂齋等建物記的命名多半以地理方位、姓氏地名、建物材質等來命名，如元結的茅閣，柳宗元的東亭、西軒、訾家洲亭，歐陽修的東齋、峴山亭，曾鞏的南軒、道山亭，王禹偁的竹樓、范仲淹的岳陽樓，蘇軾的蓋公堂、張氏園亭，蘇轍的東軒、武昌九曲亭等等；或富詩意如唐人賈至的秋興亭、獨孤霖的疊嶂樓，宋人歐陽修的叢翠亭、畫舫齋，晁補之的照碧堂、拱翠堂等等。此外，宋人對建物記的命名愈加講究，〔註 20〕其命名往往流露建物主人的心境，如蘇軾喜以雪命名，熙寧年間通判杭州時曾為法會院言師的東軒名之「雪齋」，秦觀作記云言師開此軒，「汲水以為持，累石以為小山，又灑粉於峰巒草木之上，以象飛雪之集」，子瞻愛之，以為「意趣湛妙」，可以「發人佳興」。〔註 21〕蘇軾晚年守定州，築堂名之「雪堂」，記文中云：

　　　　堂以大雪中為之，因繪雪於四壁之間，無容隙也。起居偃仰，環顧
　　　　睥睨，無非雪者。蘇子居之，真得其所居者也。

無論言師灑粉或子瞻繪雪，皆是人工造景，非自然的雪景，如子瞻所云「吾非

〔註 20〕　黃明理，〈淺談命名文學及其在北宋的開展〉，收入輔大中文系、中國古典研
　　　　　究會主編《建構與反思──中國文學史的探索學術研討會》（臺北：臺灣學生
　　　　　書局，2002），頁 659～690。
〔註 21〕　〔宋〕秦觀，《淮海集箋注》（上海：上海古籍出版社，1994），卷 38，頁 1219
　　　　　～1220。

取雪之勢，而取雪之意」、「以雪觀春，則雪爲靜」，流露文人的精神意趣。又如張耒中年之際坐新舊黨爭謫復州，有書齋名「鴻軒」，記中假主客答問，客云鴻者「時其往來」、「高飛遠舉」，故能明哲保身，因而質疑主人在聖世遭貶謫，豈無愧於鴻？主人卻回答「居此以己卯之秋，其遷也庚辰之春」，〔註22〕與在陂澤中獵食以活，秋至春去的鴻者乃同類也，文潛不用鴻者高飛避害之意，卻以仕途忽貶忽遷，表達文人在黨爭傾軋下身不由己的無奈與不平。至於晁補之〈清美堂記〉爲王景亮所命名，文中記王君不滿前人柳宗元〈愚溪對〉一文中與溪神的對話，子厚名「愚溪」而居，夢見溪神云：「余甚清且美」，王君以爲「凡物之清且美而可悅者甚眾也」，「且物之清惟其自然，宜不以人之所處要地僻壤改其度也」，故建堂名之「清美」。無咎於是歎之云：

> 昔之君子盡則急於功名，不暇擇當否，退而黜不逢，則詆溪谷草木以自解說，豈不過甚矣乎？若景亮進不干時，退而處其常，斯可近矣。〔註23〕

言士人的進退出處，不以遷謫爲意，自然「清美而可悅者」甚眾，賦予「清美堂」深刻的精神內涵。此記作於元祐二年（1087），無咎於京師任館職，仕途雖順遂，仍以王君「進不干時，退而處其常」自警，更寄望它日「過景亮臨斯泉一醉，解吾纓而濯之」，洗去官場的污濁。

此外，蘇門文人建物記的命名，或與個人心性修養有關，如蘇軾思堂、靜常齋，蘇轍的直節堂、浩然堂，黃庭堅的資深堂、整暇堂、養正堂，晁補之潛齋、近智齋，張耒的進學齋等等。有些命名則具玄澹超逸的意趣，如子瞻的墨妙亭、放鶴亭、凌虛臺、超然臺、醉白堂、雪堂、眾妙堂、觀妙堂，子由的清虛堂、待月軒，山谷的松菊亭、自然堂，少游的閑軒、雪齋，文潛的鴻軒、冰玉堂、素絲堂，其中鶴鴻、松菊、雪月、冰玉、素絲等意象，具高潔脫俗的美感。

三、歷史人文意識的強化

「亭臺堂齋軒」的建造多半在風景清幽之處，週遭的地理景觀往往是這類建物記中的重要角色，自然山水的刻劃豐富了建物記的形象美感，亦寄託文人

〔註22〕同註 16，卷 49，頁 767。
〔註23〕〔宋〕晁補之，《雞肋集》（臺北：商務印書館，1967，四部叢刊初編縮本），卷 37，頁 199～200。

的情志，如宋人范仲淹（989～1052）〈岳陽樓記〉、歐陽修〈醉翁亭記〉、蘇舜
欽（1008～1049）〈滄浪亭記〉等等，爲一篇篇優美的文學散文。〔註24〕然而在
北宋中後期蘇門文人的私人建物記中，自然山水卻明顯淡化了，甚至消失，即
使出現也多半與歷史陳跡並置，或只有古人遺跡，更強化歷史人文意識。

　　自然山水與歷史陳跡並置是中國懷古詩常出現的結構，以自然永恆與人
事滄桑作對比，透露悲涼的時間意識，或凸顯人生短暫、歷史無情；或讓歷
史人物走進永恆的山水自然，獲得永恆生命。〔註25〕蘇轍〈快哉亭記〉先言
自然山水，再敍歷史陳迹：

> 蓋亭之所見，南北百里，東西一舍。濤瀾洶湧，風雲開闔。晝則舟
> 楫出沒於前夜則魚龍悲嘯於其下，變化倏忽，動心駭目，不可久視。
> 今乃得翫之几席之上，舉目而足。西望武昌諸山，岡陵起伏，草木
> 行列，煙消日出，漁夫樵父之舍皆可指數。此其所以爲「快哉」者
> 也。至於長州之濱，故城之墟，曹孟德、孫仲謀之所睥睨，周瑜、
> 陸遜之所騁騖，其流風遺跡，亦足以稱快世俗。〔註26〕

登臨「快哉亭」覽觀江流之勝，先寫長江的遼闊、濤瀾風雲變化，晝夜景色
則取江上的舟楫出沒，江下的魚龍悲嘯；描寫武昌諸山，則言山陵、草木、
日出、野舍，寥寥數筆簡單勾勒，之後與三國流風遺跡並置，以爲二者皆可
稱快，這些英雄豪傑彷彿與自然山水同樣具有永恆的意義。至於晁補之〈照
碧堂記〉中則先鋪敍三面所眺望的歷史陳跡：

> 其南汴渠起魏迄楚，長堤迤靡，風檣隱見，隋帝之所以流連忘返也；
> 其西商丘祠，陶唐氏以爲火正，曰閼伯者之所以有功而食其墟也。其
> 東雙廟，唐張巡、許遠捍城以死，而南霽雲之所以馳乞救於賀蘭之塗
> 也。而獨梁故苑複道屬之平臺三十里者，名在而跡莫尋，雖隋之疆亦
> 其所穿渠在耳，豈汰靡者易熄，而勳名忠義則愈遠而彌存？〔註27〕

有隋帝流連的汴渠，祭祀主商星的閼伯及唐代將領張巡、許遠的祠廟；不過

〔註24〕　何寄澎，〈歐陽修古文作法探析〉：「觀歐陽修雜記之作，予人印象最深刻者，
　　　　　厥爲修辭遠較他類作品爲峭麗，駢句遠較他類作品爲繁多，且四言句型極爲
　　　　　常見。」收入氏著《唐宋古文新探》（臺北：大安出版社，1990），頁173～220。
　　　　　文中曾舉出〈畫舫齋記〉、〈豐樂亭記〉、〈叢翠亭記〉、〈李秀才東園亭記〉等
　　　　　私人建物記的峭麗文句爲例，文學性濃厚。
〔註25〕　參見蕭馳，《中國詩歌美學》（北京：北京大學出版社，1986），頁131～133。
〔註26〕　〔宋〕蘇轍，《蘇轍集・欒城集》（北京：中華書局，1990），卷24，頁409。
〔註27〕　同註23，卷29，頁195。

補之未見梁朝長達三十里的平臺遺跡，不禁感慨繁華如夢，煙消雲散，不如人的勳名忠義，與天地日月長存，寄託個人的理想。又晁氏「拊檻極目」所見的自然風光，則是：

> 天垂野盡，意若遊鶩太空者，花明草薰，百物媚嫵，湖光瀰漫，飛射堂棟，長夏畏日，坐見風雨自堤而來，水波紛紜，柳搖而荷靡，鷗鳥盡舞，客顧而嬉。

望天地之闊遠，精神超越形體的侷限，遨遊無垠的太空，沉醉花草湖光，湖畔柳枝搖曳，湖面荷花迤邐，登堂的游觀之美，令此刻「謫官於宋」的補之「寵辱皆忘」，忘機與鷗鳥相嬉，追求「天地與我並生，萬物與我合一」之境。

　　而蘇軾的私人建物記，對自然山水的著墨甚少，〈放鶴亭記〉中曰：「春夏之交，草木際天；秋冬雪月，千里一色。風雨晦明，俯仰百變」，僅寫草木、雪月，天地相接，遼闊無盡，至於四季陰陽的景色，僅以「俯仰百變」輕輕帶過，富有寫意性。之後卻引《易》、《詩》的「鳴鶴在陰，其子和之」、「鶴鳴於九皋，聲聞於天」，[註28] 比附賢人君子、隱德之士，又舉衛懿公好鶴則亡其國之例作對比，寓意深遠。又作於密州〈超然臺記〉，子瞻與客「時相與登覽，放意肆志焉」，曰：

> 南望馬耳、常山，出沒隱見，若近若遠，庶幾有隱君子乎？而其東則廬山，秦人盧敖之所從遁也。西望穆陵，隱然如城郭，師尚父、齊桓公之遺烈，猶有存者。北俯濰水，慨然太息，思淮陰之功，而弔其不終。[註29]

南邊的馬耳、常山若隱若現，蘇軾關心卻是隱君子之足跡；接著緬懷古人盧敖、師尚父、齊桓公、韓信，之後則云：「臺高而安，深而明，夏涼而多溫。雨雪之朝，風月之夕，余未嘗不在。」僅以多溫夏涼道出「超然臺」的安適舒爽，至於四季陰晴晝夜景色的變化，文中未見描述，卻云「余未嘗不在」，給人無限想像空間。蘇軾通判杭州為太守陳公作〈凌虛臺記〉，儘管周圍臨山，子瞻「與公登臺而望」，不言游觀之美，卻云：

> 其東則秦穆之祈年、橐泉也，其南則漢武之長楊、五柞，而其北則隋之仁壽、唐之九成也。計其一時之盛，宏傑詭麗，堅固而不可動者，豈特百倍於臺而已哉然而數世之後，欲求其彷彿，而破瓦頹垣

〔註28〕同註11，卷11，頁360～361。
〔註29〕同註11，頁352。

無復存者，既已化爲禾黍荆棘丘墟壟畝歟矣，而況於此臺歟？〔註30〕
當年「宏傑詭麗」的帝王宮苑，數世之後不但「破瓦頹垣」未存，且化爲「丘
墟壟畝」，而簡陋的「凌虛臺」又如何對抗歲月的侵蝕呢？最後以「蓋世有足
恃者，而不在乎臺之存亡也」作結，具勸諫諷諭之意。

四、人格襟懷的流露

明人吳訥曾云：「記營建，當記日月之久近，工費之多少，主佐之姓名，
叙事之後略作議論以結之，此爲正體。」〔註31〕此一正體乃以「物」爲主，
多作客觀的實錄；〈喜雨亭記〉作於嘉祐年間子瞻初仕鳳翔府簽判之際，文中
並未著墨登亭攬勝，而是敘述建亭的因緣，言「彌月不雨，民方以爲憂」，越
三月，兩場雨「民以爲未足」，至大雨三日「官吏相與慶於庭，商賈相與歌於
市，農夫相與忭於野，憂者以樂，病者以愈，而吾亭適成」，「使吾與二三子，
得相與優游而樂於此亭者，皆雨之賜」，〔註32〕抒寫欣喜感恩的心情，文中令
人印象深刻的是作者強烈的憂喜意識，愛民的胸懷。張耒〈雙槐堂記〉爲酸
棗令王君所作，言其「治邑有能名」，於政暇之餘作燕居之堂，「與賢士大夫
彈琴飲酒，歡欣相樂，舒心而養神，使其中裕然」，道出王君與賢者相從之樂，
在於「舒心養神」，使治邑「暇佚而有功」，追求古循吏的典範。〔註33〕黃庭
堅〈冀州養正堂記〉言扶風魯侯「忠信豈弟，不鄙其州，拊循鰥寡，動用禮
法。民奮於田，士興於學，迺惶暇於燕息之地」，亦在治邑有功之餘築堂，且
云：「魯侯隱几以休詩書，酌酒以御賓客，巾履徜徉木陰鳥語之中，思所以爲
邦之本，而有得焉」，燕居與治政似乎密不可分，所謂「律民者在己，得己者
在心」，「不以一日忘所以養源者」，故魯侯自名之曰「養正堂」，〔註34〕本記
言及宴飲之樂，亦強調儒家的人格修爲。

元豐四年蘇轍謫居筠州期間，曾爲吳君「浩然堂」作記，子由引水比喻
「浩然之氣」云：

今夫水無求於深，無意於行，得高而渟，得下而流，忘己而因物，

〔註30〕 同註 11，350～351。
〔註31〕 同註 8。
〔註32〕 同註 28，頁 349。
〔註33〕 同註 16。
〔註34〕 〔宋〕黃庭堅，《黃庭堅全集・正集》（成都：四川人民出版社，2001），卷 16，
　　　　頁 426～427。

> 不為易勇，不為險怯。故其發也，浩然放乎四海。古之君子，平居
> 以養其心，足乎內，無待於外，其中潢漾，與天地相終始。止則物
> 莫之測，行則物莫之禦。富貴不能淫，貧賤不能憂。行乎夷狄患難
> 而不屈，臨乎死生得失而不懼，蓋亦未有不浩然者也。故曰：「其為
> 氣也，至大至剛，以直養而無害，則塞乎天地。」〔註35〕

言水可「忘己而因物」，故能「浩然放乎四海」，而古代君子涵養其心深厚，
能不憂不懼、不屈不撓，而與天地渾為一體，達到儒家「天人合一」的境界，
也表達身居憂患中的士人風骨。黃庭堅晚年貶謫戎州之際，為張仲吉作〈綠
陰堂記〉，文中書「游息之樂」，可以說是一篇優美的小品文，全文以敘事為
主，不雜議論，云：

> 其子寬夫又從予學，故予數將諸生過其家。近市而有山林趣，花竹
> 成陰，嘵鳥鳴蛙，常與人意相值。或時把酒至夜，漏下二十刻，雲
> 陰雷風，與諸生衝雨踏泥而歸。諸生從予，未嘗有厭倦焉，則仲吉
> 父子好士喜賓客可知也。〔註36〕

山谷時攜諸生前往張氏「綠陰堂」宴飲，把酒至夜晚，在「雲陰雷風」中，
師生「衝雨踏泥而歸」，未嘗有厭倦之意。蘇軾曾謂歐陽修、梅堯臣能「脫去
世俗之樂而自樂其樂」，且以孔門師生為喻，「夫子之所與共貧賤者，皆天下
之賢者，則亦足與樂乎此矣」，〔註37〕道出孔子與賢者的相從之樂，其中蘊含
了「安貧樂道」意識。山谷此記未表現貶謫之憤懣，藉敘「游息之樂」表達
作者從容自得的心境，超越逆境，凸顯山谷剛健高潔的品格。

　　蘇軾〈超然臺記〉作於熙寧年間，子瞻在朝與王安石議政不合，自京師
外放，四處游宦，自錢塘移守膠西的次年修葺了「超然臺」，其云初到密州，
「歲比不登，盜賊滿野，獄訟充斥，而齋廚索然，日食杞菊」，「人固疑余之
不樂也，處之碁年，而貌加豐，髮之白者，日以反黑」，提及吏事繁重、生活
困頓，子瞻卻不因此勞苦憔悴，反而更加神采奕奕，文中雖亦言「余未嘗不
在，客未嘗不從」的相從之樂，但更強調「游於物之外」的超然自得。元豐
年間蘇軾以待罪之身謫居黃州，於武昌築「九曲亭」，儘管不得簽署官事，但
蘇轍記文中仍道出「山中有二三子，好客而喜游，聞子瞻至，幅巾迎笑，相

〔註35〕同註26，卷24，頁408～409。
〔註36〕同註34，別集卷2，頁1494。
〔註37〕同註11，卷48〈上梅直講書〉，頁1385～1386。

攜徜徉而上，窮山之深，力極而息，掃葉席草，酌酒相勞」，與民相從之樂。不過文中子由卻回憶一段與子瞻的年少之游，言其兄「翩然獨往，逍遙泉石之上，擷林卉，拾澗實，酌水而飲之，見者以爲仙也」，捕捉其超逸脫俗的神采，文後曰：

> 蓋天下之樂無窮，而以適意爲悅。方其得意，萬物無以易之。及其既厭，未有不洒然自笑者也。譬之飲食雜陳於前，要之一飽而同委於臭腐。夫孰知得失之所在？惟其無愧於中，無責於外，而姑寓焉。
> 此子瞻之所以有樂於是也。〔註38〕

言子瞻之「所以有樂於是」在於「無愧於中，無責於外」，不以貶謫累於心，因此，中年謫居之游與少年之游，不同年紀與心境，其「適意」之樂一致，此二記皆表現蘇軾超逸脫俗的人格境界。蘇轍爲謫居齊安的張夢得「快哉亭」作記，稱許張君「不以謫爲患」，而「自放山水之間」，否則，「連山絕壑，長林古木，振之以清風，照之以明月，此皆騷人思士之所以悲傷憔悴而不能勝者，烏睹其爲快也哉」？以爲其過人之處即在於「其中坦然，不以物傷性，將何適而非快？」其無所往而不樂的旨趣與超然臺、九曲亭二記相通，即在於「適意」，亦表現建物主人超逸的人格美。

又蘇轍曾爲南康太守徐望聖「直節堂」作記，記其命名之緣由在於庭中的「八杉」，其「長短鉅細若一，直如引繩，高三尋而後枝葉附之，岌然如揭太常之旗，如建承露之莖，凜然如公卿大夫高冠長劍立於王庭，有不可犯之姿」，以爲「杉能遂其性，不扶而直。其生能傲冰雪，而死能利棟宇者，與竹柏同，而以直過之」，彰顯杉之「直」勝於「竹箭之良，松柏之堅」，〔註39〕藉此比喻君子「特立不倚」的品格。又子由於元豐年間謫監筠州鹽酒稅，曾自「闢聽事堂之東爲軒，種杉二本，竹百箇，以爲宴休之所」，〔註40〕選擇種植杉、竹，表達對「高風亮節」人品的自期。蘇軾曾爲其表兄文同作〈墨君堂記〉，與可善畫墨竹，以竹爲君，「雍容談笑，揮灑奮迅而盡君之德」，有「稚壯枯老之容，披折偃仰之勢」，言與可畫竹：

> 風雪凌厲以觀其操，崖石犖确以致其節。得志，遂茂而不驕；不得志，瘠瘠而不辱。群居不倚，獨立不懼。與可之於君，可謂得其情

〔註38〕同註26，卷24，頁406～407。
〔註39〕同註26，頁411。
〔註40〕同註26，卷24〈東軒記〉，頁405。

　　而盡其性矣。〔註41〕

以君子品格節操比喻竹的特性，讀之，不知與可，或墨竹，二者似乎合而爲一。

　　蘇門文人的建物記既以人格意識爲重，雖不無頌美之意，但並非泛泛的歌功頌德，而是揭示理想的人格境界，如蘇軾〈醉白堂記〉爲韓公（琦）作，韓取白居易〈池上〉詩語，命名「醉白堂」，子瞻在文中將韓公與白氏作比較，以爲就治國安邦而言，白不如韓；若縱情山水之樂，韓不如白，而二人共同處在於：「忠言嘉謨，效於當時，而文采表於後世。死生窮達，不易其操，而道德高於古人。」

　　最後子瞻又云：

　　　　方其寓形於一醉也，齊得喪，忘禍福，混貴賤，等賢愚，同乎萬物，
　　　　而與造物者遊，非獨自比於樂天而已。〔註42〕

指出韓公在酒醉時，對得失、禍福、貴賤、賢愚等同視之，上與造物者游，達到莊子「天地與我並生，萬物與我合一」境界，對「醉白」作出絕妙的釋名，亦寄託對逍遙自在之境的追求。又如黃庭堅爲同郡僧人惠言之堂室命名「自然」，又作記釋名云：

　　　　動作寢休，頹然於自得之場，其行也不以爲人，其止也不以畏人，
　　　　時損時益，處順而不逆，此吾所謂自然也。〔註43〕

山谷所謂安時處順、「頹然自得」的神態，爲佛老、亦是山谷所追求的精神境界。

　　由上述可知，蘇門文人在「亭臺堂齋軒」記中所表現的人格襟懷，來自儒家經世致用、樂道精神，及道家的齊物思想、沖虛心靈，尤其逍遙自在、與道冥合之境可以說是蘇門文人最嚮往的人格境界。

五、萬世不可磨滅之理的彰顯

　　蘇門文人「亭臺堂軒齋」記中，自然山水淡化或消失了，文中往往以議論爲主體，可謂精於論理，略於記事、寫景，或以「理」遣情，或以「理」自警勉人等等，往往寄託一段萬世不可磨滅之理，〔註44〕蘇軾在〈墨妙亭記〉

〔註41〕同註11，頁355～356。
〔註42〕同註28，頁344～345。
〔註43〕同註34，卷17〈自然堂記〉，頁456。
〔註44〕〔宋〕謝枋得，《文章軌範》（臺北：臺灣商務印書館，1981，四庫全書珍本）評
　　　　點宋人李覯〈袁州學記〉云：「此等文章關係世教，萬世不磨滅」，今人楊慶存指

後即云：「是亭之作否，無足爭者，而其理則不可以不辨。」〔註45〕「理」的意義與價值竟超越建物的本身，文中闡述「知命者，必盡人事，然後理足而無憾」，乃儒家所謂「盡人事，聽天命」之理。其「理」往往具有普遍、恆久性。換言之，蘇門文人以論作記，「主理」可以說是他們建物記的重要特質。〔註46〕

　　張耒〈思淮亭記〉於官居福昌時所作，文潛「時時慨然南望，思淮而莫見之」，於是易亭之故名，曰「思淮」，全文雖然不脫先寫景，次敘事，最後議論的傳統寫法，不過以理遣情的意味濃厚：

> 夫士雖恥懷其故居，而君子之於故國也，豈漠然若秦越之人哉！……
> 君子不敢樂其所私而無志於天下，故自其壯也，則出身委質，奔走
> 從事於四方，以求行其學。至安其舊而樂其習，豈與人異情哉！特
> 與懷土而不遷異耳。夫棄故而不念，流寓而望返，則必薄於仁者
> 也。……且夫懷居而不遷，流寓而忘返者，均有罪矣。然與其輕棄
> 其舊也，則累於所習者，不猶厚歟？〔註47〕

其論述「懷居而不遷」與「流寓而忘返」之差異，且以「仁」為論點，以為二者雖有罪，不過前者較後者為「厚」，換言之，有仁心之君子必不「輕棄其舊」，寄寓其思鄉的情思。又蘇轍〈東軒記〉作於謫監筠州鹽酒稅時，「闢聽事堂之東為軒」，以為宴休之所，卻因吏務繁重，鎮日奔波，無法安於東軒，此時子由終於了解顏回之所以甘心貧賤，不肯求「斗升之祿」以自給，正因「害於學」，也領悟到士人以「沉酣勢利」、「玉帛子女自厚」為樂，乃「未聞大道」，且云：

> 及其循理以求道，落其華而收其實，從容自得，不知夫天地之為大
> 與死生之為變，而況其下者乎？故其樂也，足以易窮而不怨，雖南
> 面之王，不能加之，蓋非有德不能任也。

出宋代記體散文有四大特點，一是立意高遠，言宋人兼重意理，輔以議論，昇華意識，所謂「必有一段萬世不可磨滅之理」。收入王水照編《宋代文學通論》「題材體裁篇」第三章〈宋文題材與體裁的繼承、改造與開拓、創新〉，頁476。

〔註45〕 同註28，354～355。
〔註46〕 私人建物記的「主理」特質，並非始於蘇門文人，如王基倫〈曾鞏文之體類區分及其意義〉：「曾鞏雜記的最大特色，即在於能『議論』能『說理』」，並援引唐順之、茅坤評〈清心亭記〉語：「此記與〈醒心亭記〉，所謂說理之文。子固於諸家尤所擅長」為證。收入氏著《唐宋古文論集》（臺北：里仁書局，2001），頁145～191。
〔註47〕 同前註16，卷49，頁768～769。

子由年十九即進士及第，四十一歲貶謫筠州，首度嘗到仕宦挫敗滋味，開始
覺察到往日所得名利非眞樂，唯有「循其理以求道」，充實德性，並希冀來日
能「歸伏田里，治先人之敝廬，爲環堵之室而居之」，追求顏子的安貧樂道，
「懷思東軒，優游以忘老」，可謂以理遣情，以道自重。

　　蘇門文人的「亭臺堂齋軒」記多半爲他人所作，卻不流於泛泛應酬，往
往具勸勉之意。如黃庭堅的建物記中，常藉由命名、釋名「勉人以理」，且以
議論發端：

> 無事而使物，物得其所，可以折千里之衝，之謂整；以實擊虛，彼
> 不足而我有餘，之謂暇。夫不素備而應卒，可以徼倖於無患；而顚
> 沛狼戾者，十常八九也。豈唯人事哉！天之於物，疾風震雷，伏於
> 土中皆萌動，然後阜藩而成夏；落其實而枯其枝，然後閉塞而成冬。
> 夫惟整能暇，上天之道也。（〈閬州整暇堂記〉）

> 待外物而適者，未得之，憂人之先之也；既得之，憂人之奪之也。
> 故雖有榮觀，得之亦憂，失之亦憂，無時而樂也。自適其適者，無
> 累於物，物之去來，未嘗不樂也。故古之人觀乎儻來若寄、於我如
> 浮雲之外物，亦正其名曰：賢者而後樂此，不賢者雖有此不樂也。（〈北
> 京通判廳賢樂堂記〉）〔註48〕

前者爲閬中太守魚仲修所作，魚氏「在官二年，內明而外肅，吏畏而民服，
乃作堂以燕樂之」，問名於黃庭堅，山谷曰：「若魚侯，可謂能整能暇」，故命
名「整暇」，「所以美其成功而勸其未至」，暗示魚侯不可以目前情況自滿，須
「無事而使物」、「以實擊虛」，所謂「好整以暇」也，文後又曰「前所敍說，
以告後人」，不僅勸勉魚侯，亦戒之後人。至於後者則爲北都留守賈春卿的新
堂命名、釋名，一開始即寄以「自適其適者，無累於物」的超然物外之理，
藉此嘉勉賈君，而賈君敏於政事，「使節京西，吏畏其明」，卻失職，山谷「以
議法不合，不以不稱職也」爲之抱屈，寄慰勉之意。文中且云：「我名斯堂，
既嘉主人賢，又以爲來者之勸也」，似乎有垂教後世之意。

　　至於秦觀〈閑軒記〉中的「閑軒」爲徐大正燕君之地，「去軒數十里」有
田自足，於是徐君有歸隱之意。秦觀在文中則發議論：

> 士累於進退久矣！弁冕端委於廟堂之上者，倦而不知歸；據莽蒼而

佃，橫清泠而漁者，閉距而不肯試，二者皆有累焉。〔註49〕
論士人的進退出處，指出在朝不願退隱或在野不願出仕皆非，認爲「少舉進士」
的徐君以「精悍之姿，遇休明之時」，卻「欲就閑曠，處幽隱」，「竊爲君無可取
也」，且賦詞招之，「膏君車兮秣君馬，軒之中兮不可以久閑」，一反「閑軒」命
名之意，目的在勸勉期許徐君。此記作於元豐八年，少游年三十七，三試科舉，
終於及第，故此記勉人亦有自勉之意。而晁補之在飽嘗仕宦後，爲竇君所作〈拱
翠堂記〉中則云「功名可求也，其成有命」，〔註50〕道出仕宦進退之理，所謂「成
功在天」，以理排遣貶謫之抑鬱不平。蘇轍曾爲王鞏的「清虛堂」作記，「凡遊
於其堂者，蕭然如入於山林高僧逸人之居，而忘其京都塵土之鄉也」，然而子由
採問答手法辯難之，或曰：「此其所以爲清虛者耶？」客曰：

> 不然。凡物自其濁者視之，則清者爲清。自其實者視之，則虛者爲
> 虛。故清者以濁爲污，而虛者以實爲礙。然而皆非物之正也。蓋物
> 無不清，亦無不虛者。雖泥塗之渾，而至清存焉。雖山石之堅，而
> 至虛存焉。〔註51〕

子由論萬物本體無不清虛，唯有「清濁一觀」、「虛實通體」，然後「與物無匹」，
才有「至清且虛」者。緊接說王君生於世族，卻「棄其綺紈膏梁之習」，而「跌
蕩於圖書翰墨之囿」，對古人「翰墨逸跡」贖之傾囊不厭；然而及其年長，「顧
疇昔之好，知其未離乎累也」，於是「投之與人而不惜」，「將曠焉黜去外累而獨
求諸內，意其有眞清虛者在焉」，子由卻曰「未之見也」，頗不以爲然，且請王
君問其丈人張公，因張公能「超達遠鶩，體乎至道而順乎流俗」，其責善之意頗
濃厚。

　　又蘇軾〈寶繪堂記〉、〈墨寶堂記〉分別爲王晉卿、張希元所作，兩人皆
好書畫，蓄古今人遺跡甚多，於是築堂藏之。不過這兩篇記文的旨趣卻迥然
不同，〈寶繪堂記〉開頭即曰：

> 君子可以寓意於物，而不可以留意於物。寓意於物，雖微物足以爲
> 樂，雖尤物不足以爲病。留意於物，雖微物足以爲病，雖尤物不足
> 以爲樂。〔註52〕

〔註49〕同註21，卷38，頁1229～1230。
〔註50〕同註23，卷30，頁197～198。
〔註51〕同註26，卷24，頁407～408。
〔註52〕同註28，頁356～357。

子瞻以「寓意」爲正,「留意」爲反,認爲書畫足以悅人不足以移人,但若「留意而不釋」,則禍患無窮。又舉己爲例,言其少時喜好書畫,得失心重,後自覺「顛倒錯繆失其本心」,於是雖仍蓄之,但爲人取去,亦不復惜,就如同「煙雲之過眼,百鳥之感耳,豈不欣然接之,然去而不復念也」,自此「二物常爲吾樂而不能爲吾病」,文中勸戒之意頗明顯。至於〈墨寶堂記〉首段卻以「笑」字展開聯想,生發議論,分別舉出好聲色、書畫、文章、功名等人,他們相互嘲笑對方,自認高明,子瞻卻不以爲然:「人特以己之不好,笑人之好,則過矣」。文後云今張君「位不稱其才」,優游終歲,以書自娛,但認爲其非久閑者,「蓄極而通,必將大發之於政」,卻又云「君知政之費人也甚於醫」、「以余之所言者爲鑒」,對照前文的蜀諺:「學書者紙費,學醫者人費」,〔註53〕頗耐人尋味,似乎暗示喜好書畫不過花費財物,但治理政事須以民爲重,否則害人更甚於醫者。

　　蘇門文人除了爲他人建物作記外,亦有個人的「亭臺堂齋軒」記,登臨的亭臺記只有蘇軾〈喜雨亭記〉、〈超然臺記〉,蘇轍〈武昌九曲亭記〉,如前文所云流露建物主人的人格襟懷,其他多半是讀書齋居的「堂齋軒」記,如蘇軾〈雪堂記〉、〈觀妙堂記〉、〈靜常齋記〉,蘇轍〈東軒記〉、〈遺老齋記〉、〈待月軒記〉,張耒〈進學齋記〉、〈鴻軒記〉及晁補之〈潛齋記〉等。張耒論道、學,所謂「士之學未至而道未立」,其云:

> 安居無事,精思而深念之,矯揉其心志,調伏其性情,觀天地之道,
> 察萬物之理,以究道德之微妙,而通其性命死生之始終者,亦未始
> 有頃刻之休,是故其德日進而不可止。〔註54〕

言道之高遠、精微,上可通「性命死生」之道,下可察「萬物之理」,學之,「內以修身,外以治人」。子由〈東軒記〉亦云「循理以求道」,「不知夫天地之爲大與死生之爲變」,其樂也「足以易窮餓而不怨」,揭示士以學道自重。無咎〈潛齋記〉以主客問答體論辯「潛」之眞義,引《易》:「雷在地中,復此天地之潛也,而陽氣已動乎黃泉矣。」所謂「尺蠖之屈以求伸也」、「龍蛇之蟄以存身也」,因此,晁氏指出「不能靜者不能動,不能處者不能出」,又謂「回、憲潛於道,故闇然而日彰」,其所謂「潛將以爲不潛者」。〔註55〕至

〔註53〕同前註,頁358。
〔註54〕同註16,頁780～782。
〔註55〕同註23,卷31,頁207～208。

於子瞻〈靜常齋記〉一開始即釋名曰：

> 虛而一，直而正，萬物之生芸芸，此獨漠然而自定，吾其命之曰靜。
>
> 渺而藏，萬物之逝滔滔，此獨且然而不忘，吾其命之曰常。〔註56〕

秦觀曾與他人云「蘇氏之道，最深於性命自得之際」，〔註57〕其「性命自得」似乎來自虛靜的本體，像本文中的「此獨」漠然自定、且然不忘，東坡名「靜」、「常」；又其〈觀妙堂記〉假託不憂道人、歡喜子對答，前者云：「沉寂湛然，無有喧爭，嗒然其中，死灰槁木，以異而同，我既名爲觀妙矣」；後者卻云「不說不觀，了達無礙，超出三界，入智慧門」，「蕭然是非，行住坐臥，飲食語默，具足眾妙，無不現前。覽之不有，卻之不無，倏知覺知，要妙如此」，〔註58〕充滿佛老話語，蘇氏之道儒、道（佛）可謂互補，如東坡在〈南華長老題名記〉中所云：「論儒釋不謀而同者以爲記」。〔註59〕作於紹聖元年知定州的〈雪堂記〉亦採主客問答法辯難之，假託客告之「散人之道」：「避眾礙而散其智者也」，質疑子瞻爲名、智等所蔽，而邀子瞻爲「藩外之游」，子瞻卻云：「子之所言者，上也。余之所言者，下者。」「我以子爲師，子以我爲資，猶人之於衣食，缺一不可」，又作歌曰：「感子之言兮，始也抑吾之縱而鞭吾之口，終也釋吾之縛而脫吾之檕」，體現「與道冥合」的境界，與二十年前的〈超然臺記〉相較，同樣追求超脫之境，但〈雪堂記〉言理更玄奧。蘇轍晚年作〈待月軒記〉，一開頭即言昔遊廬山，有隱者告之「性命之理」：「性猶日也，身猶月也」，以日永恆不變比喻「性」，月之盈闕喻「身」，論辨性命之理，其中云：

> 出生入死，出而生者未嘗增也，入而死者未嘗耗也，性一而已。惟其所寓，則有死生，一生一死身也。雖有生死，然而死此生彼，未嘗息也。〔註60〕

其所謂「性」應指道之本體，具永恆不變之特性。

此外，某些建物記則寄寓一段「藝文」之理，如黃庭堅「盡書杜子美兩川夔峽諸詩」刻石藏於蜀人楊素翁家，命名「大雅堂」，且作記曰：

> 子美妙處，乃在無意於文。夫無意而意已至，非廣之以〈國風〉、〈雅〉、〈頌〉，深之以〈離騷〉、〈九歌〉，安能咀嚼其意味，闖然入其門邪！

〔註56〕同註28，頁363～364。
〔註57〕同註21，卷30〈答傳彬老簡〉，頁981。
〔註58〕同註11，卷12，頁404。
〔註59〕同註11，頁393～394。
〔註60〕同註26，《欒城三集》卷10，頁1239。

〔註61〕
稱許杜甫晚年的夔州詩，其所謂「無意於文」正是山谷一生致力追求的境界。又如蘇軾〈眾妙堂記〉為廣州崇道大師何德順「眾妙堂」作記，文中所云「是技與道相半，習與空相會，非無挾而徑造者也」之理，〔註62〕雖非專為藝文創作所發，卻成為蘇軾「技道兩進」、「技進於道」文藝理念之佐證。

宋人王禹偁（954～1001）作〈黃州新建小竹樓記〉，寄望「後之人與我同志，嗣而葺之，庶斯樓之不朽也」，〔註63〕竹樓之易朽，但刻於石上的「記」文卻不易磨滅，後人見「記」，或感竹樓風雅情趣，或理解竹樓主人身處逆境，仍怡然自得的心志，重新修葺竹樓，使其不朽。王氏一文似乎透露宋人頗自覺藉作「記」來傳達對永恆不朽的強烈企圖。自魏文帝於《典論·論文》中揭示「蓋文章，經國之大業，不朽之盛事」，〔註64〕肯定詩文創作的崇高價值，並賦予其永恆意義後，此文學觀影響後代甚鉅。相較於前代，宋代文人似乎對永恆不朽具有更強烈的想望與追尋，蘇軾曾引歐陽修所云：「文章如精金美玉，市有定價，非人所能以口舌定貴賤也。」並多次在與他人書簡中強調「文章如金玉」、「文章如金玉珠貝」，〔註65〕重視文章的永恆意義與價值。或許因為如此，蘇門文人對鐫於金石，不易磨滅的「記」文寄予深刻期許，如黃庭堅〈鄂州通城縣學資深堂記〉中論孟子所云：「君子深造之以道，欲自得之也。」藉「表章鄒君之意，以曉諸生」，山谷不述資深堂之「挈楹計工」、「襟帶溪山之觀」，卻以警世口吻云：「夫教者欲速效而不使人自得之，學者欲速化而不求自得之，皆孟子之罪人也。」〔註66〕又如晁補之〈近智齋記〉引孔子「好學近乎智」，大論為學之效用廣大無邊，所謂「學造其極則無不知，故智之為言，惟好學為能近」，以勉勵與己相從八年的袁君，至於「棟牖花竹起居之佚，視聽之適，則不足道也」，〔註67〕黃、晁二子在文中特別說明不言建物的工程或地理景觀，而是以「理」勉今人，甚至召喚、啟示世世代代不知名的讀者。

〔註61〕 同註34，卷16，頁437。
〔註62〕 同註28，頁362。
〔註63〕 〔宋〕王禹偁，《小畜集》（臺北：臺灣商務印書館，1965，四部叢刊初編縮本）。
〔註64〕 〔魏〕曹丕，《典論·論文》（北京：中華書局，1985），頁1。
〔註65〕 同註11，卷49、53〈與謝民師推官書〉、〈答毛澤民〉、〈答劉沔都曹書〉，頁1419、1430、1571。
〔註66〕 同註34，卷16，頁424～425。
〔註67〕 同註23，卷30，頁204～205。

王禹偁藉記文寄託個人情志，且冀望後人修葺竹樓，使之不朽，而蘇門文人卻試圖在建物記中寄寓一段萬世不可磨滅之理，表達對永恆不朽的想望。

六、結　論

　　清人方苞曾說：「散體文惟記難撰結」，「徒具工築興作之程期，殿觀樓臺之位置，雷同舖序，使覽者厭倦，甚無謂也」，〔註68〕指出建物記撰寫的陳套因襲。而北宋蘇門文人的「亭臺堂齋軒」記，幾乎不述建物興作之程期，轉以「人」為主，「建物」往往只是象徵人的風雅的存在，其作用在於供人登臨、燕居，當文人置身、優游其間時，建築似乎已不存在了，成為精神空間的表徵；〔註69〕其次，對地理景觀、自然山水輕描淡寫，相對地強化了歷史人文意識，流露文人的人格襟懷；此外，蘇門文人的建物記可以說是略於寫景、敘事，精於論理。他們共通的群體特色，集中呈現記體變異後的新面貌。

　　命名與釋名可以說是蘇門文人的建物記的重心，由此展開議論說理，或以理遣情，或以理勉人，理的析辨固然缺乏鮮明的形象，但文中往往寄寓一段萬世不可磨滅之理。前文曾提及錢穆云「宋人記亭閣，記齋居」尚有「運詩入文之遺意」，以為「宋人亦不自知」。「亭臺堂齋軒」為私人燕居之所，文人往往藉這類詩文（包括詩賦銘記）寄託個人情志，其文學性原本就較其他題材的記文濃厚。而宋代文學「尚意」、「主理」，具理性思辨精神，反映宋型文化的特徵，〔註70〕蘇門文人生長於宋哲宗元祐前後，正是宋文化成熟期，〔註71〕其詩文亦

〔註68〕　〔清〕方苞，《方苞集》（上海：上海古籍出版社，1983），卷6〈答程夔州書〉，頁166。

〔註69〕　建築學者漢德寶在〈中國人的庭園〉一文中云：「唐代以前的文章，如〈魯靈光殿賦〉有相當多的文字描寫了建築的本身，唐代以後，膾炙人口的名作，如王勃〈滕王閣序〉、范仲淹的〈岳陽樓記〉則完全擺脫了宮廷派的寫實作風，而順著王羲之的〈蘭亭集序〉的傳統，發抒感懷，描述景物，建築則成為一個情與景的參考點，建築是不可缺少的，然而它的重要性乃供文人雅士登臨，並提供一個動人的景觀，當文人們陶醉其間的時候，建築已不存在了。」收入氏著《風情與文物》（臺北：九歌出版社，1993），頁202。筆者以為不只是提供動人的景觀，宴賓客、閱圖書、觀文物等，文人亦優游、陶醉其間，精神空間的意涵超越建物的本身。

〔註70〕　可參見龔鵬程，〈知性的反省——宋詩的基本風貌〉，收入蔡英俊主編《意象的流變》（臺北：聯經出版公司，1982）；張高評，〈從會通化成論宋詩之新變〉，收入氏著《會通化成與宋代詩學》（臺南：成功大學出版，2000），頁1～50；王水照，〈宋型文化與宋代文學〉，《宋代文學通論》緒論，頁1～43。

〔註71〕　胡曉明《中國詩學精神》（南昌：江西人民出版社，1993）一文中云：「宋文

自然反映「尚意」、「主理」的特質，或許就是錢氏所謂「亦不自知」，但我們從蘇門文人的文章中，可發現他們對「記」體創作頗有高度自覺，主要因建物記文必須刻石，不易隨建物一起損毀，蘇門文人似乎欲以永恆普遍的「理」召喚、啓示後人，誠如明人吳訥所云「雖專尚議論，然其言足以垂世而立教，弗害其爲體之變也」，換言之，蘇門文人以論作記，取代自然山水的永恆意義，以鑴於金石的「記」文開示世世代代讀者的智慧，具有深遠意義。

化之發展，經慶曆、熙寧而至元祐，遂成爲與唐相異的宋型文化」，而蘇門文人即爲元祐前後的重要詩人。

參考文獻

一、古籍文獻

1. 〔漢〕鄭玄注、〔唐〕賈公彥疏：《儀禮注疏》，北京：北京大學出版社，1999 年。

2. 〔漢〕鄭玄注、〔唐〕孔穎達正義：《禮記正義》，北京：北京大學出版社，1999 年。

3. 〔漢〕班固：《白虎通義》，臺北：藝文印書館，1970 年。

4. 〔北齊〕顏之推撰、王利器編：《顏氏家訓集解》，北京：中華書局，1993 年。

5. 〔魏〕曹丕撰、〔清〕孫馮翼輯：《典論》，北京：中華書局，1985 年。

6. 〔宋〕范曄著、〔清〕王先謙：《後漢書集解》，北京：中華書局，1991 年。

7. 〔梁〕蕭統：《文選》，臺北：藝文印書館，1989 年。

8. 〔梁〕劉勰著、范文瀾注：《文心雕龍注》，臺北：學海出版社，1991 年。

9. 〔隋〕王通著、阮逸注：《文中子中說注》，臺北：世界書局，1959 年。

10. 〔唐〕白居易著、顧學頡校點：《白居易集》，北京：中華書局，1985 年。

11. 〔唐〕韓愈著、馬通伯校注：《韓昌黎文集校注》，臺北：華正書局，1986 年。

12. 〔唐〕柳宗元著：《柳宗元集》，臺北：華正書局，1990 年。

13. 〔宋〕李昉等編：《文苑英華》，臺北：大化書局，1985 年。

14. 〔宋〕李昉等編：《太平御覽》，文淵閣四庫全書，臺北：臺灣商務印書館，1983 年。

15. 〔宋〕姚鉉：《唐文粹》，文淵閣四庫全書，北京：商務印書館，2006 年。

16. 〔宋〕王禹偁:《小畜集》,四部叢刊初編縮本,臺北:臺灣商務印書館,1965 年。

17. 〔宋〕歐陽脩著、李逸安點校:《歐陽脩全集》,北京:中華書局,2001 年。

18. 〔宋〕歐陽脩撰、李偉國點校:《歸田錄》,北京:中華書局,1997 年。

19. 〔宋〕蘇洵著、曾棗莊等箋注:《嘉祐集箋注》,上海:上海古籍出版社,1993 年。

20. 〔宋〕曾鞏著、陳杏珍等點校:《曾鞏集》,北京:中華書局,1998 年。

21. 〔宋〕王安石著、李之亮箋注:《王荊公文集箋注》,成都:巴蜀書社,2005 年。

22. 〔宋〕蘇軾著、孔凡禮點校:《蘇軾文集》,北京:中華書局,1986 年。

23. 〔宋〕蘇軾著、王文誥輯註:《蘇軾詩集》,北京:中華書局,1982 年。

24. 〔宋〕蘇軾著、〔明〕毛晉輯:《東坡題跋》,臺北:廣文書局,1971 年。

25. 〔宋〕蘇軾撰、王松齡點校:《東坡志林》,北京:中華書局,1997 年。

26. 〔宋〕蘇轍著、陳宏天等點校:《蘇轍集》,北京:中華書局,1990 年。

27. 〔宋〕蘇轍撰、余宗憲點校:《龍坡別志、龍坡略志》,北京:中華書局,1997 年。

28. 〔宋〕黃庭堅:《豫章先生文集》,四部叢刊本初編,臺北:臺灣商務,1967 年。

29. 〔宋〕黃庭堅著、劉琳等點校:《黃庭堅全集》,成都:四川大學出版社,2001 年。

30. 〔宋〕黃庭堅著、任淵注:《黃庭堅詩集注》,北京:中華書局,2003 年。

31. 〔宋〕黃庭堅著、〔明〕毛晉輯:《山谷題跋》,臺北:廣文書局,1971 年。

32. 〔宋〕秦觀著、徐培均箋注:《淮海集箋注》,上海:上海古籍出版社,1994 年。

33. 〔宋〕晁補之,《雞肋集》,四部叢刊初編縮本,臺北:臺灣商務印書館,1967。

34. 〔宋〕張耒撰、李逸安等點校,《張耒集》,北京:中華書局,1990。

35. 〔宋〕陳師道,《後山詩話》,歷代詩話本,臺北:藝文印書館,1991。

36. 〔宋〕李廌:《師友談記》,北京:中華書局,2002 年。

37. 〔宋〕呂祖謙:《宋文鑑》,文津閣四庫全書,北京:商務印書館,2006 年。

38. 〔宋〕呂祖謙:《古文關鍵》,臺北:鴻學出版社,1989 年。

39. 〔宋〕陳亮編:《歐陽文粹》,文津閣四庫全書,北京:商務印書館,2006年。

40. 〔宋〕郎曄:《經進東坡文集事略》,四部叢刊初編。

41. 〔宋〕陳善:《捫蝨新話》,《百部叢書集成》,臺北:藝文印書館,1965年。

42. 〔宋〕陳模著、鄭必俊校注:《懷古錄校注》,北京:中華書局,1993年。

43. 〔宋〕黎靖德編、王星賢點校:《朱子語類》,北京:中華書局,1988年。

44. 〔宋〕羅大經:《鶴林玉露》,臺北:正中書局,1969年。

45. 〔宋〕葉適:《習學記言》,《歷代文話》,上海:復旦大學出版社,2007年。

46. 〔宋〕李塗:《文章精義》,北京:人民出版社,1988年。

47. 〔宋〕汪藻:《浮溪集》,四部叢刊正編本,臺北:臺灣商務印書館,1979。

48. 〔宋〕釋惠洪,《石門文字禪》,四部叢刊初編縮本,臺北:臺灣商務印書館,1967。

49. 〔宋〕釋道融:《叢林盛事》,《禪宗全書》,臺北:文殊文化公司,1988年。

50. 〔宋〕謝枋得:《文章軌範》,四庫全書珍本,臺北:臺灣商務印書館,1981年。

51. 〔宋〕樓昉:《崇文文訣》,文淵閣四庫全書,臺北:臺灣商務印書館,1989年。

52. 〔金〕王若虛:《滹南遺老集》,四部叢刊,臺北:臺灣商務印書館,1979年。

53. 〔元〕劉壎:《隱居通義》,臺北:廣文書局,1971年。

54. 〔明〕袁中道:《珂雪齋前集》,臺北:偉文圖書出版社,1976年。

55. 〔明〕鍾惺:《隱秀軒集》,上海:上海古籍出版社,1992年。

56. 〔明〕何良俊:《四友齋叢說》,《百部叢書集成》,臺北:藝文印書館,1965年。

57. 〔明〕張有德:《宋黃太史公集選》,萬曆27年崔氏大梁刊本。

58. 〔明〕黃始靜:《評註蘇黃尺牘合纂》,臺北:學海出版社,1980年。

59. 〔明〕鄭元勳輯:《媚幽閣文娛》,明崇禎刊本,上海:上海雜誌社,1936年。

60. 〔明〕吳訥等:《文體序說三種》,臺北:大安出版社,1998年。

61. 〔明〕歸有光:《文章指南》,臺北:廣文書局,1985年。

62. 〔清〕方苞:《方苞集》,上海:上海古籍出版社,1983年。

63. 〔清〕姚鼐著，吳孟復、蔣立甫主編：《古文辭類纂評注》，合肥：安徽教育出版社，2004 年。

64. 〔清〕王夫之：《經義述聞》，臺北：廣文書局，1963 年。

65. 〔清〕沈曾植：《海日樓札叢》，臺北：河洛出版社，1975 年。

66. 〔清〕嚴可均輯：《全上古三代秦漢三國六朝文》，續修四庫全書，上海古籍出版，2002 年。

67. 〔清〕郭慶藩撰、王孝魚點校：《莊子集釋》，臺北：天二書局，1989 年。

68. 郭紹虞：《宋詩話輯佚》，臺北：華正書局，1981 年。

69. 周紹良主編：《全唐文新編》，長春：吉林文史出版社，2000 年。

70. 曾棗莊、劉琳主編：《全宋文》，上海：上海辭書出版社、合肥：安徽教育出版社，2006 年。

71. 高海夫主編：《唐宋八大家文鈔校注集評》，西安：三秦出版社，1998 年。

72. 吳文治主編：《宋詩話全編》，長沙：江蘇古籍出版社，1998 年。

73. 王水照主編：《歷代文話》，上海：復旦大學出版社，2007 年 11 月。

74. 高步瀛選註：《唐宋文舉要》，高雄：復文圖書出版社，1987 年。

二、今人論著（依姓氏筆畫多寡排序）

1. 王夢鷗：《傳統文學論衡》，臺北：時報出版社，1987 年。

2. 王基倫：《韓柳古文新論》，臺北：里仁書局，1996 年。

3. 王水照：《王水照自選集》，上海：上海教育出版社 2000 年。

4. 王水照主編：《宋代文學通論》，高雄：復文圖書出版社 2000 年。

5. 王基倫：《唐宋古文論集》，臺北：里仁書局，2001 年。

6. 王克文：《書藝珍品賞析——黃庭堅》，臺北：石頭出版股份有限公司，2005 年。

7. 王琦珍：《黃庭堅與江西詩派》，南昌：江西高校出版社，2006 年。

8. 毛文芳、彭修銀：《墨戲與逍遙——中國文人畫美學傳統》，臺北：文津出版社，1995 年。

9. 毛文芳：《圖成行樂：明清文人畫像題詠析論》，臺北：臺灣學生書局，2008 年。

10. 尹恭弘：《小品高潮與晚明文化：晚明小品七十三家評述》，北京：華文出版社，2001 年。

11. 方孝岳：《中國文學批評·中國散文概論》，北京：三聯書店，1993 年。

12. 包弼德、劉寧譯：《斯文：唐宋思想的轉型》，江蘇人民出版社，2001 年。

13. （日）加地哲定著、劉衛星譯：《中國佛教文學》，高雄：佛光出版社，

1993 年。

14. 古常宏：《中國人的名字別號》，臺北：台灣商務印書館，1993 年。

15. 白政民：《黃庭堅詩歌研究》，寧夏人民出版社，2001 年初版。

16. 朱傳譽主編：《黃庭堅傳記資料》，臺北：天一出版社，1985 年。

17. 朱世英、方道、劉國華：《中國散文學通論》，合肥：安徽教育出版社，1995 年。

18. 朱迎平：《宋文論稿》，上海財經出版社，2003 年。

19. 台大中文所主編：《宋代文學與思想》，臺北：學生書局，1989 年。

20. 吉川幸次郎撰、鄭清茂譯：《宋詩概說》，臺北：聯經出版公司，1977 年。

21. 伍曉蔓：《江西宗派研究》，成都：巴蜀書社，2005 年。

22. 何寄澎：《唐宋古文新探》，臺北：大安出版社，1990 年。

23. 何寄澎：《北宋的古文運動》，臺北：幼獅文化事業，1992 年。

24. 何寄澎：《典範的遞承：中國古典詩文論叢》，台北：文史哲出版社，2002 年。

25. 李元貞：《黃山谷的詩與詩論》，臺大文史叢刊，1972 年。

26. 李澤厚：《美的歷程》，臺北：谷風出版社，1987 年。

27. 李元貞：江西文學藝術研究所編：《黃庭堅研究論文集》，南昌：江西人民出版社，1989 年。

28. 李春青：《宋學與宋代文學概念》，北京師範大學出版社，2001 年。

29. 李士彪：《魏晉南北朝文體學》，上海古籍出版社，2004 年。

30. 李榮啓：《文學語言學》，北京：人民出版社，2005 年。

31. 吳小林：《中國散文美學史》，哈爾濱：黑龍江出版社，1993 年。

32. 吳小林：《中國散文美學》，臺北：里仁書局，1995 年。

33. 吳承學：《晚明小品研究》，南京：江蘇出版社，1998 年。

34. 吳晟：《黃庭堅詩歌創作論》，南昌：江西人民出版社，1998 年。

35. 吳承學：《中國古代文體形態研究》，廣州：中山大學出版，2000 年。

36. 吳功正：《中國文學美學》，南京：江蘇教育出版社，2001 年。

37. （日）東英壽著、王振宇等譯：《復古與創新——歐陽修散文與古文創新》，上海古籍出版社，2005 年。

38. 周作人：《周作人全集・夜讀抄》，臺北：里仁書局，1982 年。

39. 周裕鍇：《宋代詩學通論》，四川：巴蜀書社，1997 年。

40. 周裕鍇：《文字禪與宋代詩學》，北京：高等教育出版社，1998 年。

41. 周楚漢：《唐宋八大家文化文章學》，成都：巴蜀書社，2004 年。

42. 邵傳烈：《中國雜文史》，上海：上海藝文出版社，1991 年。

43. 林繼中：《文化建構文史綱（中唐─北宋）》，福州：海峽文藝出版社，1993年。

44. 宗白華：《中國美學史論集》，合肥：安徽教育出版社，2000 年。

45. 韋海英：《江西詩派諸家考論》，北京大學出版社，2005 年。

46. 柯慶明：《中國文學的美感》，臺北：麥田出版社，2000 年。

47. 馬積高：《宋明理學與文學》，長沙：湖南師範大學出版社 1989 年。

48. 馬茂軍：《宋代散文史論》，北京：中華書局，2008 年。

49. 姜濤：《古代散文文體概論》，太原：山西人民出版社，1990 年。

50. 徐建華、田芳：《中國人的名·字·號》，天津：百花文藝出版社，2007年。

51. 高友工：《中國美典與文學研究論集》，臺北:臺灣大學出版中心，2004 年。

52. 梅新林、俞樟華：《中國遊記文學史》，上海：學林出版社，2004 年。

53. （日）副島一郎著、王宜瑗譯：《氣與士風──唐宋古文的進程與背景》，上海古籍出版社，2005 年。

54. 曹淑娟：《晚明性靈小品研究》，臺北：文津出版社，1988 年。

55. 閔澤平：《南宋理學家散文研究》，濟南：齊魯書社，2006 年。

56. 陳萬益：《晚明小品與明季文人生活》，臺北：大安出版社，1988 年。

57. 陳必祥：《古代散文文體概論》，臺北：文史哲出版社，1997 年。

58. 陳平原：《中國散文小說史》，上海人民出版社，2004 年。

59. 陳飛編：《中國古代散文研究》，福州：福建人民出版社，2005 年。

60. 陳志平：《黃庭堅書學研究》，北京：中華書局，2006 年。

61. 莫礪鋒：《江西詩派研究》，濟南：齊魯書社，1986 年。

62. 莫礪鋒：《古典詩學的文化觀照》，北京：中華書局，2005 年。

63. 馮書耕、金仞千：《古文通論》，臺北：國立編譯館，1996 年。

64. 張高評：《宋詩之傳承與開拓》，臺北：文史哲出版社，1990 年。

65. 張高評主編：《宋詩綜論叢編》，高雄：麗文文化公司，1993 年。

66. 張高評：《宋詩之新變與代雄》，臺北：洪葉文化公司，1995 年。

67. 張高評：《會通化成與宋代詩學》，臺南：成功大學出版組，2000 年。

68. 張高評：《自成一家與宋詩宗風：兼論唐宋詩之異同》，臺北：萬卷樓圖書，2004 年。

69. 張高評：《印刷傳媒與宋詩特色:兼論圖書傳播與詩分唐宋》，臺北：里仁書局，2008 年。

70. 張健：《宋金四家文學批評研究》，臺北：聯經出版，1975 年。

71. 張健：《中國文學批論集》，臺北：天華出版，1979 年。

72. 張少康：《古典文藝美學論稿》，臺北：淑馨出版社 1989 年。

73. 張海鷗：《兩宋雅韻》，北京：北京師大出版，1993 年。

74. 張毅：《文學文體概論》，北京：中國人民大學出版社，1993 年。

75. 張毅：《宋代文學思想史》，北京：中華書局，1995 年。

76. 張毅：《宋代文學研究》，北京出版社，2001 年。

77. 張國慶：《中國古代美學要題新論》，北京：中國社會科學出版社，1994 年。

78. 張思齊：《宋代詩學》，長沙：湖南人民出版社，2000 年。

79. 張智華：《南宋的詩文選本研究》，北京師範大學出版社，2002 年。

80. 張蜀惠：《文學觀念的因襲與轉變：從文苑英華到唐文粹》，臺北：花木蘭文化出版社，2007 年。

81. 陶東風：《文體演變及其文化意味》，昆明：雲南人民出版社，1994 年。

82. 童慶炳：《文體與文體的創造》，昆明：雲南人民出版社，1994 年。

83. 曾祖蔭：《中國古代美學範疇》，臺北：木鐸出版社 1987 年。

84. 曾棗莊：《宋代文學與宋代文化》：上海：人民出版社 2006 年。

85. 曾棗莊：《宋文通論》，上海人民出版社，2008 年。

86. 黃寶華：《黃庭堅評傳》，南京大學出版社，1998 年。

87. 黃啓方：《宋代詩文縱談》，臺北：臺灣商務，1997 年。

88. 黃啓方：《黃庭堅與江西詩派論集》，臺北：國家出版社，2006 年。

89. 黃一權：《歐陽修散文研究》，上海：華東師範大學出版社，2003 年。

90. 黃寶華：《黃庭堅詩詞文選評》，上海：上海古籍出版社，2003 年。

91. 傅璇琮編：《黃庭堅和江西詩派卷》，高雄：麗文文化公司，1993 年。

92. 程千仉、吳新雷：《兩宋文學史》，上海古籍出版社，1991 年。

93. 祝尚書：《北宋古文運動發展史》，成都：巴蜀書社 1995 年。

94. 程杰：《北宋詩文革新運動》，台北：文津出版社 1996 年。

95. 褚斌杰：《中國古代文體概論》，北京大學出版社，1990 年。

96. 賈奮然：《六朝文體批評研究》，北京大學出版社，2005 年。

97. 葛曉音：《漢唐文學的嬗變》，北京大學出版社，1991 年。

98. 楊希閔：《宋黃文節公庭堅年譜》，臺北：台灣商務印書館，1982 年。

99. 楊慶存：《黃庭堅與宋代文化》，開封：河南出版社，2002 年。

100. 楊慶存：《宋代文學論稿》，上海：復旦大學出版社 2007 年。

101. 鄭永曉：《黃庭堅年譜新編》，北京：社會科學文獻出版社，1997 年。

102. 劉若愚撰、杜國清譯：《中國文學理論》，臺北：聯經出版，1981 年。

103. 劉維崇：《黃庭堅評傳》，臺北：黎明文化事業公司，1981 年。

104. 劉海濤：《主體研究與文體批評》，烏魯木齊：新疆大學出版社，1994 年。

105. 劉宗迪：《姓氏名號面面觀》，濟南：齊魯書社，2000 年。

106. 劉乃昌：《情緣理趣展妙姿——兩宋文學探勝》，山東教育出版社，2003 年。

107. 劉衍：《中國古代散文史》，北京：高等教育出版社，2004 年。

108. 劉方：《文化視域中的宋代文論》，上海：學林出版社，2006 年。

109. 郭預衡：《中國散文史》，上海：上海古籍出版社，1986 年。

110. 郭紹虞：《中國文學批評史》，臺北：藍燈文化，1988 年。

111. 郭英德：《中國古代文體學論稿》，北京大學出版社，2005 年。

112. 蔣伯潛：《文體論纂要》，臺北：正中書局，1946 年。

113. 凝溪：《中國寓言文學史》，昆明：雲南人民出版社 1992 年。

114. 錢穆：《中國學術思想史論叢》，臺北：東大圖書，1978 年。

115. 錢穆：《中國文學論叢》，臺北：東大圖書，2001 年。

116. 錢鍾書：《管錐篇》，北京：中華書局，1986 年。

117. 薛鳳昌：《文體論》，臺北：臺灣商務印書館，1977 年。

118. 謝楚發：《散文》，北京：人民文學出版社，1994 年。

119. 蕭遙天：《中國人名的研究》，城教育，1970 年。

120. 蕭慶偉：《北宋新舊黨爭與文學》，北京：人民出版社，2001 年。

121. 繆鉞：《詩詞散論》，臺北：臺灣開明書局，1966 年。

122. 顏崑陽：《六朝文學觀念叢論》，臺北：正中書局，1993 年。

123. 譚家健：《中國古代散文史稿》，重慶出版社，2006 年。

124. 譚家健：《先秦散文藝術新探》，濟南：齊魯書社，2007 年。

125. 羅聯添編：《中國文學史論文選集》，臺北：臺灣學生書局，1978～1979 年。

126. 羅聯添編：《中國文學史論文選集續編》，臺北：臺灣學生書局，1985 年。

127. 顧易生等著：《中國文學批評史》（宋金元卷），上海古籍出版社，1996 年。

128. （德）顧彬等著、周克駿等譯：《中國古典散文》，上海：華東師範大

學出版社，2008 年。

129. 龔鵬程：《江西詩社宗派研究》，臺北：文史哲出版社，1993 年。

130. 龔鵬程：《詩史本色妙悟》，臺北：臺灣學生書局，1993 年增訂版。

131. 龔鵬程：《晚明思潮》，臺北：里仁書局，1994 年。

三、學位論文（依時間前後）

1. 李元貞：《黃山谷的詩與詩論》，臺北：臺大中文所碩士論文，1970 年。

2. 王源娥：《黃庭堅詩論探微》，臺北：東吳大學中文所碩士論文，1982 年。

3. 徐裕源：《黃山谷詩研究》，臺北：政治大學中文所碩士論文，1985 年。

4. 陳素貞：《宋代山水遊記研究》，臺北：臺灣師大國文所碩士論文，1985 年。

5. 金炳基：《黃山谷詩與書法之研究》，臺北：文化大學中文所博士論文，1988 年。

6. 陳碧雲：《論活法》，高雄：高雄師大國文所碩士論文，1989 年。

7. 蕭淳鏵：《北宋「平淡」文學觀之研究》，臺北：政治大學中文所碩士論文，1991 年。

8. 戴麗霜：《北宋「以文為詩」詩風形成原因及其風格之研究》，臺北：政治大學碩士論文，1991 年。

9. 楊雅惠：《兩宋文人書畫美學研究》，臺北：臺灣師大國文所博士論文，1992 年。

10. 范文瑞：《蘇黃書畫理論中道與象的辨證問題》，北：淡江大學中文所碩士論文，1992 年。

11. 林錦婷：《蘇軾與黃庭堅詩論異同之比較》，臺北：中央大學中文所碩士論文，1993 年。吳幸樺：《黃庭堅律詩的語言風格研究——以詞彙運用的現象為例》，臺南：成功大學中文所碩士論文，1995 年。

12. 杜卉仙：《蘇黃唱和詩研究》，臺北：東吳大學中文所碩士論文，1996 年。

13. 蓋琦紓：《活法與江西詩派形成》，臺北：臺大中文所碩士論文，1996 年。

14. 陳慷玲：《山谷詞及其詞論研究》，臺北：東吳中文所碩士論文，1996 年。

15. 謝佩芬：《北宋詩學中「寫意」課題研究》，臺北：臺大中文所博士論文，1997 年。

16. 蔡雅霓《黃山谷贈物詩研究》，臺北：輔仁大學中文所碩士論文，1999 年。

17. 林宜陵：《北宋詩歌論政研究》，臺北：輔仁大學中文所博士論文，1999 年。

18. 張蜀蕙：《書寫與文類——以韓愈詮釋爲中心探究北宋書寫觀》，臺北：政治大學中文所博士論文，1999 年。

19. 劉雅芳：《蘇軾黃庭堅之交游及其唱和詩研究》，臺北：臺灣師大國文所碩士論文，2000 年。

20. 李珠海：《唐代古文家的文體革新研究》，臺北：臺大中文所博士論文，2001 年。

21. 李英華：《黃庭堅詠物詩研究》，高雄師大國文所碩士論文，2001 年。

22. 許奎文：《黃庭堅詞研究》，臺北：臺灣師範大學國文研究所碩士論文，2001 年。

23. 許雅娟：《蘇門四學士詞比較研究》，彰化：彰師大國文所碩士論文，2001 年。

24. 余純卿：《黃山谷詩論與詩的教學》，高雄師大國文所碩士論文，2001 年。

25. 黃泓智：《山谷及其詩歌教學研究》，屏東師院國民教育所碩士論文，2002 年。

26. 蓋琦紓：《蘇門與元祐文化》，臺北：臺大中文所博士論文，2002 年。

27. 張輝誠：《黃庭堅詩美學研究》，臺北：臺灣師大國文所碩士論文，2003 年。

28. 廖鳳君：《蘇軾與黃庭堅詩論及其比較》，臺中：東海大學中文所碩士論文，2003 年。

29. 陳裕美：《宋代對黃庭堅詩法之接受研究》，嘉義：南華大學文學所，2003 年。

30. 毛　雪：《蘇軾、黃庭堅題跋文研究》，鄭州大學碩士論文，2003 年。

31. 陳雋弘：《黃庭堅論詩意見之研究》，高雄師大學國文所碩士論文，2004 年。

32. 鍾美玲：《黃庭堅遷謫時期之生死智慧研究》，嘉義：南華大學生死學所，2004 年。

33. 兵界勇：《唐代散文演變關鍵之研究》，臺北：臺大中文所博士論文，2005。

34. 黃銘鈺：《黃庭堅晚期詩歌研究》，雲林科大漢學資料整理所碩士論文，2005 年。

35. 黎采綝：《黃庭堅七言律詩音韻風格研究》，臺北：政治大學國文教學班碩士論文，2005 年。

36. 馬君怡：《黃庭堅題畫文學研究》，臺北：清華大學中文所碩士論文，2005 年。

37. 林湘華：《江西詩派研究》，臺南：成功大學中文所博士論文，2005 年。

38. 廖羽屏：《黃山谷詠茶詩探析》，彰化師大國文所碩士論文，2006 年。

39. 陳善巧：《黃庭堅入蜀及蜀中創作研究》，四川師範大學碩士論文，2007 年。

40. 賴琳：《黃庭堅題跋文研究》，蘭州大學碩士論文，2007 年。

41. 金傳道：《北宋書信研究》，上海：復旦大學博士論文，2008 年。

四、期刊、單篇論文（依時間前後）

1. 匡扶：〈從山谷詩的藝術特點談到江西詩派〉，《文史哲》5 期，1981 年。

2. 張晶：〈因難以見巧：黃庭堅的詩美追求〉，《遼寧師範大學學報（社會科學）》總第 61 期，1988 年。

3. 何沛雄：〈略論《唐文粹》的「古文」〉，《唐代文學研討會論文集》，臺北：文史哲出版社，1986 年。

4. 羅聯添：〈論韓愈古文幾個問題〉，《漢學研究》9 卷 2 期，1991 年 2 月。

5. 衣若芬：〈試論《唐文粹》之編纂、體例及其「古文」類作品〉，《中國文學研究》第 6 期（1992 年），頁 167～180。

6. 方祖：〈現代中國雜文的歷史、特質與類型〉，《中等教育》44 卷 4 期，1993 年 8 月。

7. 許結：〈論宋賦的歷史承變與文化品格〉，《社會科學戰線》，1995 年第 3 期。

8. 王訶魯：〈論《山谷題跋》的審美魅力〉，《九江師專學報》，1995 年 3 期。

9. 凌佐義：〈十年來黃庭堅研究綜述〉，《文學遺產》，1997 年第 4 期。

10. 葉國良：〈冠笄之禮的演變與字說興衰的關係——兼論文體興衰的原因〉，《臺大中文學報》第 12 期（2000 年 5 月），頁 1～22。

11. 兵界勇：〈論《唐文粹》「古文」類的文體性質與其代表意義〉，《中國文學研究》14 期（2000 年 5 月），頁 1～22。

12. 許麗芳：〈重組與對話：晚明小品文之自我書寫〉，《國文學誌》2000 年 12 月。

13. 顏崑陽：〈六朝文學「體源批評」的取向與效用〉，《東華人文學報》，2001 年 7 月。

14. 金華振：〈黃庭堅散文特徵論〉，《蘇州大學學報》4 期，2001 年 10 月。

15. 毛文芳：〈自我認同的困惑：明清文人自題畫像贊初探〉，《第六屆中國詩學會議論文集》（臺北：萬卷樓圖書，2002 年 12 月）。

16. 蓋琦紓：〈蘇門唱和詩的意義與價值〉，《中國古典文學研究》。

17. 林淑鈴、吳靜宜：〈寒泉湯鼎聽松風——從中國宋代飲茶文化觀黃山谷詠

茶詞〉,《人文及社會學科教學通訊》,2003 年 4 月 。

18. 簡月娟:〈黃庭堅的詩論與書論——隨人作計終後人,自成一家始逼眞〉,《興大中文學報》,2003 年 6 月 。

19. 寧俊紅:〈20 世紀古代散文批評範式的演變與反思〉,《蘭州大學學報》,2003 年 6 月。

20. 邱美瓊、胡建次:〈論黃庭堅的記、序、題跋及其對宋文文體的拓展〉,《江西教育學院學報》24 卷 4 期,2003 年 8 月。

21. 林淑貞:〈東坡詞「今昔對照」敘寫基模及其豁顯之境遇感與時間意識〉,。

22. 《興大人文學報》第 34 期,2004 年 6 月,頁 181～221。

23. 金革振:《蘇門四學士散文特徵論》,《蘇州大學學報》4 期,2004 年 7 月。

24. 柯慶明:〈「論」、「說」作爲文學類型之美感特質的探究——從中古到近古〉,《遨遊在中古文化的場域:六朝唐宋學術研討會論文集》,臺北:里仁書局,2004 年 11 月。

25. 柯慶明:〈「序」「跋」作爲文學類型之美感特質的研究〉,《鄭因百先生百歲冥誕國際學術研討會論文集》,臺灣大學中國文學系主辦,2005 年 6 月。

26. 周曉燕:〈對小品文文體特性的再認識——小品文、雜文、隨筆文體辨析〉,《盆城工學院學報》2005 年第 2 期,頁 60～63。

27. 顏崑陽:〈論「文類體裁」的「藝術性向」與「社會性向」及其「雙向成體」的關係〉,《清華學報》新 35 卷 2 期,2005 年 12 月。

28. 吳淑鈿:〈宋代題畫詩的文化精神——以黃庭堅及陳與義詩爲例〉,《新亞學報》,2006 年 1 月。

29. 徐豔:〈掙脫古典枷鎖的語言革新——晚明小品語言研究〉,《古今藝文》32 卷 3 期,2006 年 5 月。

30. 蓋琦紓:〈蘇門文人私人建物記之美學意涵〉,《漢學研究》24 卷 1 期,2006 年 6 月。

31. 柯慶明:〈「書」「箋」作爲文學類型之美感特質的研究〉,《屈萬里先生百歲誕辰國際學術研討會論文集》,臺北:國家圖書館等編印,2006 年 12 月。

32. 柯慶明:〈「表」「奏」作爲文學類型之美感特質的研究〉,《臺灣學術新視野:中國文學之部(二)》,頁 839～886,臺北:五南圖書出版公司,2007 年 6 月。

33. 顏崑陽:〈論「文體」與「文類」的涵義及其關係〉,《清華中文學報》,第 1 期(2007 年 9 月),頁 1～47。

34. 郗文倩:〈漢代圖畫人物風尚與贊體的生成流變〉,《文史哲》,2007 年 3 期。

35. 諶東飚：〈雜文文體古今傳承論略〉，《求索》，2007 年 11 月，頁 188～190。

36. 劉昭明、黃子馨：〈蘇、黃訂交考〉，《文與哲》第 11 期（2007 年 12 月）。

37. 高淑平：〈六朝時期的咏物銘、贊、頌〉，《齊齊哈爾大學學報》，2008 年 1 月。

38. 徐建平：〈論黃庭堅銘的特色〉，《上海師範大學學報》37 卷 3 期，2008 年 5 月。

39. 何寄澎：〈唐文新變論稿（1）——記體的成立與開展〉，《臺大中文學報》第 28 期，（2008 年 6 月）。

40. 簡宗梧：〈試論《文苑英華》的唐代賦體雜文〉，《長庚人文社會學報》，2008 年，。

41. 高葦平：〈贊體的演變及其所受佛經影響探討〉，《文史哲》，2008 年（4）月。

42. 劉慶華：〈錢鍾書對《文心雕龍》的論述——以文體為中心〉，《文學論衡》第 14 期，2009 年 5 月，1～23。

43. 寧俊紅：〈中國古代散文研究理論與實踐思考〉，《文學遺產》2009 年第 3 期，頁 152～157。

44. 曾棗莊：〈散文至宋人才是真文字〉，《文學遺產》2009 年第 3 期。

45. 葢琦紓：〈領略古法生新奇——黃庭堅「字說」書寫的文化新意〉，《國文學報》第 10 期（2009 年 6 月），頁 49～66。

46. 葢琦紓：〈傷逝、追憶與不朽——蘇軾、黃庭堅題跋文中的時間意識〉，《明道中文學報》第 2 期（2009 年 9 月），頁 89～104。

47. 葢琦紓：〈黃庭堅「古文」的文體轉變——以「雜著」為中心之討論〉，《文與哲》第 15 期（2009 年 12 月），頁 131～164。